南回歸線漫筆

有關歷史、藝術和生活的故事

、 姜德成 著　　子軒 插畫

本創人文 85

南回歸線漫筆

作　　者：姜德成
插　　畫：子　軒
責任編輯：黎漢傑
編輯助理：阮曉澄　何詠宜　陳樂兒
設計排版：陳先英
法律顧問：陳煦堂 律師

出　　版：初文出版社有限公司
　　　　　電郵：manuscriptpublish@gmail.com

印　　刷：陽光印刷製本廠

發　　行：香港聯合書刊物流有限公司
　　　　　香港新界荃灣德士古道 220-248 號
　　　　　荃灣工業中心 16 樓
　　　　　電話：(852) 2150-2100　傳真．(852) 2407-3062

海外總經銷：貿騰發賣股份有限公司
　　　　　　電話：886-2-82275988　傳真：886-2-82275989
　　　　　　網址：www.namode.com

版　　次：2023 年 9 月初版
國際書號：978-988-70075-2-4
定　　價：港幣 118 元　新臺幣 440 元

Published and printed in Hong Kong
香港印刷及出版

目錄

壹
懷古七篇

貳
諷今六記

叁
別體四文

自序文

南回歸線 Tropic of Capricorn 從昆士蘭 Rockhampton，經北領地 Alice Springs，到西澳 Pilbara region 的 Newman，猶如一束腰帶橫貫整個澳洲。這條線分割著氣候，北邊屬熱帶，南邊則屬溫帶，越往南走氣候就越涼爽。這南回歸線以南的氣候恰好適合我們這些從北回歸線以北來的人。

澳洲與中國處在同一條經度線上，從中國東部平原直線往南經菲律賓、印尼和巴布亞新畿內亞上空，飛行九千多公里後降落在澳洲美麗的東部時，你最終來到的是以古希臘、羅馬文明為傳統的西方世界。你方才知道文化的載體是人，不是地域方位。而人在澳洲，積澱在思想意識中的中國情結和正在經歷的澳洲事物相遇，筆下寫或畫出來的都是有關東方和西方差異引起的故事。

本書文字都是在澳洲的墨爾本寫下的。我多年治史，習慣以「無一字無出處」的史學行規碼字，但總覺得受約束。羨慕那些寫小說的，就算是張冠李戴、無中生有也不違規。尤羨慕那些先鋒小說作家的任性：我就這麼寫了，愛看

不看！自知不具備敢那麼任性的才華，只想寫點不受資料牽絆的散漫東西，把歷史和文化當故事講出來，講那些發生在歷史中和身邊的故事。

這本小冊子的寫作拖宕了近二十年。後來為自己找了藉口：把時間拉長了寫其實倒也難得，因為人會隨著閱歷的延展出現心理的變化，時間可能會使人的經歷在筆下像樹的年輪，顯出層次。書中有些文字屬於歷史文化隨筆之類，汲取自記憶裡儲蓄的東西，絕不吊書袋子。出錯就出錯，管那個了！

子軒，旅澳知名女畫家和作家。她和她的先生旅澳著名油畫家傅紅是我交往二十多年的朋友。我曾無數次參加他們兩人的畫展，膜拜在他們的繪畫作品面前。

很榮幸以這本小冊子與畫家的子軒嘗試一種合作，特意將她早期的一組繪畫彙聚於書中。不是作為插圖，而是繪畫藝術的獨立表述。畫作中的那夢幻般的色彩透著種人文氣息，以探尋的眼光和漫筆式的表述，極本真地講述著澳洲的風物。期待繪畫的清新質樸與文字的格調頡頏並比，想呈現的是兩種感知與意念的匯流，一種由感性到理性的穿流感構建的認知上的把握。

聚合為集，是想使讀者在合上這本書之時回味到其中繪畫與文字醞釀出的相互詮釋的文藝意境。

於墨爾本 Mitcham 區寓所

2023 年 4 月 6 日

壹

懷古七篇

多元的北區

多少現實已成為少年時代的夢境。

—— 作者

　　我們居住的 Darebin 區座落於墨爾本正北，是一片平川，沒有坡和丘陵。站在高街（High Street）南眺，City 的高層建築群凌駕於鱗次櫛比的民房屋頂之上，清晰可見。高街是墨爾本北部的一條長街，中段串連著戴洛賓區下轄的 Northcote、Thornbury 和 Preston 等幾個小區。與其他地區相比這一帶其實不算是好區，多少年以來一直是新移民聚居之地。這裡從前是義大利、希臘和黎巴嫩人集中居住地，但隨著更廣泛的移民進入，居民情況更加混雜。來自於世界各地的移民先於此區落腳，幾年奮鬥聚積財富後，其中有些人便根據情況需要搬離此地。華人移民普遍不喜歡這個區，我想可能是受香港移民的影響。在香港，高尚居住區座落在半山地，因此香港人的居住概念中山地住宅象徵著財富和地位。於是虛榮的港人爭相在墨爾本東面的丘陵山地置地建房，將東區的地價炒了起來。北區的中國大陸移民接受了這種影響，有了錢也紛紛棄北而東，以居東而為榮耀。

一　高街的文化色彩

　　但我喜歡墨爾本北區。北區雖無東區的鬱鬱蔥蔥，也無城南臨海沿岸的豪宅林立，但北區有北區的價值。我喜歡北區獨有的多元文化氛圍。我曾參加過 Darebin 區的一次集會，一位地區議員在會上講，有將近二百多種世界各地語言在戴洛賓區流行應用。據此你可以想見這裡文化生活的多姿多彩。澳洲向以文化多元自雄，而墨爾本 Darebin 區是多元中的多元。近些年中國人喜歡討論文化，不同領域的學者、藝術家等紛紛撰文討論東西文化碰撞、文化融合等。而越來越多的空洞議論把文化這個詞變得神秘抽象，其實文化體現在最為普遍普通的日常生活之中。我建議你來戴洛賓區高街走一趟，我保證你馬上能感悟出東西文化的真正涵義。

　　高街發端於市中心，由南向北，到了 Darebin 區段突然繁華熱鬧，再往北又歸於平淡。我不知道用怎樣的描述方式才能使人們對此段街區有充分的認識和感覺。人們形容墨爾本為鄉村式的都市，但高街的面貌卻與此田園之風迥然有別。站在高街朝另一端望去，密集的電線桿子、有軌電車線、電線妨礙著你的視線，給你以嘈雜混亂的印象。街上門挨門上千百計各國風情大小店舖，舖面裝潢五花八門，花花綠綠，人群車流熙熙攘攘，有點像天津的小白樓商業區。但用小白樓形容高街遠遠不夠，還沒有描繪出它的異國風情。這麼說吧，在高街如果你路過一家義大利人開的鞋店，鞋店

旁邊會是一家賽浦露斯銀行，銀行旁邊會是一家越南人開的河粉店，旁邊是希臘人開的設有賭局的咖啡館，旁邊是黎巴嫩人開的雜貨店，旁邊是中國人開的傢俱店，是澳洲人開的旅遊用品店，是印度人的夜總會、是義大利人的批薩店，是匈牙利的連鎖速食店，是土耳其人的炸魚店，是亞裔人的牙醫診所，阿拉伯人的禮品店，猶太人的珠寶店，混血的服裝店，又一個混血的畫廊，又一個……你挨門挨戶幾十家上百家地走下去，絕不會重樣兒。

我與高街有緣，剛來時在高街的一家傢俱店做工，後來幾年一直居住在高街。那時喜歡在工間休息時坐在店裡觀望窗外的風景，對我來說最為奇麗多彩的景觀是高街的「流動風景線」──街上的人流。帶給我一種使人迷醉的刺激與挑戰：今後我將憑借什麼融入這多彩的洪流？當時在與友人的通信中我曾調侃道：「過去都是鬼子進咱們村兒，今兒一不小心進鬼子村兒裡來了。」面對五彩繽紛、眼花撩亂的新世界我當時頭暈目眩，有點不知所措。而今我讀遍了高街的每一細節，品味出它豐富深邃的文化蘊涵。高街也越來越讓我感覺到它的坦蕩和親切，走在高街就像走在家鄉的小白樓街一樣放鬆自在。

走在高街，雙耳適應了世界各種語言和濃重的各地口音的英語，看慣了各樣相貌、髮型、服飾和熟悉了各種交流方式，這時你會感到不是身處英國傳統的白人國家。高街沒有所謂的「主流社會」，你每天接觸的大多數人都是與你一

樣的「外來人」。除了法律，高街沒有絕對的觀念準則要你去服從，任何一個帶明顯文化特徵的民族群體，任何一個抱有堅定信仰和信念的宗教社團在這裡都是「少數」，這所有的「少數」構成的差異才是這裡真正的主流。這裡的人們在保持堅持自己的風俗習俗、宗教信念的同時要顧及和服從與他人的差異，這就是高街的準則。這種文化的多元構成及其衍生出的價值觀念是對澳洲英裔主流社會的脫節與叛逆。

在高街，你會感到一種異乎尋常的，由極度的不協調構結而成的完美合諧。每天這裡發生的司空見慣的「新人新事」展示著某種變遷中的恆定，陳述著某些看上去聽起來都不太合理的道理。比如，餐飲單調的西人在這裡學著享受東方人的飲食，他們坐在眼花撩亂的中餐、日本餐、泰國餐的餐桌前茫然不知所措，他們把在東方人餐館用餐當成一件禮儀考究的事情來應付，西裝革履，一絲不苟。相信總有一天他們會和東方人一樣在東方餐館的餐桌前泰然自若，運籌如流。還比如，失去信仰三十多年的中國人在這裡開始在西方人的宗教生活中尋找精神的皈依，有些人找到了神。而在服侍神的過程中有時無意中重現了從前黨團幹部的職任角色，但這並不妨礙他們由於重新使生命服從於一個偉大啟示而使每一天的生活變得更有意義。在高街北區華人基督教教會裡我認識許多同齡同胞，他們積極充實，他們對待信仰的態度和從前一樣執著。

黑貓酒吧門口的紅裙子

二　菜市場裡的人種學

　　Preston 市場位於高街的 Preston 區段，區政府古老的建築與之隔街相呼應，郵局、公共圖書館、政府福利部、警署等政府機構環伺周圍。南側是火車站和廣闊的停車場，北面有電車線。便利的交通使這裡成為北區移民的集散地。普林斯頓市場是個巨大的鋼架棚式建築，裡面的店舖和攤位以賣蔬菜、水果、肉類等食品為主，也有各類如衣服鞋帽等生活用品。還有各族的速食、咖啡館等，市場裡到處擺放著圓桌和椅子等待購買著歇腳用餐。每逢週末水果、蔬菜、肉類降價出售，吸引無數移民們到此購買一週的食品用品，有人駕車從很遠的地方專程來此買東西。我們每星期六下午來採購，我常常坐在市場中某指定地方守著腳下一大堆塑膠袋，在人群的嘈雜聲、震耳的吆喝叫賣聲中等著家人在市場各個攤舖採購東西。我一向討厭在市場商店購物，但喜歡到這裡來，坐在這裡你可以觀察來自於世界各地的形形色色的移民。

　　在墨爾本有兩個場景可以使你強烈體會到人的動物屬性。一個場景是海濱，那是白人的樂園。在陽光的照耀和藍天碧海的襯映下一片金色毛髮和粉紅色肉的海洋，一層層豐滿健壯的臂膀、乳房、大腿掀起的波瀾。另一個場景就是 Preston 市場，在這裡展現了動物人的種族的差異。從純白到純黑層次豐富各種質感的皮膚，黑、藍、綠、灰、黃、棕

色調各異的眼睛，不同色澤的頭髮、毛髮，各型頭顱身架的結構，以及高矮胖瘦寬窄薄厚的各類體態體積。當這種豐富多姿的人種色彩形態在眼前流動，你作為從單一人種顏色形態環境過來的中國人，馬上會嚴重地意識到人種學的意義。

人類看待動物時絕對把動物的種當作至關重要基本點（比如不同種的馬、狗、飛禽等），根據它們的種來確定它們與人類遠近不同的各類關係和分配它們以不同角色。但人類似乎常常忽視自身的種。無數的書籍討論人類政治、文化、民族、社會、家庭、婚姻，卻沒有幾本專門研究人種，至少至今我還沒有聽說中文書中有專門研究人種的專著。在香港大學聽過一位文字學家講座，他說中國文字學家現在開始研究種族問題，他們在研究漢字字源和與其他古老語言關係時要研究其他種族的情況。但這類研究充其量也只是以歷史文化為目的涉及種族問題並非專門研究人種。我的意思是那種把人種作為課題，把研究人種差異對人類心理心態、歷史文化的決定影響作為終極目的的研究的學問。

我胡思亂想過在初級、中級教育中加入有關人種的啟示也未嘗不可。比如在中小學課本中加入這類具有啟示性的思考：不同顏色的眼睛如何感受外界的顏色，比如紅色、藍色、黃色和綠色等，因為這是不同種族國家國旗的主要顏色；不同顏色的皮膚如何感受太陽、水和冷暖，這可能決定不同種族的活動區域範圍；不同身體結構感受速度、強度有何不同，這可能決定不同種族的生產和生活方式……人們

並非忽略，而是有意識迴避人種學，這一學科的研究可能帶來太多的忌諱。

單論 Preston 市場中人種的豐富多彩還遠遠不夠，因為人是具有文化屬性的。各種族的人佩之以奇異多姿的服飾、語言、手勢姿勢及面目表情等文化特徵，人種的豐富性就表現得更不得了。而且 Preston 市場也是展示各民族藝術特徵的場所。這裡每逢節日常有不同種族的藝人來演出，在這裡演出的藝術是全球性的，藝人是來自於世界各地的移民。這些人絕不是像國內城市中公共場所變相要飯的殘疾人，骯髒齷齪，弄把二胡或什麼樂器胡拉胡唱。在 Preston 市場演出的藝人都是第一流的專業藝術家。他們風度翩翩，才貌出眾，演出時他們用音樂、歌舞、樂器、和服飾在這種族匯集的海洋中展現宣揚自己獨特的民族個性。他們精湛的表演常使購物者如醉如癡，留連忘返。我最喜歡看這裡的演出。每逢來到市場一聽到演出音樂聲，我就會像孩子一樣興奮，連忙對家人說一句「在演出地點等你們」便匆匆奔樂聲而去。

我在這裡利用等待家人購物之餘觀看過許多演出，能記得住的有澳洲藝人電子合成音樂演奏，澳洲土著藝人演奏土著樂器，澳洲藝人鄉村音樂演唱，墨西哥藝人的演唱，羅馬尼亞藝人的演唱，一群不知哪國的美洲藝人表演的鼓樂等等。有時不知演唱的藝人來自哪洲哪國，唱的是何種語言，只覺音樂美妙足矣。不幸我在普林斯頓市場沒有看到過我們中國藝術家的演出，只在其他區段的市場中看到過。一次

看到一位中國人在東區露天自由市場演奏電聲琵琶，音樂圓潤雅致，每令西人駐足豎耳。還有一次在一個露天古董市場看到一名中國歌唱家自彈吉它美聲演唱，小女兒伴唱，唱的怡然自得。兩位同胞的水準一看便知是出自國內專業演出團體，到市場演出明顯不為掙錢，只求找回一點舞臺感覺。

在 Preston 市場有一次觀看墨西哥藝人演唱。他們三男一女，穿著墨西哥民族服裝，持各種民族樂器。有像吉它一樣彈奏的琴，還有幾種排笙和手鼓。每人都同時演奏幾種樂器，有的排笙就掛在嘴邊，邊唱邊吹。我喜歡聽排笙奏出的音樂，沙啞空曠，像風抽打樹梢發出的呼哨。在他們的演奏中我聽到了《高原的節日》。這首樂曲二十多年前我在國內聽過東方歌舞團演奏，優美的旋律深深刻入記憶。而今聽到了原汁原味的《高原的節日》，非常激動。當時有一對穿著長袍非洲黑人夫婦站在我身邊也在觀看表演，同樣為優美樂曲所陶醉。男的轉過頭對我說：「這幫印度人，演奏的真不錯！」我無意糾正這由衷的讚美，跟著點頭稱是。轉念一想覺得有點意思，調動起我的某種文化歷史的場景感：在澳洲，一對非洲黑人對一位從亞洲來的中國人讚美一群從美洲來的墨西哥人，卻錯把他們當成了印度人。天津人講話：哪兒都不挨著啊！北京人講話：愛誰誰吧！

還有一次我在 Preston 市場趕上三位俄羅斯女孩演出。三位姑娘都是典型的斯拉夫人，藍眼睛，亞麻色頭髮，身段苗條。她們身著民族服裝，寬袖的白綢上衣，領口袖口鑲著

花邊，外罩黑絲絨坎肩，足登輕便軟靴，那真叫颯麗！三人每人一件樂器，一把大提琴，一把手風琴，一把小提琴，邊舞邊奏。樂曲歡快活潑，表情動作生動幽默。尤其是小提琴奏得旋風一般，美妙絕倫，非外族人所能摹仿。

突然我心頭一緊，她們奏起了我熟悉的《雲雀》，接著她們又奏起了《卡秋莎》。《卡秋莎》，這歌裡有我少年時代的夢境！我一下子還想起了另一些蘇聯歌曲的旋律，《莫斯科郊外的晚上》、《山楂樹》、《小路》、《燈光》……在我十六歲的時候我和同學們把這些歌曲帶到了太行山脈，那些飽含憂傷情調的旋律伴我們度過了那段艱難困苦的礦工生涯。三位藍眼睛的俄羅斯姑娘怎麼能想像，她們縱情演奏自己家鄉、民族音樂竟使觀眾中的一位來自中國的男人思鄉懷舊，百感交集，全然不知身置何處。

三　北區的巴比倫人

在北區我常這樣小題大作地假借歷史文化的場景賦予發生在身邊的平凡瑣事以特殊意義。明知故弄玄虛不實惠，仍樂此而不疲。帶著這樣的情節，當我第一次見到一位巴比倫人時多少感到有些驚喜。那時我正在松伯瑞區一家木工店打工，一次去一家客戶安裝廚房裝備。我看到他客廳壁爐臺上陳列著一件縮小的古代雕塑的複製品，感覺熟悉，似乎曾在世界史教科書中見過這個造型，於是發問。戶主告訴我

這是他們的古代巴比倫藝術雕塑，果然有來頭，我開始留意這家人。這是一個家境並不富裕的家庭，中年夫婦帶兩個孩子。男人女人不是阿拉伯人的長相，面貌平平。而兩個兒子容貌光潔明朗，我確信他們是巴比倫人的後裔。幹活時我們閒聊談起了古代巴比倫文明。男人說，他們的祖先在幼發拉底河和底格里斯河流域（現在伊拉克境內）建立了輝煌的兩河流域文明（美索不達米亞文明）和強大的巴比倫帝國，後來被阿拉伯人侵入。他說，那段輝煌的歷史是屬於我們巴比倫人的，與現在的伊拉克沒有任何關係。

但是這位高傲的巴比倫人並沒有把那段歷史說清楚，其實古代美索不達米亞文明真正的締造者應該是蘇美爾人。蘇美爾人農業發達，水利灌溉技術先進，他們成功地利用兩河水利，興修灌溉網絡，發展壯大。在西元前 3000 年蘇美爾人在兩河地區建立起十二個城邦國家。後來蘇美爾人建立起統一帝國，一直與遊牧族閃米特人戰爭。大約在西元前 2000 年，閃米特人征服蘇美爾人，閃米特人著名的統治者漢穆拉比建立了巴比倫帝國。此後兩河流域這片肥沃的土地一直是強大民族的爭奪目標，先後為亞述人、波斯人、馬其頓人、羅馬人、阿拉伯人以及突厥人所佔據。

巴比倫文明之所以令人景仰，原因之一在於著名的漢穆拉比法典。但作為中國史研究者，我對被巴比倫人征服的蘇美爾人有更濃厚的興趣。因為很多跡象表明，蘇美爾人與黃河流域的炎黃民族可能有密切關連。蘇美爾人文字與漢語

極為相似，農業發達，水利灌溉技術發達。種族上蘇美爾人即不屬於印歐人，也不屬於閃米特族，史學家斷定他們是來自於東方。蘇美爾人與炎黃民族除了在語言文字、生產生活方式相像外，兩個文明發生的時間應該也很接近。

西方歷史學家不會把蘇美爾人的兩河流域文明與黃河流域文明相聯繫，他們只知道看著地圖推測歷史，地圖上顯示出兩個文明之間確有時間上的斷層。然而這個斷層實際來自於西方人對中國古代文明起源的誤解——他們不認可中國商朝以前的歷史。這一點很可悲，在研究、評估中國古代文明價值方面，西方史學家普遍缺乏想像力，因為他們讀不懂中國商周時期以來的文獻資料。西方漢學家研究中國是有一個卓越優勢，即在於頭腦中原有的西方文化裝置，戴著這套裝置觀察中國確能夠提供嶄新視角。但畢竟進行深入的和有價值的漢學研究對中文的要求是相當嚴格的，僅憑公眾認可的「中國通」身份可能還不夠。徒有獨特的視野視角而沒有能力大量閱讀和佔有中國文獻資料，不能了解所有漢語背景的本土學術研究情況，作縱深的學術突破可能會碰到問題。

中國古典文獻記載商周之前有夏朝和更早的三皇五帝時期。史書記載了四百多年夏朝興亡的詳盡史事和十七世的帝系。而記載中有關三皇五帝的傳說更是不容忽視的重要史料，其中有豐富的關於治河、部族間戰爭的事蹟，描畫出了西元前 2200 年之前黃河流域文明的完整輪廓。西元前 3000 至西元前 2200 年兩河流域迪東與蘇美爾人語言文字、

生產、生活相似的民族只有中國傳說歷史中三皇五帝時期的炎黃部族。蘇美爾人建立的兩河流域文明與這一時期黃河流域文明可能有某種聯繫。

不必質疑缺乏考古學佐證的古代傳說的史料價值，因為在成熟便利的書寫文字與方式產生之前，人們對歷史故事的記憶敘述有非凡的能力，而且遠古時期人們對祖先事跡的傳播與領受懷有宗教般的崇敬虔誠，除了描述上的讚美頌揚外，不懂得對實質內容進行歪曲或編造。現在人類學家用當地傳說來證明沒有書寫語言的太平洋島嶼波利尼西亞人、新西蘭的毛利人的來歷。荷馬史詩《伊利亞特》、《奧德賽》的英雄故事多年來一直被歷史學家當作民間神話，德國作家謝里曼堅信希臘人與特洛伊人為了美女海倫而進行的那場浪漫戰爭不是神話故事而是真實歷史，他為此信念進行了多年努力，終於發現了特洛伊古城遺跡，同時證明了希臘的古典文明的存在。

完全仰賴考古發現其實並不可靠，如果某種古代文明的遺跡還沒出土或者確實被不留痕跡地完全毀滅，難道考古學就有權封殺這段歷史？如果沒有王懿榮和羅振玉先生對安陽小屯甲骨的發現與搶救，如果沒有商代青銅器的出土，西方史學家可能也否認商朝的存在。反過來說，考古發現既然證實了中國古典文獻中商朝的真實性，這件事本身也可以映證古典文獻記載中夏朝和三皇五帝時期歷史的可靠性。

兩年後我又認識了另一位巴比倫人——維爾利。那時我在 Preston 工具廠作包裝工，這是一種很有力度的工作，需要兩個人配合協作將各種不同式樣、尺寸的鐵製衣架包裝入箱。我常與維爾利作包裝搭擋。維爾利二十七、八歲，身材不高，典型中東人相貌，為人隨和幽默。維爾利小的時候隨家逃亡離開伊拉克，經歷艱難旅程來到澳洲。後來在澳洲繼續小學和中學教育，畢業後便在這個廠工作。我們常常邊協作幹活邊聊天，聊社會和廠裡的人和事，聊各類體育，聊澳式橄欖球等等。他是墨爾本埃森頓橄欖球隊的忠實球迷，結果我在他的影響動員下也加入了埃森頓隊球迷陣營，買了該隊紅黑相間的球迷圍巾，還到體育場看了幾場關鍵的橄欖球比賽。

　　在漫無邊際的閒聊中的一個重要話題就是巴比倫帝國。維爾利得意的說他是正宗的巴比倫人，而且對巴比倫人創造的人類歷史中第一部法典——漢穆拉比法典感到無比自豪。維爾利記憶中的巴比倫歷史與我在歷史教科書中讀到的略有出入，他認為漢穆拉比不是君主，而是一位學者。他還認為巴比倫的最後衰亡是由於皇室中兄弟爭奪王位自相殘殺所致。維爾利帶給我的驚喜是他會講巴比倫語。小時候他在伊拉克學過巴比倫語，現在只能說不會寫。他解釋說他所學的巴比倫語經歷了無數演變，已經不是古代巴比倫語了。無論如何，即使已經經歷了數千年的演變，即使不再是普遍應用的語言，這種古老的語言畢竟保留下來了。

與第一位巴比倫人不同的是維爾利的民族情感與伊拉克沒有隔閡。他熱愛伊拉克，視之為祖國。在反對美國強權政治問題上，維爾利毫不含糊。美軍進入伊拉克的那些日子，澳洲各界人士抗議美英強權，反對澳洲霍華德政府協從美英。那時我已經不在工具廠工作了，據同廠中國工友說，那些日子維爾利面色陰沉，整天無話。在和維爾利無數次聊天中，有一次交談給我印象極深。維爾利當時計劃去悉尼旅遊，於是我問他在悉尼有沒有朋友。他説只要是伊拉克人就是朋友，然後告訴我：「澳洲有十幾萬伊拉克人，都是我兄弟。」對維爾利來説如此簡單自然的一個事實卻極大的震撼了我，我當時想：在澳洲的各種背景的華人，包括那些議員、企業家等各類成功人士，哪位有底氣敢説這樣的話？

四　工具廠裡的觀念較量

Preston 工具廠離 Preston 市場不遠，普西金講話也就是一個射程的距離。工廠座落在 Preston 工業區的邊沿，環境還算可以。隔街挨著一個澳式橄欖球場，球場周邊有馬車訓練跑道，常有青少年橄欖球隊在這裡訓練，有時也能見到馬拉賽車在跑道上奔馳。工廠有兩個車間，寬敞遼闊，整潔乾淨，但設備之陳舊笨重足令來自第三世界在這裡打工的移民對自己國家的民族工業產生強烈的優越感。工廠生產各種民用鐵製品，如各式室內庭院晾衣架、各種尺寸的梯子和

手推車等。我在這個廠工作了近兩年，幹過這裡幾乎所有的工種。

老闆是個英裔澳洲人，七十多歲，粉肉銀毛，大腹便便，一眼看去便知是個帶有強烈種族優越感的生意人。這才是地道的馬克思《資本論》中所指的資本家，五十年如一日從原始資本積累幹到今天的規模，而且合法守法的榨取工人勞動的剩餘價值。老闆很少和工人打交道，只是偶爾帶客戶下車間參觀。對待工人態度冷淡強硬，一副資本化身的權威模樣。常掛在嘴邊對工人講的一句話是：「門，就在這裡！」意思很簡單：不想幹就滾蛋！老闆下面設兩個經理，都是英裔。總經理是個六十多歲的瘦高個子，為人和氣，通情達理，説得一口很有教養的英語。副經理麥克爾是剛提拔起來的，我剛進廠時他還在作工長，那時他穿一套豆綠色工裝，有那麼一股幹練勁兒。後來提了經理拿年薪，上班改穿夾克衫，反冒出一種鄉巴佬的土氣了。經理的下面設兩個工頭，一個嘻嘻哈哈的英裔青年負責生產；另一個精明強幹的上海青年負責銷售。有大約二三十個工人從事沖壓、削鑽、噴漆、組裝及包裝等各項工序。

Preston 工具廠和北區所有單位一樣，人員構成極其複雜，個人文化背景多種多樣，是個小世界村。我不可能説清楚有多少來自不同國家民族的人在這家工廠工作過，因為勞工總是不斷的流動。我只能盡量説清我在這裡工作時的人員情況。除英裔澳籍人之外，在廠的職工有巴比倫人、印度

人、義大利人、希臘人、馬其頓人、賽浦露斯人、波蘭人、新西蘭毛利人、菲律賓人、越南人和中國人等。中國人中又來自不同地區如北京、上海、天津、新疆、廣州、昆明、香港等地……我還覺得不過癮，常向工友興歎：「咱廠就差一個埃及人四大文明古國就全了。」後來終於來了一位面色黝黑長相酷似埃及古代雕塑人像的女人，令我著實興奮了一陣子，終於湊齊了！後來與她談話才知道岔壺了，是個義大利人。

職工們的種族文化背景雖複雜，但工作中能夠建立輕鬆合諧的人際關係，從未因文化種族背景差異引起矛盾衝突。澳洲的社會是個講求公平的社會，人們的觀念中公平不僅是法律的原則，也是處理人際關係、社會關係中法律條款覆蓋範圍之外事物的仲裁標準。

我曾經在 Northcote 中學旁聽過七年級和八年級澳洲孩子的中文課程，一位來自青島教學經驗豐富的女老師告訴我她的教學體會：「澳洲的孩子天生就具有這種素質，他們懂得並且看重公平原則。運用公平原則手段是建立和維持治理課堂秩序的法寶，能使最調皮搗蛋的孩子束手就範、服服貼貼。」工具廠裡的生產與人際關係的運行基本以公平原則為指導，極少摻雜以個人的地位差異和個人好惡差異等因素，這使生產關係、人際關係簡單流暢，絕少人際恩怨的糾葛。我幹包裝時有機會與異族工友頻繁接觸，體會頗多。他們屬於受教育不多的勞動階層，人雖粗魯，但良性公平的社會環

境在人性上鑄造了他們的教養。我最欣賞他們的直率，有人心情不好就會在上班時對大家講：我今天心情不好，請別惹我。

說到西人工友的粗魯，主要表現在語言上，他們之間說那種英語中的所謂 F 語言，漢語稱「髒話」。但他們的粗魯還是很有分寸，對關係不熟的人絕不使用 F 語，反而朋友關係越近話就說得越髒，玩笑就開得越過份。再過份也沒人因為開玩笑翻臉，廠裡的女工也都能適應過份的玩笑。這使我想起了我年青時太行山脈的那些淳樸粗魯的礦工工友。那時如果兩個最親密的朋友一起吃飯，盛情相敬，外人不知道還以為在吵架。請客的熱情勸吃說：操你媽這麼多菜啦你快吃啊！被請的馬上表示哥們兒弟兄不用見外說：我跟你還用得著客氣嗎？操你媽我一直也沒閒著啊！

一次廠裡的西人工友懇求我教他們一句中文中最流行的罵街語，令我非常為難。我說：不逼急了有些話我說不出來。他們執意要學，我只得慎重選了一句北京、天津地區最典型的罵街話，這句在兩個北方直轄市極為流行的國罵已經寫入電視劇《皇城根兒》的對白之中：王志文扮的角色（一個北京小痞子）誤認為尤勇扮的角色（夜總會領班）佔有了他的女友，怨怒出惡語。尤勇氣憤至極掄起椅子就砸，脫口罵出：「我操你大爺！」西人工友們一板一眼地跟我學說這句北方國罵，等學的差不多了讓我把這句話翻成英語，他們聽後迷惑不解地看著我：什麼意思？

與異族工友一同工作，體會到他們與中國人在對待工作、生活的態度上有很大不同。感受最深的是如何對待勞資關係態度上的差異。其實在中國即使是公有體制，本質上勞資關係也是對立的。而中國人善於適應「官本位」的工作環境，對待上司慣以表面上的謙卑與順從來協調這種實質的對立。最為實惠的指導思想是：與領導對立對我沒好處。有些中國人把這種奴性意識不合時宜地帶到了澳洲的工作單位。廠裡有些中國工友在談到大老闆時流露出明顯的對權威的崇敬仰慕：老闆有的是錢！老頭子有脾氣！即使敘述他曾如何被老闆罵過，也會帶出一種榮耀感。而異族工友在工作環境中毫無此類顧忌，他們絲毫不掩飾與老闆的對立。勞資關係對立在本質上和表面上完全一致。工人們公開借助地區工會的力量脅迫老闆給工人長工資和增加福利，但很多中國工友因為懼怕得罪老闆竟不敢加入工會，這種可悲的顧慮令異族工友百思不解。

　　在廠裡常聽到中國工友嘲笑異族工友傻，有人還曾慨嘆說：「我們雖然比他們聰明但由於語言的原因不能公平地與他們競爭廠裡各級領導的位置。」這種對西人智商的蔑視在中國人中是非常普遍的，發了點兒小財的生意人對西人的「愚蠢」尤其有體會。他們想當然地認為正是因為西人都是傻瓜才使他們在澳洲施展了聰明才智，有了發財致富的機會。

既然已經觸及到西人傻的話題，我索性就多幾句議論。最初聽了西人傻的說法我也信以為真，後來在澳洲呆久了，才知道根本不是那麼回事。其實在澳洲大部分發財致富的中國人的確沒有什麼值得誇耀的成就，能掙到錢並不是靠智慧才能，而是靠兩個途徑：大幅度延長工作時間和偷稅漏稅。中國人拿到永居身份後便紛紛作小生意，像各種小百貨店和炸魚店、烤雞店等，這種生意的特點是工作時間長並且沒有週末和節假日。有一種遍佈澳洲叫「奶吧」（MILK BAR）的主要經銷牛奶、麵包和香煙的小食品百貨店，每天早上六點開門到晚上九點多關門，週末和節假日照常營業，全年只有四個小時的休假。現在墨爾本的這種「奶吧」基本都是中國人在作。但西人絕不肯作這種生意，他們不能忍受這種「囚禁」，儘管他們知道幹這個要比打工掙的多。這不是誰懶惰誰勤奮的問題，這是個觀念問題，是如何對待生活的態度問題，中西差異就在這裡。我越來越理解並且贊同西人那種尊重自我價值的生活態度，他們積極地創造快樂豐富和有意義的每一天生活，絕不會為了錢而犧牲這種生活。

　　有一次我和幾個中國生意人一起吃晚飯，大家極其外行的用大杯喝一種很貴的威士卡，一邊乾杯一邊連連說：「西人可喝不起這種酒。」我聽這種話時有一種無地自容的感覺。其實這和很多事情一樣，根本不是「喝得起喝不起」或「買得起買不起」的問題，西人從不這樣喝酒，也不這樣消費。反過來人家西人每週末去俱樂部玩體育運動或全家出

墨爾本市中心過馬路的人們

去野營，每年出國旅遊，你們行嗎？即使付得起錢也沒有時間和精力了。有一次為一位並不富裕的澳洲白人小學老師送貨，她見我們是中國人便說：我去過中國的揚州。我問是否去過北京？她說沒有，只去了揚州。我問為什麼去揚州而不去其他城市？她說從地圖上選中了這個地方於是就去玩了。中國人有幾個能理解這種灑脫？

澳洲是福利國家，稅收很高。徵稅根據收入的多少進行，掙的越多納稅就越高。全年收入在五萬澳幣以上稅額高達收入的 30% 至 40%，我的一位在大學作講師的朋友年薪是六萬多，完稅後只能拿到三萬多不到四萬。所以現金交易的小生意就體現出優越性了。從最初的猶太移民開始，直到後來的希臘、黎巴嫩、越南和中國等第一代移民紛紛作這種小生意，正是看上了可以逃稅這一點。但澳洲社會的公平觀念不能容忍欺騙，以偷稅為恥。

身為第一代移民我沒有資格在道義上指責移民的偷稅行為，相反我能從動機上理解這種逆境中求生存的無奈。我只是想說明西人的這種以偷稅為恥的觀念不是出自於愚蠢，這就像游泳時在游泳池裡撒尿，你圖省事懶得上岸走很遠去廁所，於是尿在池子裡，別人不知道，而且水質也不會因你這種個別行為受到明顯影響，於是你佔了個便宜。但是如果池裡所有人都想佔這個便宜也這樣作，長此下去後人就要在純度越來越高的尿裡游泳了。以偷稅為恥是澳洲社會的傳統，也是現行的遊戲規則，如果人人遵循就能保證一個福

利社會的運行，就能穩固一個固有的傳統道德標準，就能實現一個共同認可的利益分配上的公平，就會給子孫後代留下一個清潔單純的社會環境。這不是傻這是聰明。為了個人私利而斷送整個社會那才是傻。各國第一代移民來到澳洲，面臨種種艱難困苦，為了生存，為了子女能上好學校而昧心逃稅，誰都能理解。但如果逃了稅毫無負罪感，還嘲笑人家愚蠢，這是就是無恥了。

在廠裡和異族工友聊天，使我有機會從我所熟悉的工友們的業餘愛好這一側面了解到他們對待生活的態度。他們幾乎每人都有一項由衷熱愛的而且玩得非常專業的文體項目。比如，英裔澳洲人車間經理麥克爾和噴漆工傑森都是樂隊鼓手，他們曾在一個樂隊演奏，他們樂隊演奏的音樂錄製成光碟出售。英裔澳洲人卡車司機比爾熱衷釣魚，專釣河魚，相當專業。英國移民剷車司機哈瑞每週末在俱樂部打高爾夫球。賽浦露斯人包裝工比爾和年輕工頭克雷格在不同板球俱樂部打球，每年從九月開始打聯賽，一直打半年。印度人古魯也打板球，他在印度上大學時曾在校隊打球。新西蘭毛利人（忘了名字）在一個英式橄欖球俱樂部裡打球。巴比倫人維爾利熱衷足球。義大利人喬萬尼雖不善體育甚至連開車都不會，但對汽車賽極為熱愛，也很在行。了解所有各級車賽，熟知世界著名選手情況。以上僅僅是我所熟悉的工友的情況，遠不夠全面。

此外，廠裡所有異族的中青年工友都是澳式橄欖球球迷，熱情忠實地支持自己喜歡的球隊。他們說作球迷是個很莊重的事情，如果你選了你所喜歡的球隊，便終身追隨不得隨意更換，否則就意味著背叛。每到臨近決賽的七、八月份，每場比賽越來越關鍵，工友間賽況的討論就越來越熱烈。2002 年八月末，墨爾本科林伍德隊戰勝了各支勁旅打入決賽，與年輕的布里斯本隊一比雌雄。老資格王牌卡爾頓隊和埃森頓隊再度失利使廠裡的佔多數的這兩個隊球迷又陷入失望。全廠只有唯一的科林伍德隊球迷組裝工考爾林一人沉浸在無比歡樂幸福之中，人們對他嫉妒的近乎仇恨，都用白眼球翻他⋯⋯ 這些就是我們廠西人工友生活的重要內容，而這一側面足以反映出他們對待生活的態度。這是一種積極樂觀、健全充實的生活態度。相反廠裡中國工友幾乎沒人有什麼愛好，生活和工作同樣枯燥乏味。

五　阿薩的馬其頓帝國

在北區我還有一種強烈感受，凡與世界各國移民打交道，無論他的原籍國家是大是小，歷史是否悠久，都無例外地從他們身上感覺到強烈的民族自豪感，每能令我感動不已。有一次我們為 Thornbury 一家黎巴嫩人安裝廚房櫥櫃，戶主是一位約六十餘歲幽默的黎巴嫩老者。活兒需要幹多半天，中午老人邀我們在他家吃便飯。老者的兒子和他的朋

友，一位俊美的金髮希臘青年，也參加進來邊吃邊聊。老者請我們吃他老伴作的黎巴嫩飯菜和喝一種 60 度的黎巴嫩烈酒，兒子和他的希臘朋友則吃麥當勞。席間希臘青年不斷和老者開玩笑，他說：誰都知道中國歷史悠久，光輝燦爛，有許多偉大的發明。說著向我們作優雅的致敬動作，然後說：希臘歷史的輝煌也是盡人皆知，也有許多偉大的貢獻。接著向我們眨眼，說：我們沒有聽說過歷史上黎巴嫩人有什麼貢獻？老者大聲說：你懂什麼，給我滾一邊去！大家都笑了。開過玩笑，老者鄭重而驕傲地對我們講：「是黎巴嫩人最先發明了火的使用，你們想想這對人類古代文明的發展意味著什麼啊！」火的使用應該由舊石器時期之前的猿人開始，不知老者如何證實他的論點，但我還是鄭重點頭附和表示理解這項發明的偉大意義。很長時間過去了，後來我們又曾為至少上百家人家送貨和安裝廚櫃，和許多不同種族的客戶交談，而這次談話能始終新鮮地保存在我的記憶中。

阿薩是馬其頓人，是我在 Preston 工具廠認識的第一位工友。我剛進廠的一段時間一直和阿薩在噴漆線上作，他負責把噴過漆已經烘乾的零件從流動鏈上摘下來。我則負責往鏈上掛將要噴漆的零件。阿薩黑眼睛黑頭髮，長相粗魯凶狠，其實性格直率喜歡開玩笑。每有女工經過噴漆線他就朝她們吹口哨，哨聲婉轉柔美，與相貌相徑庭。阿薩受教育不多，英語口音濃重而且不標準。可能是由於這個原因，他羨慕澳洲學校裡的中國中學生，他說中國孩子個個聰明，成績

拔尖，他們在澳洲前途無量。他也羨慕 1989-1990 年來的那批中國移民，他認為這幫人精明會作生意，來澳洲不到十年都發財了。

　　阿薩的希臘歷史知識相當於中國老百姓腦子裡的秦皇漢武唐宗宋祖、三國水滸紅樓夢等歷史常識，對歷史的廣泛興趣與愛好是所有歷史悠久民族的共同特徵。我與阿薩聊過古代希臘的亞歷山大大帝。他在談到亞歷山大征服埃及帝國、波斯帝國和印度時眉飛色舞。就我所知無論在希臘或澳洲，希臘人與馬其頓人關係並不融洽，但這並不妨礙阿薩以大一統的希臘文明為榮耀。而亞歷山大是馬其頓人，他建立的偉大帝國就是馬其頓帝國。西元前三世紀中葉亞歷山大的父親馬其頓城邦國王腓力二世打敗雅典統一了希臘各城邦。西元前 336 年腓力二世被暗殺，亞歷山大繼承了王位，自此開始了偉大的征伐，使希臘文明向東擴展至印度北部，歷史學家稱亞歷山大的征伐擴張為「世界希臘化運動」。

　　亞歷山大大帝征服印度時才三十來歲，以三十歲帝王的雄心，在征服印度後還當在亞洲有更大作為。從前讀過一篇史家的漫筆，談到亞歷山大東征時流露出遺憾。文章設想：如果亞歷山大大帝征服印度後來到中國，東方西方兩極的文化就會碰撞，能產生精彩火花。我那時還不善於以中西聯繫比較的眼光看待古代史，習慣意識總將西方古代與中國古代分別置於相互隔絕的時空內，因而不屑思考這樣的議

論。但這個想法一經被提示便像埋下了種子，不斷由弱變強在頭腦中蔓延滋長。

一次曾與一位博學的 Northcote 中學英裔英文教師吃晚飯，在喝完一瓶澳洲紅葡萄酒之後談起這個話題。思路嚴謹的教師絲毫不為酒力所動，對此不做任何推論性的判斷，講：「亞歷山大的軍隊打到印度久已厭倦了艱苦與疾病的折磨，無力在亞洲擴大戰果，所以根本不可能去征服中國。」這當然是事實，希臘軍隊征服了北印度旁遮普後軍隊拒絕前進，亞歷山大終於在部隊強烈要求下放棄了印度撤回巴比倫。三十三歲的亞歷山大大帝也染上惡性虐疾死在了巴比倫。

即使是蓋了棺，這個設想在腦海中仍然很頑固：如果西元前三世紀亞歷山大大帝的希臘軍團開進中國，那時中國正是七雄爭霸的戰國時期，孔子剛去世不久，柏拉圖的弟子亞里士多德的學說會隨希臘軍團傳入正在百家爭鳴的中國思想界。而東進的希臘軍團迎頭遇到的第一支勁旅就是居六合而定中的秦國，如果能打敗秦國就有可能打敗中原諸列國的抵抗，世界史和中國史都將改寫。如何改寫是個問題：是中國希臘化還是希臘人中國化？後者面兒大。

我與阿薩的聊天還常常追溯到希臘歷史更為久遠的荷馬史詩中諸神與英雄的歷史傳說，涉及到史詩中已被考古發掘證實了的特洛伊木馬傳奇故事。作為歷史研究者同時也是一個男人，我堅信希臘人遠征小亞細亞特洛伊城的那場戰爭

絕不是一個政治集團的統治者為了政治經濟目的與另一個政治集團的統治者之間的戰爭，更不是一個進步的政治勢力反對一個落後的政治勢力的戰爭，或一個階級反抗另一個階級的戰爭。我確認這場戰爭純粹是為了美麗的海倫，這場戰爭的全部意義就是為了證明一個女人的美。唯物的歷史學家請高抬貴手吧，請不要把人類歷史完全歸結於物質，不要把人的情愛和性愛動機和影響從歷史中排除，不要把歷史的浪漫與神秘趕盡殺絕……在車間沖床鑽具巨大轟鳴聲中我與阿薩討論海倫的美麗，這個希臘馬其頓人眼神恍惚癡迷。對希臘人來說，海倫的美不是物質形態上的，而是一種恆久不滅的理念，是一種為之肝腦塗地也要堅守的信條。歷史上女人的美麗不能僅僅存在於男人的欣賞中，還要有男人為之付出壯麗犧牲以為映證，單憑文字描述的美麗並不可靠。在此意義上，中國歷史上根本不存在美女這種東西。

說到民族自豪感，義大利人其實最有資格。他們有輝煌的古代文明，而且從整體來看義大利移民在澳洲最有成就。北區流傳著一則關於早期義大利移民的真實故事。義大利人剛到澳洲時，由於語言文化等原因受到英裔澳籍人的欺侮排擠。一次兩位義大利人到酒館喝酒，酒館裡正好有一群英裔澳籍人，恃人多勢眾借酒勁嘲弄辱罵兩位義大利人。當侍者把義大利人要的酒送到桌上來時，那幫英裔團夥其中一個走過來拿起酒杯朝裡面吐了口痰，眾人哄笑。義大利人毫無表情，揮手向侍者又要了一杯，那個英裔無賴又過來拿起

酒杯朝裡面吐痰。就在他把吐了痰的酒杯放回的瞬間，一把鋼刀閃電般從他的手背插入，把這之手死死釘在桌上……此後北區再無人敢隨便污辱義大利人。

廠裡沖床工義大利人喬萬尼形象上氣度上遠不是那種具有英雄氣概的人物，但民族自豪感絕不遜色。他總把義大利的足球、汽車製造業和名牌賽車掛嘴邊上，當然還有歷史上的羅馬帝國。有一次我們在沖床合作幹活，他向我宣傳羅馬帝國奧古斯都大帝的偉業。西元前 27 年，羅馬元老院授予屋大維元帥以奧古斯都尊號，標誌羅馬由共和轉變為帝制，屋大維成了此後持續數百年統治的羅馬帝國第一帝。帝國的疆域當時囊括歐洲大面積地區和小亞細亞及埃及。帝國首都羅馬是當時世界上規模最大的城市，西元二世紀時人口已達到一百多萬人。當時羅馬共有六個競技場，最大的競技場設有十四萬個坐位。以血腥殺戮聞名的羅馬鬥獸場能容納五萬觀眾，落成慶典那天有五千隻猛獸被鬥殺，有一萬名角鬥士相互廝殺而死。羅馬帝國的臣民尚以戰鬥殺戮以為娛樂，可知帝國軍隊的能量。

羅馬帝國東端的中國當時正處在漢王朝的鼎盛，這是個中國人引以為驕傲的尚武稱雄的朝代。處於文化兩極的兩個偉大的帝國雖無緣較量但彼此相互知曉，當時漢朝人稱羅馬帝國為大秦國。中國的絲綢深受羅馬貴族消費者的歡迎，兩帝國間通過絲綢之路進行著頻繁的絲綢貿易，不幸絲綢貿易不是在羅馬帝國與漢王朝之間直接進行的，是經過中東地

區一些民族轉口貿易。當時兩大帝國都有建立直接貿易聯繫的願望，中東各國因轉口貿易發財致富而阻撓漢王朝的使者和商人繼續西行到大秦國。羅馬帝國當時也非常不滿中東國家在貿易中加價重稅，於是把貿易轉向印度，絲綢之路遂逐漸衰落。後來由於敘利亞地區的民族把蠶卵從中國引進到自己的國家，開始生產絲綢，絲綢之路於是徹底廢棄了。歷史於是又失去了一次機遇。

喬萬尼問我：能否告訴我中國歷史上一個奧古斯都式的人物。一下子還真把我給噎住了。說成吉思汗吧，異族征服者，不妥。說陳勝、吳廣和李自成吧，歷史上是流寇並非正統帝王，也不妥。說岳飛，其〈滿江紅〉：「壯士飢餐胡虜肉，笑談渴飲匈奴血。」當然是英雄豪傑，但不逢時生在屈辱的宋朝。說中國千古第一帝秦始皇，功過且不論，個人業績絕不在屋大維之下，但形象上慘點兒。我見過奧古斯都塑像的圖片，年青英俊，背甲持兵，俯視三軍振臂呼嘯狀。郭沫若先生在《十批判書》中據史料記載始皇帝「蜂準」、「鷙鳥膺」、「豺聲」（塌鼻、雞胸、啞嗓子）等特徵，考證嬴政有小兒麻痺後遺症，體質上的孱弱乃至殘疾而養成性格上的暴虐殘忍。郭老青年時治醫學，此有科學依據的天才考證不容忽視。於是猶猶豫豫的一邊掂量一邊說：「中國英雄豪傑太多，不好選。」最後還是選了秦始皇。

六　桑拿浴中的文化交融

　　墨爾本游泳館很多，據人口而配置，分佈密集。每個游泳館都有良好的衛生條件，也不擁擠，而且必設有公共按摩浴池、桑拿和蒸氣浴室。我從小熱愛游泳，記得小學二年級第一次在天津第二游泳池上游泳課就迷上了這項運動，那時聞到游泳池漂白消毒劑的味就興奮。後來在南開大學工作學習一直在南大游泳隊訓練比賽，技術也得到發展。那時南大游泳隊冬季也活動，每週兩次到馬場道盡頭的天津幹部俱樂部室內游泳館訓練，訓練之日對我來說就是過節。我選擇 Northcote 游泳中心作我的游泳「基地」，一是因為近，二是因為它的室外游泳池條件好。室外有兩個兒童池和一個標準五十米池，池邊有大片傾斜的草坪和一個沙地排球場。每赤日炎炎之日這裡的景象總能令我詞不達意固執地想起形容商紂王窮奢極欲的一個詞，「酒池肉林」。

　　游泳中心的按摩浴室是用玻璃牆隔開的一個獨立房間，梅花形的按摩池能容納十來個人，池壁周邊設有若干噴頭噴出強弱不同的水流。使用者坐在池內水中，使噴頭對著身體需要按摩部位噴射，達到按摩效果。按摩室內另有兩間內室，一個是蒸氣浴室，一個是桑拿浴室，分別能容納七、八個人。若干男人女人坐在公共按摩池內專意按摩，池水由於水柱在水下噴射水沫鼎沸，蒸氣升騰，很像開水煮人，常使玻璃牆外過往的兒童露出驚駭恐怖神色。

在澳洲游泳非常便宜，先花七十澳元獲得游泳中心永久會員資格，然後每月再交三十澳元便可享用所有設施，普通老百姓完全消費得起。富人自家有泳池與桑拿不必來公共游泳池作這些，消費者多是循醫囑而來的勞損工傷的勞動者。總是這些人見面，時間長了彼此也就都混熟了。男人女人同擠在桑拿室，高溫之下一邊聊天同時汗往一處流，無形中構成了某種無設防的親密氛圍。有時穿著三點式的女人躺在木凳上，劈著腿欠著頭，隔著兩腿間空隙與男人聊天，極其自然。偶爾也有不自然的時候。我趕上一次一對青年白人男女來作按摩桑拿，當著一屋人女人把胸罩摘下來了，只為舒服絕無不良動機。管理人員來干涉，她戴上了，人家前腳走她又摘了。兩次干涉無效，索性沒人管了。還有一次朋友趕上了，也是一對白人青年男女。女人（著裝）陪男朋友進了男更衣室，坐在長凳上看著男友洗浴更衣。並排洗浴的滿屋子男浴者皆照搓不誤，沒人少見多怪。

在 Northcote 游泳池令我少見多怪的是人們的紋身。在中國人的習慣意識裡凡紋身的黑幫人物居多，但在澳洲紋身則不分男女老幼非常普遍，當然小孩只帖一種時間長了可以洗掉的印花。我在游泳池見到的情況是大多數的人紋身。紋身的圖案題材廣泛，有豺狼虎豹獅龍鳳花鳥山水裸女頭像書法文字……什麼都有。男人喜歡猛獸和美女裸女之類的題材，而且非常喜歡中國龍的圖案，但雙臂盤龍的還不多見，多是單臂或紋在身上腿上。有一個虎背熊腰的長髮白人以

整個寬大後背為畫布滿滿當當地紋了一個圓形的描繪女神形象的彩色裝飾畫，繪製精美絕倫。還有一個體重至少三四百斤的長相很像如來佛的中亞混血中年男人，在整個包括胸和肚子的前身紋了個和他自己很相像的坐佛，倆人共用一個肚臍。一位西人青年在左胸心臟部位紋了一個正在流淌鮮血的刀口，這顯然是為悼念耶穌的受難。《聖經》記載耶穌被釘在十字架上時，一羅馬士兵用長矛刺入耶穌的心臟，有鮮血流出。另一位白人青年在後屁股勾上紋了一束火苗，不知肛門冒火有何吉祥意味，但令我聯想到的則是痔瘡的火燒火燎。

女人一般比較保守，只將深藍或墨綠顏色的小型圖案紋在臂上、腿上或屁股上，可能有什麼紀念性意義。也有狂放的，常來的一位西人女子雙肩和臂紋滿顏色鮮艷的魚龍花草圖畫。一位幾乎每天都來的青年女人在背上紋上布里斯本橄欖球隊的隊徽，表示終身依附，這符合澳洲球迷的一貫精神。還曾見到一位有一對色彩鮮艷綠眼睛的性感女人，分別在肩頭、大腿和腳面上紋了三隻栩栩如生的黑色壁虎。我幻想如果她是我的情人，在昏暗的燈光下她的胴體再性感，有三隻壁虎蜷伏在上面也足令我退避三舍了。

還有許多人在身上紋文字，而且特別喜歡紋中國字取其象形之美。我見有人在身上紋「虎」、「友」、「愛」等字樣。但有人不很清楚中文的意思，身上紋的中國字常令中國人莫名其妙，百思不得其解。有一個身材健美的西人小夥子

在後脖梗子下邊紋了個「家」字，又在右肩頭上紋了個「搖」字。「家」字沒問題，但「搖」字令人費解，可能取搖滾之意。問題是「搖」若不和「滾」搭配也就沒有「搖滾」的意思了。還看見有人在身上、腿上紋了一連串字義毫不相聯繫的漢字，琢磨半天也不知怎麼回事，索性由他去，不操那份兒閒心了。

桑拿蒸氣浴室裡的談話內容常常是隨意和漫無邊際的，談流行的影視節目，談國際國內重大新聞。體育賽事的討論佔有很大比重，尤其在澳式橄欖球聯賽期間，對各隊情況推測，賽事及隊員評論是談話的主要內容。這都屬於資訊交流範疇。有時不同種族的人的交流還會涉及有關文化、宗教、歷史等方面的內容。

一位義大利人在桑拿室問我：「你是韓國人吧？」在北區我已習慣了這類誤解，西人常把寬臉龐小眼睛高個子的中國北方人當作韓國或蒙古人，在他們的習慣意識裡華人應該是廣東人的長相。這也難怪，魏晉以來中國北方一直分崩戰亂，關北的遊牧各族屢屢南侵，在北方定居並建立王朝，所以任何一個中國北方人都可能有蒙古族、鮮卑族或其他族的血統。只要不被誤認為是日本人，我一般都不會太反感。我告訴他中國南方人和北方人的外貌是有差異的。他立刻說：義大利人也是這樣的！態度懇切，像是要對剛才的過失表示歉意。他說義大利也是北方人高大些，但南方人比北方人膚色黑。說到此他還露出得意，因為以歐洲人的審美觀，膚色

黑是一種美。他是個南方人，家鄉是一個離西西里島很近的小城鎮。

有一次我與幾個不同種族的人在桑拿浴室聊，談到了宗教信仰。他們知我是中國人便想當然問我是不是信仰佛教？我說不是。他們問那你信奉什麼宗教？我說我相信進化論，還添油加醋地補充說我是學歷史的，我相信真實。他們說這麼說你沒有宗教信仰，人活著怎麼能沒有宗教信仰？在場的人都吃驚地看著我，我自慚形穢，汗也下來了。在北區你如果說你沒有文化，沒人吃驚，若說沒有宗教信仰，很多人不能理解。

一次在桑拿浴室聽見一位看上去像義大利或希臘裔的黑頭髮黑眼睛豐滿的女人和別人談生活感受。她語速飛快，原話忘了，大意是：我覺得人們總是太關注自身的束西如社會、事業、家庭等等，卻忽視了其他……我們應當懂得欣賞周圍身邊的大自然景色……我有一次在黃昏時正在某某區段開車，突然看見當時陽光照耀的景色美極了，光好像是由天國直接照射下來的，周圍景色的色彩簡直太美了，語言無法形容，我被迷住了，於是我停車走下來呆呆的欣賞……我當時什麼也不管了，有什麼事都停下來，我就要享受這個美！為什麼不呢？

在游泳池和按摩浴池，人們更為直接地展示著種族差異。英裔澳籍人好像常來的不多，也能見到一些來去並無規律的紳士女士，常見的一種中老年白種英裔男人，一身白

毛，肚子像臨產的孕婦，皮膚經熱水熱氣一蒸泡便由粉變紅又由紅變紫。固定常客都是各國移民，有意大利人、希臘人、東歐人、印度人、中東人、亞裔人等，還有黑人，有一個移民澳洲十三年的南美黑人，每天作健身和桑拿，我們處的挺熟。他談十三年來他常遇到一些英裔種族主義者對他說：滾回你自己的國家去吧！「我都予以猛烈回擊，從未示弱。」他說，「一次我衝這幫愚蠢的傢伙喊道：你們這幫混蛋並不是這裡的主人，也應該滾回自己的國家去！你們的祖先是怎麼來的？在澳洲做了什麼？難道你們不知道嗎！」他露出潔白的牙齒，「那次把他們全震唬住了。」有幾個屁股吊在腰上的非洲女人也定期來作按摩和桑拿。另有些人毛色混雜，來歷不明……

　　在這裡經常見到東歐人。我覺得東歐北歐人才是人中之良種，美麗高大，而且修養好，待人坦誠。我接觸東歐人除在熱水裡最多的還是在冰上。我喜歡滑冰，在南開大學時曾在大學冰球隊打球。墨爾本有兩個人造滑冰場，我那時每週末開車上東線高速公路跑四十分鐘去英吾德區滑冰場滑冰。澳洲處赤道以南，冬季室外不結冰，所以澳洲人普遍不會滑冰，但冰球運動居然很流行，澳洲大城市都有冰場和許多冰球俱樂部。在 Ringwood 區冰場我看過墨爾本冰球隊與悉尼冰球隊比賽，水準很高，但許多球員一眼就能看出是俄羅斯人。在不凍冰國家的冰場裡滑得好的人基本都是移民，這些人像羊群中的幾隻孤獨的駱駝彼此視為同類，容易相互

結納。Ringwood 冰場主是個開朗熱心的捷克人，帶我去冰雪體育用品專店選購冰鞋，有時趕上他值班不收我錢，一揮手放我進去了。他女兒金髮碧眼非常漂亮，應該還在高中讀書，花樣滑得專業水準。另一個俄羅斯高中生男孩總和我並肩邊滑邊聊，他說他高中即將畢業，畢業後想參加冰球俱樂部的訓練，打冰球。如果在工作日的上午去冰場，就會見到來自俄羅斯的真正專業花樣高手在冰場訓練，穿著花樣滑冰服，做在電視中才能看到的高難動作。

讓我們從冰上再回到熱水裡吧。我認識了幾個常來游泳和作按摩桑拿的亞裔人。剛來澳洲時見著和自己長相一樣的人就跟人家上普通話，而對方總衝你翻白眼兒愣神兒，結果一問才知是越南人、日本人、朝鮮人或柬埔寨人等等。後來有經驗了，你就是碰上你認為百分之白的純種中國人也要先拿英語問一句，免得尷尬。我在池子裡認識了新加坡人老齊，長得像中國北方漢子。普通話、廣東話和英語都能說，但都說不好。老齊五十來歲單身，無固定工作，性格隨和，與常來作按摩的所有各族人都熟。老齊每年都回新加坡或去香港和中國，見了無數女朋友現在還沒選定。有一個幾乎每天都來作桑拿的皮膚白皙體態豐滿的越南女子，差點被我誤認為中國北方姑娘。還有兩個中國大陸人，一個來自福州，一個來自廣州，見了面就用普通話聊。亞裔人尤其是中國人中活得這樣灑脫的並不多見。

我在按摩浴室最大的收穫是認識了一位阿塞拜疆青年。這位阿塞拜疆人長得像新疆人，所謂近看像西人遠觀像中國人。換個說法就像中國人與西人結合的混血兒，放在中國人堆兒裡像西人，放在西人堆兒裡又像中國人。阿塞拜疆青年性格樂觀開朗，第一次見面就熱烈盤道，不提波斯帝國只講偉大的成吉思汗，他告訴我他的外祖母是一個純種的亞裔人，其先祖可能是隨蒙古人西征來到中亞的。

　　歷史上有兩次蒙古人種遊牧民族西征都與中國有關係。第一次是匈奴西征。漢武帝時不能忍受和親政策的屈辱，曾縱深漠北討伐匈奴。此後魏晉南北朝中國內部分裂，匈奴人其中一部分進入中國北方，與此同時大舉西遷，和另一蠻族日耳曼人共同洗劫了歐洲古典文明。

　　另一次是蒙古大帝成吉思汗的西征。成吉思汗東向征服了中國西北的西夏國進而佔領中國包括東北在內的北方地區和朝鮮，西進征服了中東的一些穆斯林國家和印度，在烏克蘭和高加索地區戰勝了俄羅斯。偉大的成吉思汗說過：「人類最大的幸福就在於征服的勝利之中。」這一最高指示指導著一百萬蒙古人征服了全世界。成吉思汗死後其孫蒙哥繼承祖父精神繼續擴張，蒙哥派他弟弟忽必烈進攻宋朝，派另一個弟弟旭烈兀進攻波斯及美索不達米亞及敘利亞地區，二人各自完成了軍事征伐。忽必烈在中國建立了大汗國即元朝，旭烈兀在中東穆斯林地區建立了波斯汗國，加上在東歐

及西亞建立的金帳汗國，結果蒙古人建立了橫跨歐亞非的三個蒙古汗國。

匈牙利和蒙古這兩次遊牧族西征把歐洲古典文明變為廢墟，同時也促成了民族融合，把中國與世界在古代歷史上銜接了起來了。今天在匈牙利和中亞各國如土耳其等國家裡，有人會說：我們是從東方的中國來的。這顯然是從他們祖先流傳下來的傳說中得到的資訊。阿塞拜疆地處蒙古帝國金帳汗和波斯汗之間，應該屬於波斯汗國。這位阿塞拜疆青年的外祖母肯定是蒙古人，其先祖很可能隨成吉思汗或旭烈兀遠征定居於波斯汗國的。

西方史料記載形容匈奴人和蒙古人卓越軍事才能時對他們野蠻慓悍的族性流露出驚恐懼怕，說他們是「粘在馬背上的一種雙足野獸，一經激怒他們就奮勇作戰，兵鋒所至，殺戮駭人，他們沒有家，沒有法律。」「他們不是人而是鬼，酷愛喝血，撕吞狗肉人肉，他們沒有人類的法則，比獅子熊羆還凶猛……」我由此想到，在整個古代歷史進程中，中國人每天都面對盤踞北方如此凶猛的敵人。因而絕不可輕易下結論說從秦朝到明朝築北邊修長城是被動挨打的戰略。面對善於騎射的慓悍蠻族，北出長城入大漠征戰就是去送死。

相反我們可以下比較肯定的結論，由修建長城建立發揚的保衛抵抗精神應該被看作是使中國古典文明不被野蠻蹂躪的保護神。由此我們可以理解漢朝屈辱的和親政策，甚至也可以原諒宋朝抵抗金人和蒙古人所表現出軍事上的無能，

連羅馬帝國如此嗜殺尚武的民族都敗在遊牧蠻族的鐵蹄之下，何況文人當國、理學盛行的宋朝。

七　技校裡的信仰差異

在北區呆久了，每天聽著不純正的英語，你會覺得英語對於墨爾本大多數人來說不是母語而是第二語言。這種感覺雖然不正確地低估了英語，但也不是毫無根據的渲染。我曾經在墨爾本大學教育學院聽過一位教授在階梯教室講大課，她說：「在墨爾本許多外語像漢語、義大利語、希臘語、越南語和日語等等在各種社團裡和很多場合下是作為第一語言在應用的。」而英語教育在墨爾本許多教育機構是作為外語教學在進行的，即所謂 ESL（ENGLISH AS SECOND LANGUAGE）第二語言英語課程。我在 Preston 技術學校的英語系學習了一年這種 ESL 課程。

技校是澳洲教育體系中一個非常重要的環節，介於中學與大學之間，像中國的技校一樣進行技術培訓教育。工廠的各類技術工種、個體建築師、廚師等職必須要在技校取得畢業資格，才能獲得技術工作資格和經營資格。與中國技校不同的是，中國技校的學生都是考不上大學而被迫上技校，而澳洲很多青年根本不想上大學，他們的理想就是當一名技工或廚師。另外澳洲技校的教育非常正規，澳洲的職業管理也很正規，所以技校的學歷非常重要。此外澳洲技校體

現一種社會福利的性質。學費很低，在英語系讀一年全日制英語，包括聽說讀寫、計算機應用等課程全年學費才七十澳元，合人民幣三百多塊。澳洲技校教育的出發點就是使青年和各類移民能更順利獲得就業機會，成為對社會有用的人。

Preston 技術學校系別不少，像烹飪、建築、幼兒教育等系的學生基本都以澳洲白人為主體，英語系的學員全是世界各地的移民，而且英語系許多教職員工也都是外來移民。我第一天來英文系辦入學手續，辦公室裡兩位女工作人員一位是亞裔人，另一位是印度人。後來我有機會和這位印度女人談話，知道她叫阿茹娜‧庫瑪。

阿茹娜身材高挑，膚色黑但臉型結構完美，是個雅利安血統的漂亮女人。雖然穿著、語言和宗教信仰仍保持純粹的印度化，但她是在斐濟出生長大的。她與我在普林斯頓工具廠認識的印度青年古魯是完全不同類型的印度人。古魯來自孟買，是大城市人。像中國大城市受過高等教育的青年一代，雖然生長在印度但觀念上反而更開放。阿茹娜也受過良好的教育，雖然不是生長在印度卻更為傳統。阿茹娜七歲開始學習印度舞蹈，後來在舞蹈學校訓練。她為我在電腦上播放她舞蹈表演的光碟，跳得絕對專業。她說印度舞所有舞蹈動作和姿勢都是在敘述古老的傳統故事，表現力既強又獨特，比如以手的姿態表現河水、花朵和魚等等。我相信這是和中國京劇一樣意境深邃的表演藝術，外人所能感受到的美不過是皮毛。

印度文化與中國文化相類同，有很強的凝聚力，不易流變。西方史學家將印度歷史同中國歷史相比較，以局外的觀察眼光一下子找到了關鍵點，指出：中國是長期的帝國統一隔以短暫的分裂；印度是長期的分裂隔以短暫的帝國統一。印度有種族的差異，印度人的政治思想中根本不存在中國自商周以來就成為主導思想的大一統的政治觀，中國人從帝王到臣民都不能忍受國土的分裂和異族的統治。西方史學家認為中國的文化凝聚力來源於封閉的地理環境，而印度的文化凝聚力則純粹出自於其文化本身。西元前 1500 年白種雅利安人侵入印度，後來在印度河與恆河流域定居，很快便從人種和文化上被融合同化了。後來印度又被希臘、波斯和阿拉伯穆斯林等侵入征服過，都沒從根本上改變印度文化。這種文化的確不得了。現在遍佈全世界的印度人仍然穩健地保持著他們的文化特徵，從阿茹娜身上就看到了這一點。阿茹娜在工作之餘還在 Preston 的一所學校教印度女孩跳印度傳統舞蹈，相信由於她的原因印度傳統舞蹈很快會在墨爾本北區生根發揚。

　　英語面試那天我竟碰到了一位埃及人，滿足了我在工具廠的長期遺憾。這是一位四十多歲的中年男人，無論從膚色和臉型結構看上去都像個白人與黑人結合的混血。英文系主管教學的一位老師在一張桌子上同時與我們這兩個文明古國的後裔談話，了解我們進修英文的目的。埃及人英語説得很快，是刻意追求語速以在其他人面前展示水準，卻無中意

暴露了他的低下的教育背景。他的英語在我聽來根本不是英語，只是一連串奇怪的聲音。主持面試的老師一臉茫然，看來聽著也費勁。我利用面試間歇時間想與他展開談話，這是出於對偉大的埃及古典文明的敬仰。但他反應冷淡，不屑一顧的樣子。我理解這種傲慢，出自某種愚昧無知和無緣無故的自大。

與埃及人唯一一次交往，給我留下一個非常糟糕的失望印象。但這種失望在與其他地中海國家同學的交往中得到了補償。我認識了一位別的班級的馬耳他同學。談話中她見我對馬耳他不熟悉就說：「這太不公平了。我熱愛中國，知道有關中國的所有事情，而你卻對我的國家一無所知。」她告訴我她特別喜歡看中國電影，凡 SBS 電視臺播放的中國電影她每放必看。我們聊中國文化歷史，我對她講中國文化對許多亞洲國家如日本、朝鮮、越南等產生的深刻的類似於同化的影響。她說：「何止亞洲，義大利人的帕斯塔（一種麵條）都是從中國人那學來的。」這類談話總能令我心情舒暢。

英文系裡還有一些非洲來的年輕同學，色澤黑中透藍錚光瓦亮，由於這一原因他們在學校裡非常搶眼。有一次英文系出外燒烤，非洲的同學帶去了幾種手鼓，邊敲邊舞，有一種狂放不羈的原始美，能瞬間使你產生不知身在何處的感覺。

我所在的英語班連老師帶同學不到二十人，是個五花八門的小聯合國。在全年學習中班裡曾換過兩任老師。第一位老師是從南斯拉夫移民來的絲娜斯塔，她在家鄉從很小時就唸英文，到了澳洲讀了文學碩士和文學博士學位，之後在這個技校教了許多年英語。從絲娜斯塔的教學中能體會到她的文學修養，而且她是來自前社會主義國家的移民，更能體會東歐、蘇聯和中國移民的心態。她有一次在課堂上說：「我相信你們在澳洲總會有強烈的身處逆境之感，有時會遇到許多非常不愉快的事情。」這些話給我留下深刻的印象。

　　另一位老師南希是美國人，十五年前隨丈夫移民澳洲。她丈夫是藥理學博士，她本人學文科，搞微型電影拍攝製作。南希的心態與絲娜斯塔完全不同，第一天上課她講她剛到澳洲時的感受，說：「我下了飛機之後，突然發現我根本聽不懂英語了，於是我問我丈夫：他媽的是哪出毛病了？」南希明顯不喜歡澳洲口音的英語和澳洲生活，因而她始終保持著美國國籍。她說雖然她在澳洲生活了十五年，家庭合睦，有了兩個可愛的孩子，但是她的父母還在美國，她的許多親屬還在美國，在她的感情深處美國才是她的家。

　　老師都是「外來人」，學生就更「多元化」了。班裡同學有法國人、塞爾維亞人、南斯拉夫人、敘利亞人、黎巴嫩人、沙烏地阿拉伯人、阿爾及利亞人、菲律賓人、越南人和中國人。中國人中又有北京人、上海人、天津人、哈爾濱人、瀋陽人、深圳人等等。有時在課堂上著課，我的某根歷

史文化場景感的弦兒就又繃起來了：在澳洲，來自歐洲、亞洲和非洲的同學向一位來自美洲的老師學習語言。國家種族宗教文化且不論，起碼班上五大洲齊活了。

班上同學們的英語口音都很重，而且明顯按世界地區劃分。開始老師説中國人和越南人英語發音問題最大，當時我們還不服氣，後來逐漸適應了同學們的英語口音，比較起來看確實是如此。歐洲同學英文都很好，但也有口音。法國人説英語詞彙豐富，禮貌周到，但小舌頭摻和太多有時也不好懂。持阿拉伯語的同學由於來澳洲時間長，英語口語都很好，但由於阿拉伯語中有幾個音節的發音聽起來很癟，影響了他們英語的音準，聽上去儘管不標準但至少給人感覺是在説英語。

年青些的中國同學基本都是剛到的技術移民，英語水準高但口語不好。聽上去發音似乎沒問題，語法準確，詞彙也豐富，但表達方式不對。有很多話英文不這樣講，所以聽上去不像是在説英語。歲數大點的中國同學雖然來的年頭長點兒，由於學英語太遲超過了語言學習的年齡，所以麻煩多些。班上有位歲數大的上海同學説英語聽著像狗叫一股子一股子的，不好懂。還有一位南方來的女同學，發言時早早進入情緒，擠眉弄眼表情誇張但語言跟不上，半天出不來一個詞，彆得全班世界各地背景的男女同學跟著一塊有大便乾燥的感覺。後來她調到另外的班，大家鬆了口氣。另外一位來澳洲時間很長的北京同學，英文挺溜，能不停嘴兒地説，但

一開口既跑調兒又跑題兒，有時說到最後連自己也不知串哪去了。應了北京人一句老話兒了：你這兒說前門樓子，他那兒說機關槍頭子……

班上人員成份雖複雜，但有兩大勢力。一是中國人，二是地中海沿岸國家來的信奉伊斯蘭教的阿拉伯人，一到下課和課間午餐時間，耳邊充滿了漢語和阿拉伯語。班上至少有六個地中海沿岸國家來的阿拉伯穆斯林同學，其中三個男生不經常來上課，沒有機會深談。只知道他們其中有兩人是哥倆兒，弟弟正在蒙那士大學讀碩士研究生，哥哥曾在沙烏地阿拉伯生活工作了二十五年。每天保持出勤的只有三位女生。莎彌亞來自黎巴嫩，希拉來自敘利亞，忽娜則來自北非的阿爾及利亞。從服飾上看三人都用絲巾包頭只露出一張臉。薩發和忽達著長袍，但薩彌娜穿便服從不穿長袍，有時穿牛仔褲和皮上衣。不知這裡有什麼區別和講究。他們基本都受過良好的教育，懂法語甚至其他語種，但不例外都以阿拉伯語為母語。從總體印象看，這群人有一點令我感嘆羨慕的就是團結，在任何情況下他們都互相支持，毫無含糊地站在一起。雖然來自不同的國家，但國界對他們毫無意義。這是海外華人太缺少的東西。

說到最為深刻影響人類歷史的人，我認為不是亞里士多德和孔子，更不是亞歷山大和成吉思汗，而是耶穌與穆罕默德。一個作為上帝的親子，一個被選為上帝的先知，他們實現的征服非限於地域和肉體的，而且是心靈與精神上的。

穆罕默德於七世紀創立了沙漠宗教伊斯蘭教，僅一個世紀就發展成為橫跨歐亞非的龐大帝國。打敗了拜占庭帝國、波斯帝國，在北非佔領了埃及，一直打到摩洛哥。又從摩洛哥越過直布羅陀海峽，佔領了西班牙，進逼法國。在東方佔領了印度北方地區。曾在中亞與中國人交戰，當時中國正處在盛唐時期，穆斯林不可能對中國在軍事上有所作為，但後來伊斯蘭教在中國的傳播卻獲得極大的成功。現在世界上有五億多人信仰伊斯蘭教。

比起其他宗教伊斯蘭教顯得更為嚴格，有許多教規戒律全世界穆斯林都要遵循。比如每天五次朝麥加叩頭祈禱，禮拜時要保持身體和精神上的清潔。要遵循嚴格的齋戒，所食用的牛羊必須由有資格的神職人員阿訇宰殺，宰殺時阿訇仰天唸：感謝安拉的賜與。肉食便可視為安拉所賜才能食用。每年有一個月為賴買丹月，在這一個月內從日出到日落嚴禁進食。我確信有些教規戒律對人的健康和精神確實非常有益，比如每日的祈禱使身體潔淨身心放鬆，易於促進心態達到寧靜平和，精神超脫於世俗焦躁憂慮的困擾。當然這只是滑頭地以局外的眼光看宗教，並不觸及信仰本身。

有一次班裡展開以宗教信仰為題的討論以訓練英文口語，中國的同學發現無法與穆斯林同學在討論中進行交流，感覺不在一個認識的層面上。中國同學感興趣的問題比如上帝是否存在？如何存在？是誰創造的世界？而穆斯林同學則討論一些更為具體的題目，他們談穆罕默德與天使，談《古

蘭經》，談審判日等等。那位在蒙那士大學讀碩士的阿拉伯同學曾企圖說服我是上帝創造了世界，他比喻道：「地球和地球上的生物是一個何等嚴謹複雜的體系，你據此可以設想這就像一臺複雜的電腦放在那裡，如果沒有人製造它，它怎能自己製造出來呢？」信仰誠可敬，思辨水準不敢恭維，不知這樣的邏輯推理是否能順利說服一位善於思考的高小學生。與阿拉伯穆斯林同學的交往使我真正體會到宗教的強大威力，它既把人們緊密的團結在一起，同時也把人們嚴格的區分開來。

我在英語班學習除英語之外還有一項收穫就是對阿拉伯文有了點認識。阿拉伯文是一種由右向左書寫的拼音文字，大約有三十來個獨立字母，可相互拼構成不同的字義詞意。而獨立的字母在組合中會變形以與其他字母連結。阿拉伯人非常自豪地認為他們語言的輝煌成就表現在詩歌方面，由此我相信這是一種表現力非常豐富的語言。最重要的是《古蘭經》是由阿拉伯文寫成的，而指導人思想的神聖經典一定要用原文來解讀，任何翻譯都是二手的不可靠的。伊斯蘭教能席捲歐亞非大陸，能緊密地把穆斯林連結在一起，是借助了阿拉伯語的凝聚力量。正像我們班裡的來自不同國家穆斯林同學那樣，共以一種語言為母語提供了超越國界的同一的思維方式和思想感情。

幾年前我們曾為北區的一家黎巴嫩穆斯林送貨，正趕上一位老阿訇在他家裡指導一群孩子學《古蘭經》，情形有

點像中國舊式私塾裡先生教孩子們讀四書五經。北區也有許多中東來的天主教徒，我想他們可能不會太在意後代的阿拉伯文水準，就像澳洲很多中國人的孩子已經或正在忘掉中文。但我相信阿拉伯的穆斯林能守住自己的語言，把阿拉伯語連同《古蘭經》的教義在澳洲一代一代傳下去。

八　被禁錮的「主人」

在墨爾本北區我沒有真正與澳洲土著人交談過，因為很少見到。有一次和朋友一道開車去布里斯本玩，進入昆士蘭州後中途在一個海邊小鎮停車加油休息，見到了一位土著人。我無法判斷這個土著人的年齡，可能在四十歲上下，也許只有三十歲。聊了沒幾句足以知道他沒有受過什麼教育，英文發音混濁怪異基本聽不懂。而從他的穿著和精神面貌能感覺到他生活處境的悲慘。自此之後這個土著人的形象從我的腦海中就再也抹不掉了。

澳洲大陸與世界隔絕，十八世紀後期當第一批英國移民到達時，這裡的土著人正處在舊石器時代的食物採集階段，當時居住在澳洲的各族土著人共有三十萬人。土著人的社會處於原始的家族聚居生活，有複雜的宗教儀式和風俗，並且各族都有自己的語言，但是他們卻沒有任何進行有效抵抗的組織。而英國人早期進入澳洲時這片土地是作為罪犯的流放地，英國移居者像獵殺動物一樣對澳洲的土著人進

行大規模屠戮，土著人口驟減到只剩下今天的四萬五千人。屠殺使澳洲大陸最南端的塔斯馬尼亞島上的兩千五百個塔斯馬尼亞族人徹底絕滅，成為人類歷史中罕見的種族完全滅絕史例。

後來，白人定居者對土著人實行隔離政策，在北澳劃出一塊北領地讓土著人居住。一百多年了，現在北領地絕大多數土著人不會英語，沒有受過教育，無法分享現代文明。我不知道英裔人怎樣，我現在生活在這個美麗的國家，我無法面對這段血腥的歷史，更無法坦然地直視任何一位澳洲土著人的眼睛。

英語系曾邀請一位叫蘇‧哈麗絲的女士作有關北領地澳洲土著情況的報告。蘇的丈夫是位神職人員，她曾隨丈夫在北領地作過七年的慈善工作。她談了北領地土著人氏族社會的文化、風俗、宗教、語言以及婚姻情況，她對土著人充滿同情。她的女兒在北領地出生成長，她收養了幾個土著人作兒女。但是在澳洲像蘇這樣與土著人真正感情貼近的人能有幾個？澳洲從政府到民間對土著人作過許多而且正在繼續作表示愧疚和友愛的高雅姿態，我見過許多有關道歉日活動的宣傳品，但我覺得這裡面有一種卑鄙無恥的虛偽。你把人家殘忍地屠殺滅絕了，佔了人家的家園，把人家隔絕在北領地繼續保持原始愚昧的狀態，然後再痛哭流涕對人家道歉。我總覺得這滑稽，是對公理的一種愚弄。倒不如索性把罪犯

的角色演到底:「我強大我文化先進,我需要你的土地所以我滅絕你。」也算你有種。

　　英語系常組織一些促進英語學習的文藝欣賞活動,其中有很多內容涉及澳洲土著人的藝術和文化風俗等等。曾在班上播放一部很新的反映北領地土著人生活的故事片,片名叫《三個尤古族男孩》。講的是三個北領地土著尤古族年青人的故事。三人是從小一起長大親密朋友,小時候一起發誓長大要成為勇敢的獵人。他們曾熱烈地盼望著一種類似於割禮的宗教儀式,因為部落的每一個男孩必須經過這個儀式才能成為真正的男人。但是他們長大之後情況變了,三人其中一個因服用毒品而死,另一個迷上橄欖球,只有一個正面角色還執著地堅持成為勇敢獵人這一理想,而且無私地幫助他的兩位朋友。影片描述了美麗的澳洲北方熱帶風光,讚美了土著青年的友誼友愛和理想,也涉及了北領地青少年社會問題。聽說拍攝這部片子時在三個年青角色選擇上遇到困難,因為在北領地很難找到能說英語的土著年輕人。

　　我與南希曾討論過由此電影引出的一些問題。我不明白,二十一世紀了,一百多年了過去了土著人還被隔絕在北澳,處於原始愚昧狀態中?誰都知道在澳洲如果一個少年不懂英語沒受過教育,他的命運會是如何。原始的宗教理想遠不足以使土著孩子們成為對這個現代化社會有用的人。青年需要理想和發展前景,這類「勇敢獵人」的愚蠢理想不值得

宣揚讚美。在當今文明社會，以任何理由獵殺野生動物的行為都是犯罪。

　　三十多年前在我的青少年時期，從十二歲到二十歲間我和我的同學們都曾刻骨銘心的體驗過沒出路沒前途的絕望。誰想到今天在澳洲北領地，一代一代土著青少年也在體驗著這種絕望。

結語

　　在開始寫這篇隨筆的時候，絕不曾想到我的敘述會從澳洲最南端的維多利亞州省會墨爾本的北區最終竄到北澳最北端的土著北領地。土著人的狀況使我的澳洲故事和敘述的隨意感走入了絕境。我無力擺脫這種困境，於是就此擱筆了。本文參考了吳象嬰、梁赤民翻譯的斯塔夫里阿諾斯的《全球通史》，補充了我在世界歷史知識方面的欠缺。

2004 年 1 月 5 日於墨爾本 Thornbury 區

聖誕晚會上的韓國人與《挪威的森林》

在我教書的學校舉辦的聖誕聯歡晚會上，我認識了一位教韓語的韓國老師。當時有將近六、七十位不同種族的教師聚在一個大廳裡，這些教師教授的課程有英文、中文、法文、德文、義大利文、日文、希臘文、泰文、馬來文……。夕陽從大廳僅有的兩扇窗斜插進來，像幾束射燈的光拄打在人臉上身上和地扳上，牆壁上橫七豎八掛滿油畫和裝飾畫，其中幾張畫得極為彆腳的白人、亞裔人和中東人的肖像畫頻頻蠻橫地闖入視野，使我感覺很不舒服。人們高聲地談著話，以英語為主旋夾雜著其他語言構成的亂哄哄氣氛與牆壁上的裝飾倒也取得協調一致了。

打開第二瓶啤酒的時候我遇到了這位身材高大、笑容可掬的韓國人，我們站在大廳邊沿持著酒瓶一邊聊一邊喝。

就在這一天的上午，我曾連續幾個小時坐在 EPPING 購物中心的食攤上閱讀日本作家村上春樹的《挪威的森林》，讀完這本小說時旁邊坐位已經換了好幾撥食客了。中文翻譯非常糟糕，但是沒有遮蔽作品的精彩。讀完後有一種久違了的快感，方才知道已經好長時間沒有讀到好的故事了。

小說描述七十年代日本青少年的思想意識和情感世界。故事美麗淒婉，對話寫得極為細膩。作者在情感描述

時所採用的口吻相當理性，是一種遠距離回首往事時的冷靜反思，連少女的初吻和初夜講述得都過於清醒。這一點卻很令我著迷，因為這樣使故事中的情愛顯得朦朧虛幻、若即若離，而一切情感都被死亡的陰影所籠罩。春樹在書中說：「我已無法把死看得那麼單純了，死已不再是生的對立，死其實早已存在於我們的體內，無論你如何努力還是無法擺脫它。」美麗純潔的女孩們在戀愛的季節紛紛自殺，死得既平靜又自然，這難道不是個脫俗的故事嗎？

扯遠了。我和這位韓國同行在聯歡會上喝著啤酒東拉西扯。我對他說我喜歡 SBS 播放的每一部韓國影片，說這話時是由衷地，絕無虛偽客套。韓國同行也紅光滿面地告訴我說他的先輩、直至他父輩都是使用漢文的，而他本人也懂漢文。儘管我了解這個情況，還是作出驚喜的表情以迎合談話的友好氛圍。

歷史上朝鮮和日本都曾以漢文作為書寫語言。研究明清史的中國學者都知道朝鮮史學巨著《朝鮮李朝實錄》，此部史籍全文用漢文書寫，記事從十三世紀末到十九世紀共一千七百多卷。《李朝實錄》被中國學者用來作為彌補中國史書記錄闕遺的重要參考書。比如明朝嘉靖壬寅年（1542）一群宮女深夜勒殺嘉靖皇帝的「宮婢之變」事件，明朝官修史籍沒有記載。嘉靖帝在那次謀殺中雖未被勒死，但一隻眼自此暴突，精神也遭受致命重創，此後深居大內二十多年再不臨朝聽政。如此重要史事中國史籍為避尊者諱而不錄，

《李朝實錄》卻有明確記載：帝好道術，煉丹服食，性情躁急，喜怒無常，宮人稍有過失輒加箠楚，殞命者達二百餘，宮人蓄怨積苦，發此凶謀云云……

後來日本人用片假名逐漸取代書寫語言中的大量漢字，而朝鮮人則建立全新的韓語書寫文字系統，並在 1968 年一刀切廢除了漢文。我認識一位稍通韓文的塞爾維亞空手道教練，他告訴我韓文與塞爾維亞文極為相近，文法簡單明瞭，由此可見新韓文系統創制過程中顯然汲取了其他一些文法簡易文字系統的優點。但是相比一個經由六千多年發展演變的成熟完美的漢語文字系統，新文字的表現力又如何呢？

晚會上人聲嘈雜中始終有一個迷惑不斷困擾著我，這個迷惑是在 EPPING 閱讀《挪威的森林》時強烈感受到的：村上春樹在他的作品中明確表現出來對本民族傳統文化的排斥傾向。這個迷惑促使我在聖誕晚會的第二天把這部小說重讀了一遍，而且作了一個有意識的統計。如果是一本普通的小說我不會這樣做，誰會在乎某個日本作家個人怎麼想的。但是《挪威的森林》影響太大了，自 1987 年出版已暢銷四百多萬冊，現在仍高居年銷售排行榜之首。日本文藝評論稱：此書的出版標誌著「村上春樹時代」的到來。我想了解這是個什麼樣的「時代」。

我的統計是把書中出現的文學作品和作家以及音樂家、藝術家和音樂藝術作品的名稱全數標出。對一部文學作品作這樣統計可能有點荒唐，但統計行為的確是閱讀時出現

問題才引起的，而且我們這個時代統計數字確實正在證實著許多理論推斷。我的統計結果大致是：全書共 207 面（雙頁為一面），西方作家、藝術家的名字和西方文學作品、音樂藝術作品的名稱出現在 42 面上（有時一面出現過兩次或多次）。這些偉大的名字和名稱由西方各語音譯成日語，再由日語音譯成臺灣「國語」展現在我眼前時已經相當複雜了，我只認出其中莎士比亞和狄更斯，他們的名字剛巧與中國大陸的譯法相同。問題當然不在於此，問題是：日本自己的作家和文學作品名稱在書中只出現過一次（第一遍時讀到的，第二遍時沒有找到）。我的迷惑是：這本書到底是不是一個日本作家描寫的日本境內的日本人的故事？

以我一個中國人的思維方式，我會毫不猶豫地斷定像春樹這樣有才華有思想的作家不可能如此狹隘，靠賣弄一大堆西方藝術家和文學家去申明自己的價值取向、構建自己民族的文化和精神，春樹必定有自己的清醒意識。但若設身處地置於日本人的生存背景之下考慮問題，也許覺得春樹隱隱暴露了他的狹隘，不願直視傳統文化精神的本質，靠營造一個虛假的現實和迴避歷史去重塑自己民族的文化和精神。我不知道，可能我已經有偏見了。也許日本讀者對此自有認識上的默契。無論如何將這樣的文學小說上昇到「新時代到來」的高度，對於一個具有自信自尊精神的民族好像有點不可思議。請設想一個西方讀者閱讀《挪威的森林》時的感

科靈大街的轉彎處

受，他會對書中鋪天蓋地的西方各時期名人名著名曲名稱感到奇怪：你們自己民族不同時期優秀的東西都哪去了呢？

又扯遠了。在晚會喧鬧熱烈的氣氛中韓國同行說到歷史上中國和韓國（當然是指統一的朝鮮國）關係很好，韓國一直給予中國以強有力的支持。我借著友好氣氛和啤酒揮發出來飄飄然的感覺開始鑽牛犄角尖了，我說：「是互相支持，明朝的時候日本人曾入侵朝鮮，是明朝派兵進入朝鮮趕走了日本人。」這件史事發生在明朝萬曆年間，日本在十六世紀五十年代由豐臣秀吉完成統一，開始對外擴張，首先對朝鮮發動進攻，三個月內便幾乎佔了朝鮮全境。朝鮮向明朝告急，明朝出兵，戰爭經歷數年終將日本人趕走⋯⋯。談話進行到此應該說是進入絕境了，我相信韓國的知識分子不僅知道十六世紀五十年代日本豐臣秀吉的侵略，還應該知道二十世紀五十年代的韓戰。我突然覺得很尷尬，怪自己說話太不小心，可能無意識對別人造成了傷害。

可是我們應該怎樣處理此類局面呢？難道應該像春樹那樣靠躲避歷史來蒙蔽自己和他人？春樹《挪威的森林》可能已經引出了一個問題：為什麼日本戰後一代人不能真實地直視他們的文化傳統和歷史？他們在文化傳統和歷史中躲避著什麼？而且這個問題應該具有更加廣泛的意義，中國人也曾製造過虛假的歷史，我們的方式是濫用西方的社會主義思潮去敵視自身的文化傳統，去摧毀傳統權威的根基，從而強化構建新一代的權威。

現實地談躲避歷史，也許人人都正在這樣作。比如：當中國人遇到韓國人的時候，當韓國人遇到日本人的時候，當日本人遇到美國人的時候，當美國人遇到中國人的時候……當我們不同背景的華人相遇的時候……躲避歷史也許是因為怕傷害自己也怕傷害他人，可是躲避歷史其實既傷害了他人也傷害了自己。

　　大廳裡喧鬧的氣氛突然安靜下來了，聖誕晚會的主持人開始組織進行晚會的各項程式了。系領導人帶著聖誕老人的帽子發表熱情漾溢的講話，然後挨著個給每一位老師發送禮品。整個過程中韓國同行始終和我坐在一起，我們喝著啤酒，沒有再展開談話。

2004 年 12 月 23 日於墨爾本 Thornbruy 區

國君・國運

　　近日，抱著懇切的學習態度閱讀余秋雨先生的《山居筆記》，想學學散文家如何在歷史長河中抒發情懷。首章〈一個王朝的背影〉寫得非常優美，懷著遠離塵世觀光者的心境，導引讀者在關外悠遠純淨的避暑山莊之間徜徉，探索康雍乾盛世的玄機。開篇說：「把清代成捆的史料留給歷史學家吧。我們，只要繞過這個消夏別墅裡去偷看幾眼就夠了，偷看自己心底從小埋下的歷史情緒和民族情緒，有多少可以留存，有多少需要校正。」讀來飄逸灑脫。

　　余秋雨先生寫到：避暑山莊是康熙大帝的傑作，這座園林將王朝軍政國防的要旨消解在湮水蔥籠之中，是中國歷史命運的一所「吉宅」。康熙皇帝是帝王中的典範，他具有異乎尋常的生命力和健全的人格，如此非凡的個人素質和人格魅力給歷史打下重重印記。康熙從少年時開始的六十年君主生涯中，以個人生命的雄偉挽救了明末的頹勢，重新啟明了中國的國運。余秋雨先生還說：與康熙相比，明代的許多皇帝都活得太不像樣了，像一群「無賴兒郎」。

　　〈一個王朝的背影〉使我想起了另一篇文章。

　　2002 年末我赴香港參加年度明清國際學術研討會，會議期間與泰國崇聖華僑大學的郭偉川教授、北京文物出版社的毛佩琦教授舊識重逢，侃得非常愉快。偉川兄當時提交的

論文是關於曾國藩的研究，發言中談到解放軍的〈三大紀律八項注意〉其實是曾國藩湘軍〈愛民歌〉的原樣翻版，令我眼界大開。我的論文內容是對明朝中葉大臣章奏中頻繁追究內閣祖制這一現象的探討。我認為明代內閣原本不存在「祖制」依據，都是官僚大臣為攻訐政敵睜眼說瞎話虛構出來的。佩琦兄提交大會的論文，就是我現在閱讀余秋雨散文時聯想到的這篇，討論的問題正是明末清初的「國運」。

佩奇兄思想活躍，人也多才多藝。在大會閉會的聚餐酒會上他曾乘興美聲演唱了一首自己譜曲填詞的歌曲，我的老師大會主席趙令揚教授當場幽默地評價道：「由此可見，姓毛的都很厲害！」佩琦兄的論文題目是〈從明到清的歷史轉折〉，副標題為：「明在衰敗中走向活潑開放，清在強盛中走向僵化封閉」。論據相當雄辯，恕不能詳述，只概括其觀點。他認為：大明帝國走入末期的衰敗後，政治統治趨於瓦解，思想束縛鬆綁，傳統經濟開始異變，社會生活奢侈頹廢。而這衰敗頹勢恰恰帶來了無限生機，正是新的經濟因素、新的思想和新的生活觀萌發生長的溫床。而且明末海禁開放，來自西方的新知識思想大量湧入。滿族八旗入主，陡然將此頹廢中變異求新的活潑局面結束了，歷史重新板起面孔，回歸於沉悶。在西方世界繼文藝復興後紅紅火火開展產業革命之時，中國卻不合時宜地出現了一個「康雍乾盛世」。我們的歷史為此一大「盛世」付出的代價是：失去了與西方世界同步變革的一個千載難逢的機遇。

在此兩種不同方式的敘述之下，我相信讀者能體會到毛佩琦與余秋雨觀察歷史眼光的不同。佩琦兄把歷史的轉機放在明末，余秋雨把歷史的轉機放在了清初；余秋雨著眼於政治的制控，佩琦兄著眼於社會的進步；余秋雨仰慕於封建君主的雄才偉略，佩琦兄關注於社會民眾的生活、思想。佩琦兄的視野既在明清之際，也在中西之間，遠遠超越於了漢族正統觀的情結；余秋雨先生在批評漢族正統觀時未能擺脫君本位舊意識的局限，把君主的氣象與國運的走勢混為一談了。我不禁感憾，散文家賦予歷史以詩情畫意，卻忽略了其中的時代變遷，雖然文字上一改歷史敘述的古板為活潑，認識上卻把活潑的歷史僵化了。

現在，越來越多的人不再過份誇大君主在後宮的「生活作風」對國運趨勢的影響了，再驕奢淫逸的荒政昏君也只有一幅腸胃和一根陽具。比起君主荒政勤政個人化行為，國運問題則遠為複雜，關乎太多的因素。其實，在帝制時期君主勤政常常表現為個人意志對國家機器職能的強行干預，有「外行領導內行」之弊，其間引出的衝突對國家行政體制運作並無裨益。相反，君主荒政的實際效果有時恰恰是君主對獨裁專制特權的自行放棄。君主個人意志遊離於國家政務之外，各類職能機構擺脫外來意志的干預，正常發揮職能作用。像政府的監察部門，如果該部門官僚能夠無所顧忌地彈劾皇帝的寵臣和不法大僚，官僚機器職能上的相互制約機制就能得以充分實現。

明朝十六帝，從第九帝明孝宗的弘治中興之後，有正德朝武宗、嘉靖朝世宗、隆慶朝穆宗、萬曆朝神宗、泰昌朝光宗和天啟朝熹宗六帝，都不勤政，他們在位時明朝正處於中末葉的頹勢中。問題是，這六幅腸胃和六根陽具與大明國運的頹敗趨勢之間是否果真存在緊密的因果聯繫？

明代中末葉國運出現頹勢之原因是個很大的話題，以本文的規模無法說得清楚，簡單地講應該和漢、唐、宋衰敗的原因一樣，主要有兩條：一是龐大帝國內部政治經濟不平衡，二是北方關外遊牧民族勢力的消長情況難把握。這第一條是王朝大一統的大忌，每當國家出現統一強勢，衰落的因素也就由此而滋生了，而北方軍備沉重負擔，又使政治經濟不平衡更尖銳化。古人對此國運趨勢早就看得很透，也很超脫，道出其中玄機，曰：「分久必合，合久必分」。

我想舉出明史中的兩個常識：明朝歷史中經濟文化最富強繁榮、思想最活躍的時期在哪一代？答：既不是開國二祖時期，也不是「仁宣之治」和「弘治中興」時期，而是神宗皇帝荒政的萬曆朝，那時中國是世界上最富庶發達的國家。說到明朝真正勤政的皇帝，算來算去大約也只有兩個，明太祖朱元璋和崇禎皇帝朱由檢。一個是馬上得國的開國大帝，一個是吊死煤山的亡國之君。同樣勤政，國運不同，結局就不同，口碑就更差異如天壤了。

很少人在評價君主時賦予他們以我們凡人一樣的人性人格。我知道明穆宗皇帝是性情極溫和的人，一生厭倦政

治，根本不願作皇帝，只想當藩王。他在位時朝政出現極其寬鬆合諧的局面，前朝所有重大冤案（包括海瑞的案子）都得以平反。而武宗皇帝和神宗皇帝都是極重情感的人。武宗一次南巡，營帳大隊已行至臨清，突然想起與一位女士的約定，即單舟返回去接這位娘娘。南行剛啟行皇帝就突然失蹤，隨行文武都炸了營了。萬曆朝的神宗皇帝人性極善，童年時就聰明懂事，懂得體貼人。成年後與鄭貴妃忠貞相愛，想冊立鄭貴妃之子為太子，遭到滿朝文官反對，由此賭氣拒絕與大臣共政。外廷的文官對萬曆皇帝的彈劾近於惡毒的人身攻擊，萬曆帝都以寬容待之，很少懲處（若放在康雍乾盛世，多少人頭又落地了）。只可惜後人俗眼，不識其中故事，只罵昏君，不罵迂腐的文臣阻撓了一段忠貞愛情。

我一向不喜歡古代歷史中所謂「英明勤政」的君主，這些人共同特點是暴戾凶殘，草菅人命，敵視知識界。康熙皇帝是這夥人的典範，清初的嚴厲政治和思想禁錮是康熙開始的，文字獄、海禁、禁南洋貿易、禁西方思想和西教傳播等等也都是康熙開始的。後來雍、乾二帝繼父祖之業，此所謂「盛世」一脈相承延續了下來，直到嘉道之後才又重新開始做明末時已經著手做的事情，整整晚了二百年了！

歷史不會變，而我們認識歷史的眼光會變。事隔幾個世紀了，人們對清初諸帝的厭惡早已超越漢、滿民族間的宿怨，時代賦予了人們以民本民主這一新的觀察歷史的視角。

說了這麼多，除了歷史之外還想說：散文家還是不要把自己學者化了吧，因為世俗文學對歷史的反思常常不能逃於世俗觀念的捆綁，觀察歷史的視野可能太缺乏穿透力了。我更希望清高的學術走出孤立的殿堂與世俗聯姻，讓更多的人學會以縱深的目光觀看歷史；不希望世俗文學帶上學術的假面，使人們在欣賞美文的陶醉中重溫迂腐陳舊的觀念。

2005 年 2 月 2 日於 Thornbury 區

屬馬・話馬

　　2006 年 9 月，我從墨爾本北區 Thornbury 搬到東區的 Mitcham。整個社區坐落在坡地上，我家在坡的上端，面北的兩扇窗居高臨下朝著一片鬱鬱蔥蔥，樹遮蔽了所有房子，彷彿是一片無人林區。空閒散步，順著坡朝僻靜的北邊往下走，鮮豔的野櫻桃七七八八在路邊閃爍著，十數分鐘便來到一個毫無人工雕琢跡象看似廢棄的公園，一條渠流在雜石中鋪展開來。樹群像是在前仆後繼的激烈運行中突然凝結了，倒下的枯樹散著腐朽的醇香。踩著石頭穿越淺渠，眼前的一條小路從天而降，左邊是雜亂無章的溫帶樹林，右邊則是幾個莊戶人家宅院的柵欄，形成了蠻荒與人居的分野。房子院落大得像莊園，幾匹搭著馬衣悠閒吃草的駿馬豁然出現在眼前。停下腳步近距離看馬吃草，腦子全然空白了。馬，健美、理性，上帝賜予人類的最美的禮物。

　　隔日再次散步，更近距離見到了馬和它的一位主人，十三四歲的白人女孩兒。她牽馬在小路上散步與我們迎頭碰上，原來那條小路是遛馬專用。女孩兒身著淺色騎服，頭戴黑色騎士帽，足蹬長筒馬靴，和馬一樣健美。馬高出很多，十分溫馴。女孩兒禮貌地和我們打招呼，同時抬手撫慰馬頸，是怕馬見了陌生人不安。一種人與馬共通的美麗把他們融為一體了……

一

我屬馬，常一廂情願地把自身與馬做比對，再加上些宿命的幻覺，以此而自得。其實自知對這種動物並沒有多少了解，充其量也只在繪畫、影視和書本裡認知它們，從來沒有機會像那個東區鄰家女孩兒那樣與馬朝夕相處一起生活過。

在四川大學歷史系讀書時，有幸聽過國學泰斗徐中舒教授的講座。徐老著述等身，其青年時的論文《耒耜考》以耒耜這種耕作農具考據，論證了商周時代「偶耕」的雙人協作農耕方式。徐老的課程當時被稱為「馬牛羊」，這是歷史系師生形容上古史課程的口頭稱謂。人類原始社會進入農耕文明之前的遊牧與採集生活方式，更依賴於這三種動物。徐老音容尤在腦海中，講座的內容則記不得了……細想想數千年來中國人對此三種動物認知能有多深入？比起關外的遊牧民族應該差得太遠了。與牛羊的關係可能還稍近一點，至少熟悉它們在鍋裡或碗裡的形態和口味。王朔在《看上去很美》中說他小學快畢業了才只在餐桌上見過切成塊兒的牛。當然，他在餐桌上絕見不到切成塊兒的馬。

我真正直觀地見識到「馬牛羊」與人類的共生環境，是到了澳洲之後。澳洲人的農業從刀耕火種的水準一下子過渡到機械化耕作，缺少精耕細作的技術積累過程，但是澳洲的畜牧業確實有優良的傳統。澳洲人是真正了解馬牛羊的族

群。這個兩千多萬人口的國家是世界第二大牛肉出口國，肉牛活牛的存欄量約二千七百萬頭。以致有氣象方面的報導稱：澳洲蓄養的肉牛的牛屁破壞了臭氧層，造成紫外線對人皮膚的傷害。乍聽荒唐，細想想以牛的體積和食草量（有時還食用一種加工後的腐草），其二千七百萬頭牛多少年持續不斷的屁量，應該能形成破壞大自然平衡的能量。

澳洲活牛出口有一大部分銷到越南、馬來西亞等國家，在那裡屠宰加工製成半成品，而後轉銷到亞洲乃至歐美富裕國家。不幸這個過程中生出了屠宰方式的分歧。澳洲民眾曾多次抗議越南和馬來西亞人屠宰肉牛的野蠻方式。屠宰時先以斧頭和木棍打擊，不令其速死直至把體腔內的血水控淨。不用說，任何時候在電視或視頻播放這類屠宰過程，都會令人驚悚不安。我完全理解和支持澳洲人對肉牛野蠻屠宰方式的聲討，提倡用電擊來減輕牛在屠宰過程中經受的不必要的痛苦。但是，當我在當電視中看到一位澳洲白人中年婦女對著鏡頭凶狠叫囂時，令我聞到硝煙的味道。這種以對人的兇惡來反襯對牛的關愛讓我很不舒服。我想到了澳洲的土著人。想想這位女士的祖先，在登上這塊大陸後屠殺了近二十五萬各族土著人。而對土著人犯下罪惡的道歉，全世界都知道，來得如此之難。

同在食物鏈的頂端，我想問問這位凶神惡煞維護牛的白人女士，你一生吃了多少烤成半熟的牛肉，恐怕得以噸位

來計算了吧？相比之下，我更容易接受那些極端的素食主義者的表態，他們講話硬氣多了。

二

好像有點跑題。因為討論人與飼養動物之間的關係，牛比馬來得更貼切。牛既是農耕文明的勞作者又是遊牧文明的食物，而養牛離不開牛仔，牛仔則離不開馬。還得談馬。我的觀點絕不是有意要聳人聽聞，我認為：馬是中華古典文明的天敵。

歷史上中國古典文明因為地理上的封閉，躲過了歐亞大陸歷史上的至少四次東征衝擊：波斯帝國的大流士的征服，馬其頓的亞歷山大的征服，古羅馬帝國的征服，以及穆斯林的征服。而古代中國來自外部的威脅主要是北方的遊牧民族的鐵蹄，這給中原帝國造成數千年來持續不斷的困擾，也極其負面地影響了古代中國的政治和歷史進程。

西方史學家常常從氣候中尋找歷史規律，把成吉思汗的征戰史看成是草原和耕地鬥爭的歷史。週期性暑旱和暴風雪導致草原遊牧地區牲畜大量死亡，引起饑荒，迫使遊牧者向耕地的邊緣尋找活路。北方遊牧蠻族便向南部的農耕文明國家，如中原帝國和波斯帝國發動掠奪性戰爭。中國的學者習慣於把這種入侵現象歸咎於中原王朝的政治原因。每當一個王朝積弱腐敗，從而招致北方蠻族的入侵取勝。實事求是

地講，西方學者認識歷史的方法能夠更為宏觀有效地把握歷史的規律，世界氣候的週期性運動足以影響人類歷史。

北方遊牧民族入侵中原地區是草原氣候週期性運動的結果。在這周而復始的入侵掠奪與反入侵掠奪的過程中，落後的遊牧文明之所以時常對先進農耕文明在軍事上具有明顯的優勢，其重要原因是對馬的智慧和能力的開發使用。

在古代中原地區，北方遊牧外患從商周時就是嚴重的問題。據考古學家論證，當年商遷都頻繁，所謂「前八後五」。成湯滅夏之前就遷都了八次，商立國之後遷了五次。都在現在河南、河北、山東之間轉悠。遷都之舉不似搬家那般簡單，俗話說土木不可擅動，一國之都的遷徙不僅要修建城池，還要解決都城百姓的生計問題，沒有關乎生死存亡重大原因絕不會輕易遷都。史學家認為就是躲避西北遊牧羌部族的侵擾。後來到商紂王封周文王為西伯，就是要利用周國抵禦羌部族。周滅商之後，西部遊牧部族侵擾的問題仍然存在。被動挨打的局面一直到直到漢武帝時才翻了一把身。

周之後到秦漢時期，西部的困擾來自於匈奴部。漢武帝在西元前 129 至 119 年的十年間對匈奴打了三場大仗，都是在關外。規模最大的是漠北之戰。由衛青、霍去病率騎兵十萬，步兵二十萬。除了戰馬外，運輸糧草輜重使用的馬就十幾萬匹。三仗打下來不僅解除了匈奴對長安的威脅，奪得祁連山和河西走廊，還建立了酒泉、武威、張掖和敦煌的河西四郡。漢武帝的漠北之戰，是歷史上中國漢族王朝唯一一

次縱深西域的西征，也可以説是唯一一次靠馬贏得的戰爭。此後這樣的戰例再沒出現過。

明史研究大師黃仁宇先生在《萬曆十五年》中講到了一個精闢觀點，令我豁然開朗。仁宇先生軍校畢業，軍官出身，所以能從純軍事角度探討為什麼中國王朝不西征的原因。説起來也簡單：以古代物質條件下，當時的世界上沒有任何王朝擁有財力建立保障遠征部隊糧草的補給線。農耕王朝部隊作戰與遊牧民族不同，無法以騎兵進行遠征作戰。首先，中原民族不會馴馬，中原王朝都是通過長城馬市從關外進口戰馬。戰馬不馴很快就廢了再進口新馬，所以戰馬長年短缺。其次，士兵的飲食結構不同。中原王朝即使有騎兵也不能算作真正意義上的騎兵。農耕民族士兵的飲食是糧食，不像遊牧民族的騎兵能以馬肉為食。蒙古騎兵每個騎兵戰士至少有三四匹戰馬，戰爭過程中馬既是作戰工具，也是飲食來源，長途奔襲完全不需要補給。中原王朝的騎兵作戰則離不開補給，連三天不給糧食吃，恐怕連走路都費勁了。

以古代中原王朝的財力只打得起城牆城池防禦戰，而且相當會打。以南宋末年的襄陽之戰（1267-1273）説事：1259年忽必烈即汗位，遂開展衝破南宋長江防線的戰爭攻勢，攻擊重點就是襄陽。襄陽地處南陽盆地南端，「跨連荊豫，控扼南北」，襄陽的得與失關乎存亡。以南宋軍事上的孱弱，面對蒙古大汗風暴般的攻勢，襄陽城居然固守了六年

而不破，終因守將呂文煥獻城降元而敗亡。由此以見，打城牆城池防禦戰，中原王朝世界第一。

歷史長河中不乏落後文明征服先進文明的實例，而這歷史的倒退都是靠馬而實現的。說馬是中華古典文明的「天敵」，其本質涵義其實是說馬是古代農耕文明的天敵。

三

前幾年澳洲電視播了個廣告挺有意思。有個小孩兒問他爺爺：中國人為什麼要修 Great Wall（長城）？爺爺答道：中國人修長城是為了阻擋野兔子。聽著搞笑，但這位澳洲爺爺的說法從實質上講有合理的成色。長城實質上確實是為阻擋某種動物而修建，但對象是馬不是兔子。中原帝國對馬除農耕用途之外的了解就是這種動物不會爬牆。雖然足以構成對馬的才能的嚴重褻瀆，但這種認知足夠了，一旦馬為虎作倀成為入侵中原農耕文明的遊牧異族的幫兇，修一道牆擋住它就是了。

西方歷史學家認為，中國北方遊牧民族的文明程度是看他們多大程度上受中原鄰國定居文明的影響（漢化）。長城作為軍事防禦工事，只要能阻擋住遊牧異族的鐵騎（馬），就會造成中原定居文明和北方遊牧文明的僵持局面。北方遊牧族漢化需要時間，長城的防禦為軍事衝突提供緩衝，贏得了時間。沒有長城，定居文明極易短期內被強大的

北方鐵騎暴力征服，而人是文化的載體，離開人就談不上文化，把人群從某地滅絕或遷徙，某種文明便隨之湮滅了。

中國北方遊牧民族完全漢化融入中國的例子很多，像漢代南匈奴南遷進入中原地區，隋唐時一部分東突厥投降唐朝，遷入河套地區等等。而歷史上也不乏異族跨越長城局部或全面征服中原王朝的實例，如魏晉時的鮮卑族、宋朝時的遼、金和蒙古族，以及明朝時的女真族。無例外的是這些遊牧民族都在征服中國之前其實先在關外完成了漢化進程。在征服中原王朝之前已不是嚴格意義上的遊牧民族了。先完成文化上的被征服，而後實行軍事的征服，最後入關徹底融入漢族。在古代中國，長城使北方遊牧民族南侵這個週期性運動的歷史規律基本表現為兩個趨勢：一是入侵的遊牧族以軍事上勝利者的姿態在文化上被中原文明征服；二是在軍事上被更北方的遊牧民族武力征服。兩種結局中，馬都充當了重要角色。

我曾在一篇文章中說：如果馬這種動物會爬牆的話，中國古典文明早就和其他三大古典文明一樣被滅了。真不是搞笑，中國古典文明有幸保存至今，的確仰賴馬在攀爬技能上的短板。中國古代歷史中北方遊牧民族的馬隊曾多次被長城成功地檔在了關外。

突然想到要講講印度，以佐證上述觀點。

印度與中國的地理環境相似，甚至更為封閉。其三面環海，與歐亞大陸連接的只有北方。而其北方東側有世界屋

脊喜馬拉雅山山脈，西側則有波瀾壯麗的興都庫什山脈，遠都比長城所在之地燕山山脈險惡得多。印度多次被西方列強征服，西方異族軍隊無例外都是從印度與外界連接的唯一孔道，興都庫什山脈山口突入，而後佔據印度北部旁遮普，進而征服全印度。有人會認為，如果當年印度土地上居住的是中國人，肯定會在興都庫什山口修築長城，歷史就會改變。但印度很不幸，不能翻版中國人的做法。不是印度人笨，是征服者不同。就算印度人在興都庫什山口修建了長城，充其量也只限於阻擋突厥鐵騎的入侵。興都庫什山脈的長城阻擋不住亞歷山大的希臘化征服，也抵擋不了波斯帝國和阿拉伯帝國的征服。因為這三個帝國的征服依靠的是自身文明的先進與強大，根本無需借助馬的鐵蹄。

四

有印象恩格斯在一本討論人類家庭、國家起源的書（或其他的書）中講到過，常年和馬打交道的牧人（或車把式）會發現馬不但能聽懂人話，而且還有與人進行語言交流的願望和衝動，只是口腔和舌頭的限制說不來人話。文革時有內蒙牧區插隊的知青朋友探親回來常講到馬。說牧民在馬不聽話時不捨得鞭撻，於是就開罵，用最髒的罵人語言罵馬，居然相當奏效，馬立刻會低眉順眼馴服了下來。中文罵人的話無非是與被罵者的女性長輩發生性行為，不知馬是否真能聽

懂這層意思。無論恩格斯如何先入為主我也不敢過高估計馬的聽力，馬應該聽不懂這層意思，只是被駕馭者的激憤情緒所震懾罷了。也許我錯了，我是想說我們農耕文明並不了解馬，我們也許只是了解抽象的馬在世界歷史和中國歷史中的作用。

冷兵器時代的戰爭，騎兵是速度衝擊的有效力量。而可以想見的是，馬上騎射具有較高的技術含量。古代戰場上，馬和人的密切協作關係是為取勝的關鍵。我三十多年前去內蒙旅遊時騎過馬，當地人給我騎的是性情溫和的老馬，當時覺得挺神氣，擺各種造型照相。後來到了草原深處的牧區，看到牧民騎的烈馬，感覺完全不是一個概念。近距離看牧民騎馬是享受，高速疾馳中，騎手和馬相互轉換位置保持平衡，人馬全然融為一體。

以明末吳三桂和李自成起義軍山海關一戰，可以看到訓練有素騎兵的威力與作用。李自成攻佔了北京城之後，鎮守山海關的遼東總兵吳三桂與清多爾袞相約聯手合擊李自成。吳三桂部隊與自成部隊先在山海關鏖戰兩天，多爾袞怕吳三桂詐降，開始按兵不動。兩天後多爾袞騎兵突入戰場，衝擊自成軍。自成部隊見到清軍騎兵陣勢，一下子驚了，高喊：辮子兵來了！全線潰敗，一退就到了湖北。要說自成部隊征戰十六年推翻了大明王朝，不能說不能打。而且吳三桂的遼東部隊是明朝最精銳的部隊，自成部隊與之對抗也沒問題。見到多爾袞的騎兵則突然崩潰，絕對不會是被滿族人頭

上的那根辮子嚇著了，應該是被女真遊牧族的騎兵嚇著了，從速度上和殺傷力上過去從未經歷過這樣的戰鬥，全然沒有心理準備。

《馬可波羅遊記》記載了許多蒙古騎兵使用馬的情況。馬可波羅當時深得忽必烈大汗的信任，在揚州和雲南做過官，到過元帝國的許多地方。對蒙古高層內部的事兒了解相當深入，他的記載雖為多年後在威尼斯獄中的的回憶，但可信度極高。寶貴的是其記載中的那些有關戰馬的詳細資料，可以籍此了解大汗的蒙古騎兵的作戰狀態和法則。

據記載：蒙古軍隊在毫無給養供給的情況下可以堅持一個月，部隊進入作戰狀態時，戰士只靠馬奶維生。馬奶先被做成幹乳酪，早上把乳酪放入盛水的皮囊中，奔騎時皮囊劇烈晃動乳酪變成奶糊，戰士則隨餓隨食。而蒙古戰馬只食草，無需糧食。蒙古戰士訓練到可以騎在馬背上兩天兩夜不下馬鞍，只有在馬吃草時才可以在馬背上打盹。據馬可波羅記載平均每個蒙古單兵有十八匹馬（這也許超出了我們以往的認知），坐騎疲勞則隨時更換。整個部隊可以連續不斷奔襲十晝夜，既不起火也不會為進食而停止行進。遇到惡劣情況，戰士常們靠割破戰馬的血管食飲馬血維持生存。

騎兵作戰中馬的死傷遠遠超過馬背上的戰士。一場戰鬥下來每個騎兵人均死傷三、四匹馬。奔襲廝殺中馬與人渾然一體，避免傷亡贏得勝利全靠馬背上的人。馬對背上駄著的軍人絕對服從，馬明白這個道理。同時，這樣的運動戰也

佛林德的秋天

要靠馬的技能素質。馬在主人的喝令下做出各種靈活動作，戰爭中人和馬統一協調，相依為命。有沒有想過，當騎兵衝入戰陣時馬其實完全知道自己在做什麼，知道戰鬥意味著什麼。也許馬和人一樣，也在體會著殺戮的亢奮和恐懼。

蒙古騎兵從不在戰場上與敵軍混在一起，他們靠快速運動取勝。蒙古戰士用戰馬的高速的迂迴奔跑包抄敵軍，運動中用弓箭殺傷對手。有時佯裝逃遁，以高難度扭身射箭術擊殺敵軍。迎面射殺追擊者目標會更穩定。這戰法不僅有效地保護了馬，也最大限度地發揮馬的作用。

戰馬是有靈性的生物，絕不是只具備條件反射的動物。不懂馬的人，不論是單兵或是騎兵團隊的指揮官，都不能勝任騎兵作戰的戰鬥和指揮。馬可波羅也有一些記載，從中看出蒙古人對馬的習性的了解，進而運用到戰爭中。據他記載：蒙古軍實施遠途奔襲之時，總會帶上幾匹哺乳馬駒的母馬出征，而把小馬駒留著營地。作戰結束夜間回營地時，就讓這些母馬走在部隊前面，母馬就會很順利地把部隊帶回營地。

此外《馬可波羅遊記》記載了蒙古人在戰場上根據馬的情況及時調整戰法，以適應突發事變，確保決勝，其中最令人驚心動魄的要數蒙古軍與緬王之間的「永昌之戰」。此戰役中蒙軍能以少勝多，全仗根據戰馬的情況靈活運用戰法和及時把握戰機。

據記載：大汗忽必烈控制雲南後，遣也先帖木兒管轄治理，派千戶忽都率一支一萬兩千人騎兵部隊進駐雲南的永昌（保山）和合刺章（大理），以阻止緬王的入侵。當時緬王的朋加刺王國控制了緬甸和印度的大片地區，驕橫跋扈。得知蒙古人抵達雲南，緬王即親率大軍討伐。緬王麾下擁善戰精兵6萬，還有規模龐大的象陣。每匹戰象背馱可載十二至十六名戰士的戰樓。以象陣為前鋒，騎兵為兩翼，步兵隨象陣之後，這是針對蒙古騎兵的部署。

　　兩軍一接戰蒙古軍就出現意外。因為緬軍的戰象戰前都灌了酒，躁動咆哮，蒙古戰馬沒見過大象這類龐然大物，受驚失控，戰陣幾近潰亂。忽都臨危不亂，下令命蒙古將士下馬，迅速將戰馬引入附近樹林中栓好，而後徒步奔回戰場，以密集弓箭專射緬軍大象。象群被利箭突然攻擊疼痛難忍，嘶號潰退，踐踏後面的步兵軍陣而後逃入樹林，象背上的戰樓被樹幹搗毀殆盡，軍士死傷無數，而象群也被樹幹卡在林中。戰局反轉，忽都即命蒙古戰士重返馬背攻擊敵軍騎兵。雙方弓箭用盡，下馬近身肉搏。蒙古軍士身著牛皮硬甲，緬軍六萬精兵則束手待斃。戰鬥結束後蒙軍進入樹林，俘獲了緬軍戰象，凱旋而歸。

　　冷兵器時代，有誰能戰勝這樣的部隊？

五

多年前看過臺灣凌風先生主持的一臺中國大陸各地采風紀錄片，當時在全國很風靡。拍到內蒙古地區一段，邀請蒙古族歌手騰格爾為嘉賓。其中有一個到烏蘭巴托參加什麼慶典的實況場面，當時看到蒙古軍隊的儀仗隊，騰格爾激動得痛哭流涕，他一定聯想到當年蒙古大帝成吉思汗憑藉十三萬鐵騎橫掃歐亞大陸的這段歷史，有感而發。但我覺得如果他真懂歷史就不會這樣。首先，當年蒙古帝國征服世界恰恰靠的是遊牧民族的落後和野蠻，不是因為文化的先進。大汗震懾世界的辦法是戰場的無情殺戮和征服後的殘暴屠城。其次，此時蒙古軍隊非彼時蒙古軍隊，此時蒙古軍的指揮官都是蘇聯軍人（當時蘇聯還未解體）。

哭鼻子也沒有用。從第一次世界大戰起直至第二次世界大戰，戰爭進入到工業化時代。成吉思汗的時代早已成為歷史。希望騰格爾知道二戰前夕德國與波蘭戰爭中的一場波蘭騎兵對德國坦克機械化部隊之間的悲慘戰鬥。

1939 年 9 月，德國第四裝甲師師長萊茵哈特帥部進攻波蘭邊境小城摩克拉。當時波蘭駐守部隊是馬斯塔萊上校指揮的第 18 波美拉尼亞騎兵團。馬斯塔萊上校得知德國軍隊進駐立足未穩時，用兩個中隊二百五十名騎兵高舉長矛及旗幟，攻擊駐守的德軍。突然，德軍的坦克及裝甲車開入戰場，以鋼與火的攻勢衝擊波蘭的騎兵團隊，其悲壯場面可

想而知。馬斯塔萊上校當場殉國，二百五十名騎兵戰士悉數陣亡，波軍攻勢迅速崩潰，整場戰鬥共有四百多名波蘭官兵死傷。

這應該是人類戰爭史中最值得歌頌的一場戰鬥。1959年諾貝爾文學獎得主，德國作家君特‧格拉斯發表了著名詩作《鐵皮鼓》，讚美手持長矛衝向德國坦克的波蘭騎兵，也讚美了他們的戰馬：

> 啊，英勇的騎兵，
>
> 在他們前面的是德國坦克……
>
> 克虜伯和哈爾巴赫的種馬，世界上沒有比這更高貴的駿馬。
>
> 在你們這群高貴的波蘭騎兵面前，坦克只是風車或羊群……

馬用最後一次的忠誠為它們的戰爭才能畫上了完美的句號，自此馬永遠地失去了在人類戰爭中表現自己的機會，成吉思汗的時代永不復還了。

值得國人關注的是，當這個過程發生在中國時，有幸被文學家和電影人記錄下來了。應馮小剛導演的邀請，女作家嚴歌苓寫出了軍旅小說《你觸摸了我》，馮導拍成了電影《芳華》。其中有這樣一個情節：某騎兵營被解散，部隊文工團前去該營演出慰問，戰士們騎在馬上觀看表演。這是一個告別兵種的悲壯場面，戰士們要和與他們朝夕相處的戰馬

告別。而當露天舞臺上出現歌舞曲〈草原女民兵〉的表演，場面變得有點玄幻。女演員在臺上作無馬騎行馳騁狀，而台下觀眾卻騎在馬背上。我若是女演員，會為這種班門弄斧的表現而無地自容。可是，有沒有人設身處地替這些戰馬想想，幾個小時站在冰天雪地裡，觀看幾個花花綠綠女性人類在臺上莫名其妙地蹦躂。如若再得知她們的表演是作騎馬馳騁狀，戰馬會是何等扭曲的心理狀態……

戰馬的熱衷絕無可能是觀看節目，而是在草原上肆意馳騁。

六

墨爾本賽馬節，位居世界四大賽馬節之首。賽日就是節日，整個墨爾本沉浸在節日的歡快中。我參與過三、四次。不是為了賭馬贏錢，只為感受一下墨爾本人的狂歡氛圍。

馬引以為榮的兩項才能：戰鬥和競賽。而隨著冷兵器時代的終結，馬失去了戰鬥的機會。人類將馬的競賽規格人為地推到了極致，有意讓馬的競賽才能也發揮到極致。賽馬場看臺上和電視機前的人類目不轉睛盯著奔騰於賽道上的駿馬，萬眾歡騰……在和平年代馬似乎找到眾星捧月的良好感覺。馬們已成明星，讓主人養得豐乳肥臀，全然不像戰士倒像高級妓女，搔首弄姿，招搖過市。比起古代遊牧民族的

戰馬，人類與馬鮮血凝成的夥伴關係已然消亡殆盡。而人類和馬沒有意識到的是，是什麼時候開始的，馬變成了高端商品。馬的價值不再和人馬之間的感情有關，而取決於在賽馬場上能為主人賺多少錢。馬們沒可能知道，當它們在賽道上奮力馳騁之時，人類關注的其實不是它們矯健的身姿，而是賽事背後的賭注。

2007 年起稿
2022 年完稿於墨爾本 Mitcham 區

手相·地緣

以手形手相模擬地貌，解讀一國歷史，這是一位印度學者帶給我的啟示。

一

那天參加朋友的晚宴，旁邊坐了一位目光炯炯的印度經濟學教授，六十多歲黑膚色矮個子，是南方印度人的外貌。我們談起了印度的史詩。印度史詩《摩訶婆羅多》與《羅摩衍那》並稱為印度兩大史詩，從古至今以遊俠藝人的吟唱，口口相傳。兩大史詩不但對印度社會思想產生深刻影響，也流傳到亞洲各國，滋潤了許多東方的音樂、戲劇、舞蹈、雕刻與繪畫創作。其並稱東方文化遠古源頭之一，具有與希臘史詩《伊利亞特》及《奧德賽》相當分量的意義。文革期間，精通梵文和吐火羅文的季羨林教授利用打掃廁所和看傳達室勞動改造的間歇時間，將八十餘萬字梵文長卷《羅摩衍那》史詩譯成中文，國人幸甚。

史詩《羅摩衍那》以國王羅摩與王妃悉多悲歡離合的故事為主線，描寫印度古代宮廷內部和列國之間的鬥爭。述說愛情與貞潔、背叛與忠誠的戲劇化的故事。我看過印度藝人吟唱長詩的視頻，幾位男女端坐榻中，身著古典的

裝束，隨手中樂器演奏的旋律吟唱，節奏平緩，聲調滄涼悠遠……在餐廳亂哄哄的氣氛中，印度教授告訴我：英雄史詩中故事情節並不多，主要內容是大量重述「聖語」，那些神聖的宗教理念。

晚宴快結束的時候，我們的談話內容的覆蓋面已相當寬泛了……教授向我伸出了左手，手背向上，食指與中指張開為 V 字形，以此比作印度地圖展示給我。教授用另一只手指著兩指上方張開處說：「印度北方出勇猛的武士」，又指著 V 字形的中部兩指關節處：「英武的將軍多出在中部地區。」最後指向兩指下端的尖角，抬眼看著我：「而偉大的哲人都產生在南方。」整整一個晚上，我腦海裡持續顯現著兩指張開處的印度北方地區，那裡是恒河和印度河流域古典文明的發祥地。一個問題不斷搔擾著我，為什麼具有雅利安和突厥混血的北方人只能是軍人而不能成為思想家？

講學海外的印度學人把故國摹擬在手背指間，使我產生一種探索的衝動。幾天以後，我終於在左手掌心上發現了一幅完美的中國地形圖！

朋友，請把左手五指併攏手心向內橫展在面前。你要首先認定，此一掌之中便是中國古人眼界裡的那個「天下」，當今歷史學家心目中的那個封閉於世界的東方古典文明發源地。於是你就看到了厚實的西部掌心和三條指縫覆蓋的東部。指掌外沿的三面空洞暗示著這片領土周邊的自然屏障，北面的西伯利亞，東面的大海，南面是古人記載中的煙

瘴之地。西部是世界上最高的山脈與高原，幾條著名流域的發源於此。只有西北通過腕臂卻連接著什麼⋯⋯不幸古人親暱慣了三山五嶽洞庭西子，對西部的群山、高原和浩瀚的戈壁充滿敬畏。

如果再做縱深西向，更是認知難以迄及的遼闊無際的歐亞大陸，那裡數千年來走馬燈式的各文明間的征伐與奴役，繁榮與毀滅，都是自商周以來服從於大一統政治程式的中國人無法理解和詮釋的。

二

掌心很厚實，手掌的最左側（地理位置的最西側），連接手腕的部分是帕米爾高原的位置，古稱「不周山」。其最早見於《山海經・大荒西經》：「西北海之外，大荒之隅，有山而不合，名曰不周。」傳說歷史載：伏羲女媧時期，共工與驪侯（兩個部落）戰爭，撞倒不周山，導致天柱崩斷，天傾西北，地陷東南。女媧采五色石補天。可見古先人視帕米爾為天地之交點。漢代時稱不周山為蔥嶺，到唐代始採用波斯語的稱謂：帕米爾。塔吉克諺語說：「人的肚臍在肚皮上，世界的肚臍在帕米爾」，意為最凸出之點。

帕米爾高原向東，是掌心左側的從上到下（由北到南）排列著四大山脈：天山山脈、昆侖山脈、喀喇昆侖山脈和喜

馬拉雅山脈。是掌心最厚實的部分，也是地理上地勢最高的區域。

天山山脈與昆侖山脈之間便是著名的塔克拉瑪干沙漠。你會看到掌心處的一塊窪陷，恰就是這塊沙漠的位置。所有中國人都應關注這塊看似無人區的沙漠。

1868 年德國著名地理地質學家馮‧李希霍芬（1833-1905）考察過這個地區，在他發表的地理學巨著《中國——親身旅行的成果和以之為根據的研究》中首次提出了「絲綢之路」的命題，揭示了世界古典文明這一東西走向的流動脈搏，對當時及以後的地理地質學產生深遠的影響。

後來李希霍芬的學生斯文‧赫定繼續老師的事業，在塔克拉瑪干沙漠也有了重大發現。他認為因為絲綢之路的原因，四大世界古典文化體系：中國文明、印度文明、希臘文明和伊斯蘭文明在世界的唯一交匯，正發生在環塔克拉瑪干古代文明地區。塔克拉瑪干原本就是印度和中國文明交匯之處，亞歷山大的東征將希臘文明引入，而當李希霍芬和斯文‧赫定前來考察的年代，這裡全然覆蓋在伊斯蘭文明的影響之下。

塔克拉瑪干沙漠迤南乃是著名的青藏高原（也就是手掌中代表沙漠的窪陷往下的一片隆起）。青藏高原與向東伸展的昆侖山、喀喇昆侖山和喜馬拉雅山之三脈合為一體，形成二百五十萬平方公里、平均海拔 4500 米的雪域高原，佔了中國現有國土面積近四分之一。高原上連帶有九大冰

川，冰川總面積 4.7 萬平方公里，是世界上最宏大的固體水源的蘊藏。而後青藏高原繼續向東伸展出唐古喇山脈、祁連山脈、橫斷山脈……而這片雪域也是著名河流如雅魯藏布江、黃河、長江、怒江、瀾滄江的發源之處。

地球有南極和北極，青藏高原公認稱為「第三極」，說明其地貌之精彩。查查世界地形圖，全世界海拔 4000 至 5000 米以上的高地幾乎全集中在青藏高原，只有智利的安第斯山脈有限的一點面積處在這個高度。曾看過一個關於青藏高原的紀錄片，畫面外解說道：青藏高原是世界地理學界最重視的區域，世界上任何一位地質學研究者，不管你在世界任何地方，最基本的學識必須建立在對青藏高原的研究，否則便被視為不專業，行業裡根本混不下去。

看過高曉松的一個視頻講到美國的地緣政治，講到美國地理上的優勢稱：美國地理地貌，東毗大西洋，西面太平洋。利於商貿和海軍的發揮，尤其在海洋霸權時代，優勢盡佔。說的沒錯，但也只是海權時代的利益視角。美國肩挑兩洋，境內也不乏崇山峻嶺、大江大河，雖極盡遼闊豐富，但與中國地理地貌相比有兩點缺憾：首先，在地理上隔離於歐亞大陸板塊，那裡積蓄著人類數千年文明的輝煌，也積蓄著地球上的主要資源。其次，地勢地形遠不夠精彩，就差在了中國國土地勢中西部世界屋脊雪域造成的西高東低的地勢走向。

歷史地理學家認為：中國這種地貌上的西北高於東南的地勢，形成貫穿中國的所有山脈與河流向東的流動走向。使中國境內四大水系，黑龍江、黃河、長江和西江，滾滾向東。而流動會帶來生機，經濟文化皆依賴於河流的流動興起和發展。回顧中國歷史的進程，就是這樣的走向。其先從中原文化發源之黃河流域沿漢水、淮水向富饒經濟資源之長江，而後西江流域又繼長江流域發展開拓。地勢高低差異亦帶來政治經濟的不平衡，而這種不平衡恰成為保持民族活力的持續不斷的原始驅動力量，帶來無限生機。

三

這裡權借「第三極」這個概念來描繪中國地貌的三級階梯地形：

帕米爾以東的四大山系再加上青藏高原是為第三極地貌，也是國土的最高階梯，而後整個西部地脈向東伸延下滑，引出第二個地勢平臺。手掌掌心的右半部直至四指指根，仍然厚實，這是中國地理上的次高地域。這半個手掌心由上而下（地理上的由北向南）看去，排列著一些山脈和高原，如內蒙高原、太行山脈，陝北高原、秦嶺……一直到往南的雲貴高原。形成中國地貌的第二階地，朝東半環圍抱著最低的第一階梯，東部平原。

這第二階梯地形雖無第三極的宏闊磅礡，卻是中華厚重古典文明的凝聚之地域。這裡醞釀出的中國人倫理念和生存傳統一直沿襲至今。孔子說：「夏有夏禮，商有商禮，而我都沒見過，我只崇尚周禮。」周王朝的禮儀和規範真正發揚光大，成為中國傳統倫理。而周王朝的政治核心就建在第二極地。周滅商定都於關中地區的鎬京。當年武王滅商其實只是為周王朝的基業開了個頭，真正奠定了周王朝的統治體系和禮儀秩序的是武王的弟弟周公旦。其以卓越的政治作為使周王朝的統治（實質上和名義上）綿延八百年。

　　周公旦在位共七年，做了兩件事：

　　其一，東征。平定武庚叛亂後一直打到東海，而後建洛陽為東都，將王朝在關中地區的政治重心東傾，與第一極地的山西、河北、河南、山東連接，拓展廣大腹地。洛陽東都的建立，既能東扼又可西守，後來歷史印證了洛陽東都戰略上的意義。三百多年後西周亡，平王東遷洛陽，形成東周，周室天下又得以延續四、五百年。這都在周公的掌控之中了。

　　又過了八百年到隋唐，繼續行西、東兩京之制。洛陽仍是東都。隋煬帝開鑿大運河接通洛陽，目的其實是將處於關中「八百里秦川」的國都長安與國家糧倉江南接通，便利糧食和物資轉運。魏晉以後異族進入，關中地區水利失修，大片土地荒蕪，不足以供養朝廷和駐軍的用度。逢關中災荒，朝廷遷洛陽就食，故隋煬帝得「逐糧天子」之稱。在

隋唐，洛陽是大運河的軸心，治國者坐鎮關中，以洛陽取江南之利，亦以洛陽遙控北方。這可看作是對周公居高臨下，以二階地控制東部一階地謀略的補充。此距周公旦的時代已過了一千三百年了，是否也在周公的算計之中，實不得而知了。

其二，周公旦在位第六年制禮作樂，完成《周禮》。上述議論周公的居高臨下的治國方略，可視為治國硬體系統。而周公真正的偉大之處，是設計了一套治國軟件系統——禮樂，其核心理念到現在還有效。《周禮》的制定基於當時的分封制。周之前夏、商的領域只在黃河流域，河南、山西、陝西、山東一帶。而周是西方小邦，滅商之後，其轄區從甘肅達江淮流域，地域廣大，難以控制。所以周公取分封之制，以血系親疏定尊卑、劃權限。以「尊尊親親」之序，成就血系聯邦國家體制。古代政治，血系通常作為維繫政治平衡的機制，但以血親為長治久安的保障，就有問題了。就算當時靠得住，幾世而後，血系疏遠，分崩離析則不可避免。所以周公制定了整套禮樂制度——《周禮》。周公設想以一套軟性的法規，用禮儀和音樂的形制在血親疏遠之前將尊卑格局固化，在社會意識中打下等級烙印，永世不變。在諸侯與周王室的血親疏遠之後，國朝的統治就僅僅依靠周公的禮樂了。事情很明顯，禮制難以遏制權力和領土慾望，周王國血親聯邦之體最終分崩。

周公死後四百年，春秋末年，孔子出生在周公的封國——魯國。看到諸侯爭霸稱雄的不堪局面，孔子對西周初大一統社會和諧充滿理想化想像，提倡恢復「周禮」。孔子認為政治的分崩不是因為血系的疏遠，而是周禮的崩壞。孔子的做法是以「孝悌」來解釋周公「尊尊親親」的權利原則，用人倫詮釋周公的理念。因為人倫是自然的，孝悌是自然的，所以忠君（尊從周室）也是自然的。換概念不換理論，這是孔子的高明。周公雖失敗了，幸有孔子將周公的願景升而華之，把血親分權轉換成以人倫理念維持和諧。孔子使周公的理念超越了時代，進而演變為儒家的理論，成為兩千多年來中國人追求人倫和諧的依據和傳統。

國土是西高東低的地脈走勢，統治是居高臨下的管控方略，而理念與思想也是在西部建立而在東部發揚的流向。從西周直到隋唐，中國地貌的第二級平臺始終是國家管理中樞系統的所在之地。

我曾有八年在中國的第二階地的生活履歷。1970 年我十六歲，到太行山區作鐵礦工人。礦場在山西河北交界之處，是太行山脈的丘陵地貌。常在勞作間隙遠眺無際的起伏山巒，那就像當時的生活，看不到盡頭，也看不到前景。後來入四川大學學習，幾年間逢假期便北上回天津度假。七、八次乘火車從川東盆地一路朝北爬坡登秦嶺，而後順坡向東而下進入第一極東部平原到武漢，再轉北到北京和天津。最

精彩的路段是成都到秦嶺一段電機車沿嘉陵江的行駛，都是煙雨朦朧的夢幻印象。那段行程，不論往返都興致勃勃。

算來此距周公和孔子的時代已過去有二千八百多年了。

四

打開手掌，右部是四指。把四指併攏形成的一塊面積，就是中國國土的第一階地貌——東部平原。四指指尖東鄰大海，造成了國土的封閉，也形成了一萬八千公里的半環形海岸線。而四指併攏形成的三條指縫構成了由左到右走向的三條橫線，地理上這三條橫線便是西高東低趨勢的延展。中國文明從古代到現當代的故事都發生在東部的這三條指縫之間。

二十世紀末在香港大學做研究期間，拜讀吳緝華教授大作《明代海運及運河研究》，其論述國土地緣對明代政治的影響，深受啟發。

古代國土地貌中最低階梯的東部，南北向包含兩個古代國土的核心地域：中原地區和江南地區。而貫穿西東的三條指縫覆蓋了這兩個區域，構成足以影響中原王朝興衰的三個區域標誌。即：縱橫西東的長城，貫穿華北平原的黃河流域和在江浙形成入海三角洲的長江流域。長城是人工修造的軍事工事，黃河和長江是天然河流，全都由西向東橫貫國

土，在歷史上分別有著不同功能，代表著不同的區域特徵。讓我們按照吳緝華教授的啟示在手掌上具體操作一下。

第一條從左到右的指縫橫線，是中原王朝由西到東伸延的軍事防禦工事──長城。其針對性明確，抵禦北方遊牧民族入侵。最早春秋戰國時秦、趙、燕等國修建，後由秦貫通。秦始皇的長城西起臨洮，東至遼東超過五千公里，漢朝的長城西起河西走廊，東至遼東已稱「萬里」。到明代成祖將國都由南京遷到北京，所謂「以國都當敵」。面對北元的威脅長城修得更為完善。東北從山海關伸向遼東，而西一直到蘭州，再到嘉峪關。長城的修建把中國北方，從甘肅到山西，到河北一線構成防禦軍事區，形成中原王朝的軍事中心。而各代的修建者沒有想到的是，長城的經濟和文化方面的意義不下於軍事方面的意義。整個長城防禦體系中大小關口不下上百個，這些關口在和平時期是馬匹、鹽、糧食和紡織品等這類圍繞軍需經濟活動的龐大邊貿市場。

手掌的第二條指紋──中線，代表黃河流域。黃河流域從巴顏喀拉山脈發源，滾滾向東，從青海橫貫到山東。在河套地區有個「几」字形大回轉，從黃土高原一頭紮向渤海。歷史上黃河下游幾經改道，而基本流向涵蓋了陝西、河南到山東、河北。這一區域既是中國古代文明孕育成長之地，也是思想和傳統的發源之地。從商周到宋代，陝西到河南一線始終是中原王朝的政治中心。

坎伯維爾區的街景

手掌最下面的第三條指縫代表長江流域。這條稱「大江東去」的水系孕育出古代巴蜀文化、楚文化、吳越文化，碩果累累之後匯入黃海。在她的下游積蓄出富庶的江淮流域地區。魏晉南北朝之後，北方戰亂，遊牧族侵入，致陝西至河南一線許多地區成為胡羌雜居之地，水利失修、農業凋敝。而江淮流域的經濟優勢便充分顯現出來。江淮地區本身具有農耕優勢，水源充沛，水稻雙季收成，而且少經戰亂，成為國家財政收入的主要來源之地。到元明清三朝，江南地區的蘇松常嘉湖地區的經濟意義變得非常重要，國朝財政基本仰賴於此。

　　現在，可以清楚了解國土東部平原的地緣狀況了。長城由西向東串接成甘肅、山西、河北一線，形成中原王朝的軍事中心；黃河流域則囊括陝西、河南、山東一線形成國朝政治軸心區域；而長江流域東流到江淮地區，這便是國朝的經濟中心。這是古代中國國土內由北向南的三大區塊，各具功能。

　　東部雖然平坦，卻是國土中最秀麗多姿的一塊。隋唐之後的王朝，宋元明清的演義與更替都在這裡進行。多少精彩悲壯的故事發生在東部，多少民族在東部融入華夏大家庭。中國人在東部完成了近代化和現代化歷史程式，開始了當代歷史進程中的繁榮進步。

五

引《三國演義》金句：「分久必合，合久必分。」這句放之四海而皆準的真理，其實是羅貫中對古代歷史規律的悲觀概括，一種國家管理上的極不穩定的表現。

以現代開闊的眼界拉開距離回望那個時代，其不穩定的根本原因也許和國土地緣有關。由北向南分佈的軍事、政治和經濟三大區塊與由西向東的地脈走向嚴重不相協調。簡單說，中國國土中只有由西至東的橫向自然脈絡，完全看不到南北縱向走勢的自然力地標。即使是長城這一人為工程，也是順從於燕山山脈的東西趨勢而建。在古代物質條件下會給南北交通和物流，甚至管理帶來很大的問題，成為危及國泰民安的持續性隱患。

手掌上的東部，沒有任何上下連縱的跡象，但這片國土的先人任何時候都不曾令後人失望。沒有南北走向的自然地脈，就人工造一個，挖一條運河將南北打通就是了。

這就是上文提到的京杭大運河。其始建於隋代，隋煬帝建成南運河通濟渠和北運河永濟渠。通濟渠從洛陽由汴水通淮河，然後進入長江、錢塘江，到杭州。永濟渠則北上由黃河進入白溝進入天津，再入北京。煬帝的大運河開鑿六年，貫通河北、山東、河南、江蘇、浙江五省。連通海河、黃河、淮河、長江和錢塘江五大水系。實乃萬世之偉業，功德無量。

西元 605 年，煬帝沿運河中段出遊江都（揚州），享受自己的傑作。其船隊數千艘，延綿二百餘里。水中有戰艦護航，岸上有騎兵護送。旌旗如林，遮蔽四野。如此之奢靡，煬帝日後為此付出頸上之物以為代價。業績歸業績，日後自有公正評說；腐敗是腐敗，是個人的現世報。這就是歷史的公正與無情。

元世祖忽必烈遷都大都，據國情而修改運河河道。開鑿惠通河直接從揚州北上江蘇、山東，直抵天津、北京，省略掉洛陽的折角。南北向的物流將北方政治、軍事中心直接連接江南經濟中心。實現了國土資源的良性周轉。也改變了歷史的進程。至少我們看到元朝以後雖有改朝換代，而大的分裂如春秋戰國、魏晉南北朝等動輒幾百年的地方割據再無發生了。

運河發揮作用通過物資轉運而實現，具體講就是將江淮地區的糧食持續不斷地運往北方，這一中國獨有歷史現象稱為「漕運」。漕運事務元明清歷代都很重視，處之同軍務。總理漕運的官僚由武職重臣承擔，負責漕糧運輸的都是軍人，稱漕軍。以明代漕運為例，明代有十二萬漕軍負責漕糧運輸，部署在運河沿岸與東南沿海地區。漕運的運輸船只達一萬一千隻河船，三百五十隻海船。年度漕糧運輸量為四百至五百百萬石糧食，運到北京和北部邊防線。有南直隸、浙江、江西、湖廣、河南、山東六個省份提供漕糧。而漕糧的主要來源出自蘇、松、常、嘉、湖這幾個江南最富的

地區。如此規模的運作，構成個龐大複雜的管理體系，當時世界上應該沒有第二個國家能夠做到。

我在課堂上對同學們講：有沒有想過？如果那個時代有外星人觀察地球人類的活動，會驚奇地發現北半球太平洋西岸這塊地區的人類活動異常，也相當詭譎。這些人一年到頭永遠不知疲倦，周而復始不停歇地倒騰東西。

六

如果你是位邏輯思維縝密的人，看到這裡一定會為這片國土上如此完美的規劃和人們的勤勞而感動和驕傲。手掌上顯示的不平衡就此而完美解決了。完美的地緣，完美的歷史，天下沒有理由再不太平。等一下！請別高興太早，事情沒有那般簡單。因為京杭大運河中段有個死結，這就是黃河的問題。

黃河發源青藏高原的巴顏喀拉山脈，橫貫九省由山東注入渤海。以其孕育中華文明而被中國人稱為「母親河」，但這是一位脾氣暴躁的「母親」，歷史上黃河帶來的幾乎都是災難。黃河也稱「地上懸河」。什麼叫懸河？就是高出地表的河流。黃河中上游水流清澈湍急很正常，到中游流經黃土高原水流夾帶大量的泥沙，沖刷而下。明代治河專家潘季馴稱「一斗河水，沙居其六」。每年有十六億噸泥沙沖下來，其中十二億噸流入大海。而下游到河南、山東都是平

原，流速驟減，每年有四億噸淤積在下游河床。唯一解決辦法是築壩防護，造成河床加高，河壩也不斷升高。如此「道高一尺，魔高一丈」的反覆，形成河南、山東的八百公里的懸河河段。黃河河床最高處在開封的柳園口，大堤比地表高出十五米。這一帶老百諺語稱：「人在河底走，抬頭見船帆。」

逢黃河災變，災區百姓生命財產損失還不是問題的關鍵。真正的災難是黃河災情之時京杭大運河被切斷，直接導致國家政治動盪。我們知道京杭大運河不是憑空挖出來的，是借助自然河流聯通而成，貫通國土內海河、黃河、長江、淮河、錢塘江五大水系。在山東境內運河與黃河交叉，借黃河水道三百六十公里，問題就出在這段。每年黃河氾濫，切斷漕運，糧食運不過去，長城一線百萬駐軍的軍需補給就跟不上。老百姓若沒有糧食，就逃荒要飯或餓死。部隊的補給若跟不上就會兵變。明朝中葉大同等地屢發兵變，都跟這個有關係。

北方遊牧民族週期性侵擾，關乎國家安危，不得不防。在長城一線重兵駐防，以漕運提供軍需補給，擔負了維繫國土安全之重責。黃河水災，漕糧切斷，國朝統治動盪。由此，一旦國家統一就得傾全國之力去維繫這個平衡，於是分裂的趨勢就又開始。此乃羅貫中憂患意識之所在。

七

　　我本人因專業的原因常年閱讀線裝古籍書，習慣繁體排斥簡體。我認為中文是表意文字，以一道政令做刪減，肯定會造成字形和字義的損壞。簡化就算是趨勢，也該在使用過程中自然完成，而不是單靠一道政令解決。但是，有一字是例外，我喜歡簡體字的「国」字。因為這個字形準確地展現了中國國土地貌與國運的關係。魏晉南北朝之後，中國的地緣政治基本可以用簡體「国」字做圖解：

封閉的方框代表封閉的國土。方框之中有東西向的三橫：最上一橫代表軍事工事防禦線的長城；居中一橫是「地上懸河」黃河流域；下面橫線代表長江流域。而貫穿三條橫線的一豎，便是京杭大運河。方框中一個「王」字，已經很完美了。古代以王道治國，具有象徵意義。

而絕妙之處在於改字專家們在中間又加上了一點，這一點的箭頭明確指向「王」字中間的十字交叉之處，點出了中國古代地緣中的十字隱患。也許還暗示這裡不僅是地緣的死結，也是皇權專治的死結。我不知道是偶然巧合還是改字專家的刻意為之，我更希望是後者。政令強制之下的破壞中，不忘展示文人的智慧，發出點另類聲音……

　　比起那位印度學人向我展示的手背上的印度國土，這掌心之中的中國國脈要生動和精準得多。一掌之中有我們中國人心中的故土，有國運的成敗跌宕。那裡發生的故事是我們民族特有的故事，相當精彩。

　　我為那位把故國放在手背上的印度學人自豪，同時也願居住在世界各地的中國人把故國的國土容貌，連同對那片土地的情懷，把握在手心兒裡。

2006 起稿

2022 年完稿於 Mitcham 區寓所

南人‧北人

一

從某種意義上講，人的魂兒再大，也不過是一種可以遊移的「植物」。人的生活、情感、文化乃至社會和政治，都敷著於腳下的土地。我們個體不妨可以借助現代科技遠離生養你的土壤，飛越大洋來到異域他鄉，甚至在這兒生活十數年，可你還是覺得難以深植於這片異文化土壤之中，所以我們會把故土的許多東西帶過來，以幫助我們完成在異文化土壤的移植。同時我們還無意識把頭腦裡的許多與故土緊密連結的意識也帶來了，比如像原有的城鄉身份意識、貧富身份意識以及跟教育背景有關的各種身份意識等等。在異域，這些在原籍打下的意識容易隨時間延移漸漸消蝕，大家一同走過了十數年，憑辛苦勤勞作求生存建家業，什麼身份差異也都漸漸消失了。

只有一種意識卻相當牢固，那就是南方人和北方人的身份意識。

寫到這兒引出了許多孤獨的回憶，那時在國內去南方城市出差，每次都是孤單寂寥的體驗。後來又在香港呆了四年，每天都意識到自己是異類，身形長相、言談話語無時無

刻提醒周圍的人和自己：此人是北方佬。一次從香港北上飛到上海查資料，在上海圖書館古籍部辦理借閱手續時，櫃檯的一位中年女館員看看我遞上的香港大學證件和我本人，目光茫然。辦完手續轉身要離開，她突然問：你是北方人吧？我回頭說：是。她表情鬆弛了下來，意思是：我說的呢！她釋然了我卻錯位了：此時此刻在上海人面前我應該是南方人！我們的南人北人身份是在臉上、在口音上、在行為作派上、在吃的東西上……獨不在手中的證件上。

到了澳洲，南人北人沒有了空間上的差異，共處他鄉，也在融匯中互相感應著語言（或者說方言）、生活習俗和思維方式的差異，這融匯好像反使各自的南北身份意識更加牢固了起來。

二

恕我三句話不離本行，還得回到故土之中探究源流。

中國人的南人北人身份意識源遠流長，當形成於魏晉以後，因為南北差異需要有前題。首先要有一歷史悠久泱泱大國之形，而後才有國中南北之分。像我們身邊的義大利人、印度人和希臘人這些古老文明的傳人，他們的故土也都存在著南人北人的鮮明差異。我可以負責任地講，在一個早晨開車從北端出發中午就到達南邊國界的小國，不可能存在這種差異。

國大就難治理，就有不平衡，有不平衡便有差異。中國的不平衡始自於魏晉，強化於元明。魏晉以來北方多戰亂，而江淮流域氣候土壤宜於耕作，長江下游地區漸富庶，成為國家財賦主要來源之地，由此中國的經濟重心南移至江淮地區。而國都仍在北方的黃河流域，政治、經濟開始脫節。自元朝，國都北遷至長城邊的北京，政治和經濟脫節亦遠，不平衡加劇。江南的糧食源源不斷漕運北上，供養著龐大的中央朝廷和北線的邊防部隊，維繫著國朝的平衡。而這地域上的差異造成思想意識上的差異越來越顯著。以此看古代的地域概念，南人所指當是長江下游的江南人，北人是指黃河流域的中原人，到了後來南方北方的概念寬泛了，各自包含了更加廣泛的區域，意識中南方北方還是各以這兩個區域為軸心。

有同行講：縱觀整個一部中國古代歷史，其核心線索就是南人和北人之政爭，一直打到近代的孫中山和袁世凱。這個說法當不為嘩眾取寵的膚淺論議，因為古代政治對土地有更強的依附。

三

為撰此文，上月我請天津的朋友把著名明清史學家鄭克晟教授的大作《明代政爭探源》影印帶過來。克晟教授在南開大學執教數十載，也是我的老師。此書洋洋灑灑三十餘

萬言，體系博大，義理精深，闡述的基本論點是：有明一朝政治鬥爭的核心是貫穿始終的南人和北人的鬥爭。那時久已習慣了階級鬥爭為綱的讀史方法，初讀此書時眼界為之豁然一開。

克晟教授認為：明朝南人北人政爭發軔於開國皇帝朱元璋的打擊江南地主政策。元末農民起義混戰中，朱元璋勢力在吞併各部統一全國的進程中在江南一隅遭到張士誠勢力的頑強抵抗，江南士紳對朱元璋政權反應極其冷淡，引起朱元璋的反感。明朝建國後即在江南地區重徵賦稅，實行報復，這就是明朝著名的「蘇松重賦」政策。從此南北官僚圍繞對蘇松重賦的爭論從未中止。到第三位皇帝明成祖朱棣時，國都由南京遷到北京，繼續實行打擊江南地主勢力的政策，同時大量封賜莊田給北方宦官、勛戚，著意培植北方地主勢力。由此反對在北方濫賜莊田又成為明朝大臣們另一政爭焦點。這時期的南人北人之爭帶有點南方勢力抗爭中央朝廷的意味。明中後期為緩解南糧北調的壓力，不少南方藉官僚建議在北京迤東地區種植水稻，遭到北方宦官和地主勢力的激烈反對，北方勢力擔心蘇松重賦政策會隨著水稻來到北方。到了明末，滿朝官僚以地域結黨，開展了持續半個世紀的黨爭，而黨爭的核心線索是江南文官集團核心東林黨與北方宦官魏忠賢勢力的鬥爭，還是南人北人的對立。

這不是編故事講段子，這是嚴肅地論史做學問。上述事件都是明朝歷史中影響極深遠的重大政治事件，之間引出

的殘酷鬥爭都發生在南人與北人之間。元、明時期中國南北政治經濟不平衡最為嚴重，以這樣廣闊的視野縱論明史，當是一種革命。

四

其實在劇烈的政治動盪和激烈鬥爭的同時，古人也能直視南人北人的問題，有時能夠非常實際妥善地處理這個差異，並不遮遮掩掩地加以迴避。比如在科舉名額比例上，在官僚機構設員配置上，常常考慮到南人北人的合理比重，力圖在南北不平衡大勢之下於南人北人之間建立某種均衡。

我想，中國歷史上的南北差異不可能只有負面的影響，當有積極的另一面。以占代中國對外封閉的地貌情況，內部的南北差異和鬥爭可能就是推動進步的主要原動力。這個來自於帝國內部的差異使南方北方、南人北人不斷相互審視，形成一脈相互伸延和促動的潛流，是中國歷史的一個永恆的變數、持續不斷的契機。

後來，歷史進入近代，海洋對中國的意義愈益重要，自然力造成的舊式不平衡被打破了，中國的重心開始由西向東南沿海一線全面傾斜。南人北人的差異仍在，但相互政爭的理由已經缺乏實際內容了。南人北人的身份意識轉而牢固寄附在鮮活的生活之上了。如此，今世南人北人當更能以坦蕩心胸和寬闊的視野超越這個差異，相互審視。我喜歡讀王

安憶和余秋雨這些江南作家寫的有關北方的文章，都是這種超越差異的審視眼光。

讀過余秋雨〈流放者的土地〉和〈抱愧山西〉等散文，不僅讀出了江南人士鮮明的地域身份意識，也讀出了南方人北望北方廣袤陌土的感歎：那片寒冷的土地竟然孕育出這許多甘甜！

結語

放筆漫談了中國南人北人的差異和政爭源流之後，想再回到澳洲，卻不知如何收筆了。

也許，是中國人就必有南人北人的身份意識。在澳洲，義大利人和印度人是否也把他們的南人北人身份意識帶了過來？他們的南北意識在這兒能保存多少代？同樣的問題問我們自己：在澳洲，我們中國人的南人北人意識將在哪一代消失？是下一代，還是下一代的下一代？我心有顧慮：如果有一天我們後代的南人北人意識真的消失了，他們的中國人身份意識是不是也跟著一同消失了？

寫於 2005 年 2 月 4 日 Thornbury 區

歷史電影與歷史

　　據我了解，在我們這個歷史研究圈子裡的師友和同行中，沒有人喜歡看古裝電影。聽過多少國內和海外歷史圈子裡的同儕講過，他們從來不看古裝戲，因為實在是沒勁。我也是歷史圈兒中人，自然不能例外。

　　看不嚴肅的古裝戲，荒誕離奇，胡言亂語。像香港人拍的有些古裝戲，且不說情節和臺詞，有時連化妝和服飾都敢不在乎。清朝的戲，演員連髮都不剃，兩邊還留著時尚的長鬢角，後面就直接拖出一條長辮子來。碰到這種以現實扭曲歷史的尷尬情景，確實沒有別的選擇，換臺！看嚴肅的古裝戲，也覺得接受不了。有時一般觀眾眼中的那些相當具有歷史感和啟示性的劇情和鏡頭，在師友和同道眼中還是嫌太膚淺，太不真實。劇中的故事情節、人物形象、表情作派，以及言談話語，都和檔案文獻中記載的原形相差太遠了。

　　寫到這兒突然感到茫然，我過去並不是這樣。

　　記得很早之前（那時還沒有開始學習歷史）觀看黑白片《清宮秘史》，看到光緒皇帝大婚之前選皇后一場戲，六、七個少女款款上殿，一字排開……，沒等慈禧發話，我在台下觀眾席上搶先一步從佳麗當中選出了周璇（飾演珍妃的著名演員），我幾秒鐘之內品出周璇的高貴氣質，正宮娘娘非此人莫屬！後來我知道這叫「進戲」，演員要進戲，

觀眾也要進戲。進了戲,此後的劇情便牢牢地牽動著全部情感。

後來觀看《林則徐》和《甲午風雲》兩部影片時也是這樣。《林則徐》中一場戲記得最清楚的就是林則徐吃柑桔的情景,吃得有滋有味,非常酣暢。趙丹把這個細節表演到看不出表演。林則徐喜歡吃柑桔,而且就是這樣的吃法,這個史實是趙丹描述給我們的,描述得非常真實。是啊,林則徐為什麼不能喜歡吃柑桔?為什麼不可以這樣吃柑桔?

觀看《甲午風雲》時還是個小學生,一下子就全盤接受了李默然表演的鄧世昌形象。在大學學習中國近代史時《甲午風雲》鄧世昌形象在頭腦中已成定式,後來在近代史教科書裡看到鄧世昌本人的照片覺得不太像李默然,多少還有點失望,只覺得教科書不真實。

《南征北戰》是那一代觀眾永遠懷念的一部歷史電影,全劇沒有主角卻個個是主角,從士兵到將軍,從反角到正角。現在來看,《南征北戰》應該說是一部政治說教色彩很強的影片,但是那部影片有一種震撼人心的真實感,就是億萬觀眾對這部影片的全盤接受的這一事實成就了的一個真實。作戰的場面、演員的長相、著裝、口音⋯⋯,所有的一切,只要觀眾接受,就是真實。幾億人共同認可的真實,就是真實;幾億人共同認可的歷史的真實,就是真實的歷史。

科靈大街的咖啡

説完了記憶中歷史電影的真實，還想講兩句歷史學中的真實。西方歷史學理論把歷史歸結為兩個層次：「事件的歷史」和「敘述的歷史」。照我個人的理解，事件的歷史就像是電視臺的新聞報導，發生了什麼就報什麼，時間、地點、人物等等，不加評論，如實匯報。但在敘述的歷史中，有了歷史學家的選擇、詮釋和加工，把史實事件系統化了，人們現在讀的歷史都是系統化了的。

　　我是在學習歷史很長時間後，才對敘述的歷史有了深切的感受，對歷史的真實也有了與過去完全不同的理解，或者說是懷疑。在非正式場合時，比如與朋友酒後閒談，有人問到什麼是歷史這類問題時，我總喜歡偏激一點。我會說：「歷史只是歷史學家展現自己才華的一個機會」。聽起來有點嘩眾取寵，實際上是無奈。因為不這樣說接下來馬上就會面對有關歷史真實性的一系列問題，那類問題永遠無法說得清楚。

　　有一次在香港參加學術會議，有學者的學術報告是有關甲骨文的研究，內容記不清了，大意是甲骨文在創製過程中可能包含了某些語言學意義上的系統資訊（記不清原意了）。報告之後有同行問題問得很不客氣：「你怎麼知道的？」問得也有因，你沒生在商朝，你沒參加甲骨文創製過程，你無權設想。

　　在歷史學行業裡，就憑「你怎麼知道的？」這句話，你可以問倒任何人。這倒也符合人文學科的治學原則，因為

時代在變，人的思想和認識都在發展。我有權否定你的觀點，有權使用真實性這一利器否定你的觀點。話說回來了，歷史的真實性尚難把握，何必去把握歷史電影的真實性。

我早就開始同情我那些歷史學的同行們了（當然包括我本人在內），歷史專業方面的訓練使他們有了選擇和詮釋歷史的機會，卻於無形之中喪失了觀看歷史影片時「進戲」的功能，從而丟棄了一個個傾情享受歷史的機會。

於墨爾本 Thornbury 區
2005 年 3 月 15 日

貳

諷今六記

〈該出手時就出手〉

　　前幾年的什麼時候在什麼場合聽到了這首國內新流行的歌曲：〈該出手時就出手〉，由一個成熟抒情美聲男中音領唱，一幫激昂美男聲跟著打托兒。詞曲配器都很完美，可聽上去總覺哪兒不太對，像有人喋喋不休炫耀軍帽的國防綠如何純正，鋼筆字寫得如何漂亮等等。後來又在不同場合聽了兩遍，好像才隱隱約約品出了點意味，莫非詞曲作者是要迎合一代舊時人的懷舊情結？而身在澳洲，這首歌好像歪打正著契合著一代舊時人對異文化生存背景的敵對情緒。

一

　　別的同齡人不一定同意，我堅持認為少年時期確曾經歷過一個能夠隨意出手的短暫時光。1966 年文革開始時我十二歲，家住某市市委宿舍，是一個被槐樹、楊樹和椿樹樹蔭覆蓋著的有三座英式建築的大院子。院裡的十來家戶主都被打成走資派關押監禁，當年車水馬龍的豪院變得蕭條冷清，地上牆上貼滿造反派的大字報，為周邊居民目為「黑幫大院」。院裡大一點的孩子都是附近幾所重點中學著名紅衛兵組織的成員，有人還是領袖人物。那時大院裡常常聚集了跨著輕便自行車身穿各色軍裝和黃呢大氅的少年人，是

我們小一些人的兄輩，當時耳濡目染了太多關於他們武鬥的故事。

後來這些紅衛兵（老兵）兄輩都上山下鄉了，後起一茬流蕩街頭等待奔赴農村的少年人把「武鬥」作為傳統承襲了下來了。大院裡十來個十四五歲的男孩子組成團夥，與院外各色少年團夥或敵對或結為友鄰，製造和參與了多起群毆械鬥事件。

但此時鬥毆的性質已完全不同，老兵兄輩的武鬥屬於「政治群毆」，憑革命豪情，沒有「該」與「不該」的問題。後來的鬥毆政治色彩已然消褪殆盡，全無「以革命名義」的神聖感，只受人性野蠻本能的驅策。而那個禁錮和貧乏的時代完全剝奪了一代少年人展現自己的機會，群毆順理成章成為了時尚。少年人全無法律責任方面的顧忌，公安部門也適應了，比起文革武鬥這算什麼，壓根就沒當犯法行為處理。

多少年後，初讀王朔《動物凶猛》時心頭為之一動，終於有人開始關注少年人在街頭寫下的歷史片段了。還讀過蘇童的《刺青時代》，對蘇童筆下江南城鎮少年團夥有陌生感，沒引起太多共鳴，畢竟江南城市的社會環境和北方城市有別，不似《動物凶猛》來得那麼貼切。後來姜文將《動物凶猛》以《陽光燦爛的日子》為名拍成電影，整體上對時代氣氛的把握基本準確，畢竟姜文也出身軍人家庭。但唯一缺憾是沒處理好細節，使原作的寫實面貌稍有缺損。

1968 至 1971 年，高中恢復之前，是「出手」的黃金時代。王朔 1958 年生，因年齡的原因未必是鬥毆的直接親歷者，但至少是親眼見證者，而姜文出生在六十年代基本沒趕上那個短暫的歷史瞬間。沒等他長到好鬥的年齡，高中、高考已恢復，大多數少年人的心思立即從街頭回歸校園重新面對學業。倘若這時還有人在街上尋釁鬥毆，基本屬於地痞流氓、社會垃圾了。姜文對當年大院少年狀貌的解讀基本是主觀和間接的，他拍的戲忽視或歪曲了許多的細節，為此我有時會為王朔忿忿不平。

　　首先是把孩子們的服裝道具弄錯了，影片中軍隊大院少年竟然穿著倆個兜的兵服！其實《動物凶猛》中王朔專門就此作了細緻的描述：

　　　　那時軍裝的時髦和富有身份感是如今任何一種名牌的時裝所不能比擬的。也只有軍裝在人民普遍穿著藍色嗶嘰或棉布制服的年代顯出了面料和顏色的多樣化。國家曾為首批授予軍銜的將校軍官製作了褐黃、米黃、雪白和湖綠的嗶嘰布、榨蠶絲以及馬褲呢、黃呢子的夏冬軍裝，還有上等牛皮縫製的又瘦又尖的高腰皮靴。

王朔感歎到：「那些帶了墊肩的威風凜凜的軍裝穿在少年們身上有多麼合身！」姜文導演竟忽略了這個。他難道不知道那一代軍隊大院的子弟的著裝模仿的不是士兵，而是軍官。誰若有兵服，撕了當抹布也不會穿在身上，丟不起人。女孩

的著裝也嚴重失實，我長大的市委大院的女孩兒穿的都是母親的呢子或布面的列寧裝，而不是電影中米蘭和于北蓓穿的連衣裙。由此想起·件趣事，中學時班上有位同學穿了件軍裝，褐黃色成色不錯，但是件兵服。這位同學就墊了墊肩穿著來上學，在校園裡引發嘲笑。大家噱稱：「兵服墊肩震大官兒」。這句話用天津口音說出來聲調曲裡彎的極有喜劇效果，令我記憶到如今。

影片中最嚴重的失真還是少年團夥群毆場面的表現，遠離了一代舊時人切身經歷的情景。影片中高晉以自行車當武器的鬥毆場面並不真實。那時的少年人並不具備單打獨鬥的技能，基本上是群毆，所謂群毆多半是人多的一方驅散人少的一方，逮住其一兩個打成頭破血流。或者是勢均力敵雙方團夥通過盤道，達成和解。鬥毆真正的意義並非把對方打成怎麼樣，而是勢力範圍的對抗。拳頭基本上用不上，因為不會用。就都帶著傢伙事兒，大都是活扳子、自行車鋼絲鎖之類不致命的。板磚是常用的武器，很少用刮刀和菜刀。就算帶著也不會真抽出來攻擊對方。用刀的那類打法在 1968 至 71 年間並不流行。

記得有一次我們大院團夥去為一哥們兒「拔閤」，在街區堵住了那位仇家。小子 20 來歲身材敦實穿戴著軍裝軍帽，比我們大出至少四、五歲，一看便是見過世面的老玩鬧。其略有驚慌但相當從容，舉起左手伸出只剩一半的小指，天津口音柔中帶狠說：「看出來小哥兒幾個心氣兒挺

高，我今兒也絕不含糊。看了嗎，上次和某某單挑他一口咬掉我小手指頭，我一拳搗掉他仁牙。」那場架沒打起來，倒不是被他震呼住了，七八個打一個有點不知道怎麼開打。最後通過盤道了結，老玩鬧給我們還紛紛上了煙……就像《動物凶猛》中新僑飯店的一段兩團夥的對峙的橋段，沒打起來卻很真實。

後來到了太行山鐵礦做礦工，礦上天津來的學生還是以中學背景抱團，而復員軍人則以同鄉結為團夥。這時的群毆性質不同了，似乎是以不受欺負為目地，帶有點為生存和尊嚴而戰的色彩。而且人在山溝裡沒有家大人的震懾更不計後果，由此出手更為凶狠。與過去大院群毆不同的是，這個級別的鬥毆有了責任制的意味。今天你把別人打成什麼樣，明天別人照例會把你打成什麼樣。鬥毆帶來的精神和物質方面的後果全由自己來承擔。

懷舊歸懷舊，現在再聽年輕人怒氣衝天唱〈該出手時就出手〉，怎麼聽怎麼彆扭。我想是因為時代變了，生活中已無「該出手」的時刻。歌中提倡的精神直接有悖憲法關於社會治安方面的條款，從而永遠成了空話。除了酒後對著話筒過嘴癮之外，你再無可能真正體會涉及出手的一系列強烈感受。比如，在什麼時刻，用什麼器具，以什麼速度和力度，打擊對手什麼部位等等。而且重創對手之後常常並無想當然勝者的凱旋感，你要在激烈情緒平定之後，不斷化解

陣陣襲來的心虛與懼怕，隨時準備接受對方以同樣水準的重創，全然不似對著話筒扯脖子那般單純。

二

現而今身居澳洲，人過中年。想不到「出手」這一原始法則竟然除去塵封重新復甦，脅迫著意識。年歲帶來的寬容穩健蕩然無存，狂躁的衝動和血腥的念頭像牢籠中的困獸焦灼不安。來之前絕沒有想到，在澳洲居然遇到許多逼我出手的境況。很多時刻思想意識比起應有的閱歷和經歷顯得太躁動，還是少年時代的信仰最為真實，假暴力為依託的「實力」才是建立尊嚴的依據和法寶。

2000 年初，我從香港回澳洲正式旅居生活，那時成天圈在廠裡做工沒機會多接觸社會，還是遇到了許多不愉快的事情。不久開始學開車，四十六七歲身強體壯一大老爺們兒坐教練車裡憑教練手把手教開車，自己倒沒什麼不適的感覺，澳洲人可能看著彆扭，不太合體統。由此而遇到一些不知如何處理的局面。比如有金毛小兔崽子在車外衝我做動作拿我找樂兒，我也都能視而不見，這個年齡的人多少也積累了點氣量。直到有一天事情發生後，令我的意識失控，青少年時代熟悉的感覺回歸。

教車的教練是個當地白人，雖然收費貴點但我願意當地人教，嚴格一些保證教學品質。一次教練開車接我時他的

教練車被上一位學員學車時被電車刮了，駕駛室這面兩扇車門全坍陷，漆皮脫落，勉強能開關。我問教練：「車都撞成這樣，還可以開嗎？」他說沒問題。開到一個人少的居民區時後面跟上一輛車，車中四個年輕人帶著板球護具與頭盔，正去打板球路上。見一個中國人駕駛一輛撞得很慘的車還在學車，於是跟在後面高聲叫罵。我莫名其妙，教練讓我減速，他們也減速，還是叫罵不止。以少年時的街頭規則這是「叫板」，是一種脅迫性的污辱，是呼喚暴力的明確挑戰姿態。教練無奈令我把車停在路邊，我在踩剎車時氣得渾身顫抖、腿在痙攣，他們停在後面持續叫罵。我看向教練，他居然沒表情。有一會兒功夫他們才罵罵咧咧開走了。極度憤怒令我幾乎虛脫，還是全力控制著聲調轉頭問教練：「澳洲的青年人都他媽這麼愚蠢嗎？」

　　這四個年輕白人是我一生見過的最懦弱的無賴，我無法相信澳洲如此講究公平的社會環境也能培育出這種人渣。我百思不得其解的是他們憑籍什麼背景的支持自認為可以有權對一個完全不認識的異族男人這樣做？我想知道的是：你們這樣做的時候有沒有作好可能發生激烈搏鬥的心理準備？我感到意識的虛脫，尋求公平裁決的渴望像毒品注入身體。我內心呼喚少年時的法則：你示以蠻橫的挑釁，我應之以猛烈的還擊。我手中不是沒有省略法律繁瑣程式直接懲罰對方的簡潔手段，我不是沒有建立能夠尊嚴地生存下去的有效

方式的能力，只是這個陌生的社會沒有提供實施這種手段的依據。

古人云：「禮者禁於將然之前，法者禁於已然之後」。同樣循法，知禮者與無禮者截然不同。以中國的智慧，知禮才是根本。知禮者，不必知法為何物。怕就怕不知禮而知法者，依法欺人，狗仗「法」勢，才真構成社會的隱患。有些所謂法制的地方，「法」正在保護著那些「無禮」者。我極端鄙視恃法律保護欺凌他人的懦夫，他們合法傷人，使法律變得虛偽。有人肆意踐踏他人的尊嚴，卻可以依法躲避責罰。此時此刻我只想用暴力洗刷恥辱、宣洩憤怒，只想要異族人為肆意污辱中國人付出血的代價。

京圈導演葉京，是那個時代過來的人。拍過《夢開始的地方》和《與青春有關的日子》，講述的都是「該出手」時代的故事。葉京曾說：「直到很大歲數了還是一旦說不過人家，就總想動手。」這話說得已經很克制了。其實，若真碰上法律允許範圍之內的胡攪蠻纏和蠻橫無理，你不大嘴巴抽丫的又該怎麼辦呢？

曾一次到了「出手」的邊緣，是在北區 Thornbury 超市停車場上面對一個白人醉鬼的挑釁。那次我們駕一輛輕型卡車駛進車場。剛下車一個白人醉鬼提了個酒瓶子衝過來破口大罵，並做出動手的態勢。他可能不知道類似皮卡的輕型卡車可以在超市車場停車，見兩個中國人「違規」便前來尋釁。我根本沒時間思考直接失控，本能出口大罵同時撤步側

身，右肘向後掣出，端平前臂，拳背直指對面軀體上端臃腫的圓形，上面的表情凌亂、散發著酒精氣味。接著迅猛完成一連串連貫動作：腰腿帶動肩臂出拳猛烈槌擊圓形目標，那具癱軟笨重的身軀失去平衡沉重地仰靠在後面的車身上，兩肋腹部襠胯之間薄弱部位充分暴露了出來之後，拳和足弓實施更快節奏打擊，那一攤肉像一副捲簾順著汽車機蓋向下滑落，鮮血濺灑在擋風玻璃上……此一系列動作實際上僅僅在意念中完成，用了兩秒鐘，之後穩健收臂還原。

我已不是不計後果的年齡，生存背景也不是十六、七歲時的那個「該出手」的時代。在澳洲，我和我的家庭完全承擔不起出手的後果。

三

後來，於屢屢「出手」衝動的困擾中也總覺得奇怪，都這個歲數怎麼變得如此不超脫？以我有為之身面對社會渣滓的尋釁本可以居高臨下一笑置之，像葉京導演的克制心態。後來找到了原因，應該與種族歧視的聯想有關：「你Tm是不是看我是中國人好欺負！」肯定有關。如果那天是個白人學車絕不會發生這樣的問題。而且百思不得其解的是這類種族歧視的傷害常常來自金毛藍眼的小崽，孩子們也許都不知道中國在哪兒，歧視哪來的？當然是父母的言傳身教與社會意識的滲透。

仔細想想這類「種族歧視」的含義。太多的歧視現象應該很複雜，包含有各種因素。有一次看高曉松視頻中講到他們來墨爾本做節目時，給他們開車的澳洲白人司機的種族歧視觀念令他們北美來的人吃驚。這位白人對亞裔移民的歧視歸結於其想當然的邏輯：亞裔移民來到澳洲正以各種卑劣手段享受社會福利，偷竊澳洲納稅人的錢。

　　令澳洲民間獲得這類印象可能涉及了太多的亞裔移民在享受國家福利上做得有失體面，使澳洲移民局採取一些防範政策。但這僅僅是種族歧視的藉口，並不公平。因為非法侵蝕澳洲國家福利各類移民都有，而澳洲本地白人會更多一些。但民間印象常常是一種慣性思維，很難改變。

　　我曾有過這樣不愉快的經歷。一次朋友聚會時有某朋友的丈夫，一位就職政府部門的中輕年白人，得知我辦了游泳的會員卡每天堅持游泳鍛煉，便以一種極度偏見的眼光看著我問：「你來澳洲除了游泳還做些什麼？」一種明顯的人品質疑。一句粗話在心裡脫口而出：「我 × 你大爺」！只因聚會和諧氣氛沒有罵出聲來。首先他並不了解我的為人，也不知道我是每天下班後做游泳鍛煉。我在中國完成了小學、中學、大學和碩士研究生的教育，後來獲得香港大學全額獎學金資助攻讀了博士學位。這一切沒有花費澳洲政府一分錢。來到澳洲在找到適合的教職之前，在墨爾本北區的木工廠和工具廠做流水線工人。我當時沒有，直到退休也絕不會

拿澳洲政府一分錢救濟福利，還真沒把政府的福利放眼裡。不幹活領錢，中國爺們沒這習慣！

　　後來越想這事越有氣，還得「×他大爺」一次。擔任大學教職後的近二十年間我在不同大學教過語言、歷史和文學等數門為中國留學生開設的課程，每門課程每學期每位中國同學的學費達四千元澳幣。教過的各班從四十、八十或二百名同學不等。這些年我和班上的中國同學們為澳洲教育輸出的財政收入做出的貢獻遠遠超出質疑我的那位傻逼白人丈夫幾輩子的作為。

　　觀澳洲的本地白人，其出生後就在國家福利的全面照顧下，其中一項牛奶補貼領到十八歲。到了受教育的年齡免費享受一系列的義務教育，考入大學有政府提供的無息貸款，畢業工作後工資高到一定標準由稅中償還，工資不高就一輩子不用還。完成教育參加工作之時國家已為他們每人支付了巨額花費。難道他們不該比移民更加努力工作，以報答政府為他們成長付出的高額花費。按照高曉松說到的那位白人司機的看法，澳洲白人應該應分享受國家福利而亞裔移民卻不可以。什麼邏輯？

　　有時在各種場合看到與我教過的學生同齡的八零後、九零後中國技術移民，為他們自豪。中國年輕移民大都大學或研究生畢業，靠聰明才智在澳洲打拼，將為澳洲社會和經濟發展做出的貢獻不可估量。相比之下那些 Technical school 畢業做 Builder、管道工或電工等的白人同齡人怎麼能同日

而語。許多淳樸單純的澳洲人無法理解眼前的許多經濟現象，如物價上漲、房價上漲等等，乾脆將這些生活中遇到的問題歸結為移民湧入帶來的弊端。缺乏理性思考，這可能就是歧視產生的重要原因。

四

曾在加拿大居住過一兩年的作家張承志說過：「在西方國家，掙扎於歧視中的中國人只求自己個人擺脫歧視，但並不反對歧視的世界。」在海外呆久一些就會真正了解移民對「歧視」感受中的複雜內涵。

我認識一些中國移民否認種族歧視存在，他們認為只有英文不好的人才會有被孤立和被歧視感。你可能對侮辱不甚敏感或稍許麻木，情況並不是這樣。我的感覺是英文越好感受到的歧視機會就越多。聽過一則發生在朋友間的真實笑話，一位 1989 年到澳洲的中國人說：「我的老闆總罵我三明治（Sandwich），三明治就三明治唄，無所謂啦。」其實老闆是罵他 Son of Bitch（婊子養的），他聽錯了才沒感到受辱。生活中會遇到許多極其微妙的隔閡與排斥。比如，曾在冰球更衣室新來隊友聊天說：「我覺得中國人看上去都很蒼白」。而得知我是中國人後覺得失禮馬上說：「而你不一樣，臉黑長髮完全不像中國人」。儘管許多情況下人家毫無惡意，但還是感到不舒服。

斯旺斯頓大街雨中的馬車夫

我相信種族歧視的問題是每個海外華人都實實在在體驗過而且耿耿於懷的事，不管你嘴上如何説。大部分中國人對歧視的自我感覺帶有功利色彩。沒錢時不在乎歧視，自己都不把自己當人還在乎別人是否把自己當人嗎？掙了錢有了可以凌駕他人的經濟能力之後，歧視也就成為一種我也具有的資格。這就是張承志説的「個人擺脱歧視」的意思。

　　種族歧視不是那麼簡單的問題，不是你感覺有沒有的問題，是與政治、歷史和文化等諸多因素相關的複雜社會現象，是人類文明進入全球化時代這幾代人逃避不掉的現實。否認存在不意味不存在。你不如誠實地面對，思考其緣由，以為車鑒。

五

　　隨著在澳洲二十多年的生活積累，我可以擺脱個人情結看待種族歧視的問題。不是因為澳洲不存在歧視是我當年弄錯了，也不是年齡大了沒了「出手」的血性，而是真正了解了這個社會和這裡的人，也真正懂得了運用換位思考的方法做衡量許多社會現象的尺規。

　　澳洲是移民國家，人們習慣了各類族群之間由表及裡的差異。尤其是在悉尼、墨爾本這樣的大都市，人們生活在差異中，習慣於差異，也學會在差異中尋求平衡。

這些年隨國力的強大崛起，中國的影響爆發式滲透著澳洲社會生活，也許已經對每個澳洲人形成了壓迫感。墨爾本 City 中心的 Swanston 大道，從北頭的 Flinda 火車站直到南頭的墨爾本大學校園，一家挨一家地排滿了各種風味的中國餐館，比唐人街還唐人街。而恰好與之橫交叉的真唐人街相形之下顯出小巫見大巫的尷尬。

我的教職任所墨大「亞洲研究所」，就在校園臨 Swanston 街的 Sidney Myer building 中。這座建築的一、二層是公共教學區，每天課間這裡就聚集著上下課的流動學生，滿眼的亞洲面孔，而中國同學佔了多數。問題是與此景像相對照的是，大廳的落地窗外的那些正在勞作的修理工、花匠等，卻都是金髮碧眼的澳洲青年人。每天面對這樣的情景多少使我有點不安。請設想，如若這種情況發生在北大、清華的校園內，上課的都是金髮碧眼的白人而幹活兒的都是中國青年，會帶給中國人怎樣的感受？

另一個表現中國影響的場景是房地產交易。房產拍賣現場如若沒有中國人出現，房產 Agent 都會很沮喪。相反若有中國人，Agent 們就會雀躍，為肯定不會流拍而擊掌相賀。幾年前澳洲報紙刊登了一則發生在墨爾本 Toorak 高尚區中國富人買房的故事。一位中國富豪看上了該區一座豪宅，要購買。房主是一個傳承幾代的律師家族根本沒打算賣房，聽說一中國人要買他家房，完全不屑一顧。中國富人讓房產公司給了律師家族一個價格，律師一家高興得跳腳，歡

天喜地把房子賣給了這個中國富豪。聽說出價比房子的市場價格高出一千萬澳幣。後來此事引起中國官方的注意，啟動國際聯合調查。事情的結果不得而知，但對澳洲社會的負面影響則不言而喻。

而這類現象極有可能也發生在其他各個領域，就像一股強流，正在打破著澳洲族群差異的平衡狀況。換位思考一下，就算澳洲人對此壓迫性影響有抵觸的情緒而產生排斥行為，我覺得都可以理解。你強勢滲入還不允許人家有自我保護意識嗎？況且現實生活中澳洲當地人坦然地接受了這一切。其實很多時候，澳洲人真正的抵觸來自於許多中國人惡劣行為對澳洲人的傳統和價值觀構成了傷害。相當具有殺傷力。

第一次見到中國人的醜陋行為是在北區工具廠的車間裡。一次一位上海工友指著站在身邊的青年白人車間組長用中文對我說：「你看這個傻逼樣子，還當工長！」說完衝著他哈哈大笑，用手指著人家連聲稱「傻逼」。白人組長雖聽不懂也知道不是什麼好話，轉臉看我的反應。我面無表情。當時才到澳洲不久，被這種公然侮辱他人的行為震驚，太過分了！我當時想：若白人組長大嘴巴抽他，我一定出手跟著一起抽。

很多時候中國人令人反感的行為僅僅出於習慣，沒有惡意。在公共場合中常見到國人不顧社會公德而大聲喧嘩，還遇到過中國人之間當街吵架對罵……遇這種情況趕緊

走，丟不起臉。有一次乘火車，在 Flinda 火車站當車門即將閉合之時，一位提著包袱中國大媽突然在車外奮力衝擊車門，致使火車延遲啟動，整列車的車門再度打開。大媽昂首進入車內，車廂裡的人則看得驚心動魄。其實月臺列車時刻牌上明確顯示幾分鐘之後下一輛車就會到達。

我家附近有個很大規模的公園，到週末聚滿了大人和孩子們。園內環繞著一條砂石小路，供人們散步跑步鍛煉用。有兩位講粵語的中國老人的鍛煉方式實不敢恭維，他們在公園走路時大聲拍掌，一圈圈邊走邊拍。路過那些在草地上、長凳上享受陽光和寧靜的人們，二老的掌聲就愈加響亮刺耳。這倒也沒什麼，畢竟歲數大了。關鍵是公園裡有一座戰爭紀念碑，一個青年軍人的雕像英姿颯爽，基座上鐫刻著戰爭中為國捐軀英烈的名字，綠樹環抱中有種肅穆氣氛。紀念之日常會看到有鮮花擺放於碑前以示今人的懷念和敬仰。而我們二老經過烈士紀念碑前仍舊大聲拍掌而過，毫無忌憚。

有時頭腦中傳統意識的無意表露也會造成我們意識不到的與周圍氣氛不相協調。我在墨爾本大學教書的班上有位香港同學，一次我們聊天他講了一個故事。他說他在所修另一門課的課堂討論中，談了他的觀點。具體記不清了大意是：在如此競爭激烈的時代要做個不被別人操控而操控他人的「人上人」，才能實現你的人生價值。他說：當時就有幾位白人女同學激烈反對。她們毫不客氣地質問，為什麼要做

「人上人」去操控別人？香港同學的觀點在中國人看來沒什麼問題，也許還被視為規劃人生的積極態度。這位香港同學很困惑，而他無意中帶給了本地澳洲同學對亞裔年輕人以極其負面的印象和認知。

而有意識的欺騙和違規違法帶來的就不是文化的隔閡那麼單純了，會造成社會公眾意識對中國移民群體公信力的降低，甚至引起普遍的厭惡和憎恨。曾在報上讀過一篇兩位澳洲公司高管在北京被欺詐案件。北京行騙者冒充中方大企業的總裁與澳方公司接洽生意。騙子行騙規格絕對是純樸的澳洲人難以想像的。澳方高管在北京出訪時受到最高級別的接待，出行都有武警摩托車儀仗隊開路護送。得到了澳方信任支付款項之後，北京這位爺立馬消失得無影無蹤了。那場騙局使澳方企業損失了四百到五百萬元澳幣。

2020 年 8 月，澳洲 ABC 及其他媒體曾同時報導了一則觸動澳洲人道德底線的事件，牽涉墨爾本一所極有影響的中文學校。在澳洲，像語言學校這類教育機構也被目為慈善事業而享受政府的高額資助與補貼。ABC 文章以審計結果「完全不可以接受」為大標題，爆出了這所著名學校的嚴重財務違規行為。這件醜聞曾一度在我認識的中國移民圈中議論，有朋友用「無地自容」來形容感受。財務違規行為在中國人觀念中不算嚴重，以達到利潤的最大化手段而已。但在西方意識中卻是相當嚴重的劣行，尤其是發生在以澳洲納稅人的

錢資助的慈善和教育機構。不用想都可以判斷此醜聞在澳洲社會意識對中國移民群體信任上帶來何等負面的影響。

而我看到聽到的更為值得思考和商榷的情況是無處不在的「弘揚中國文化」宣傳。在各種正式或非正式場合正在作為一種造福他人的「正能量」動機表述出來，每令國人感覺一種抒發情懷的快感。而帶給我的是種不安的感覺，這類事不該是單向的思維。來到人家的家園，不僅要守當地之法律法規，更要尊重和遵守人家的文化傳統和習俗。中國傳統文化中優秀的東西自然受歡迎，但也不乏糟粕。不要把所有中國文化現象都做成優化的格式，從而認定輸出弘揚就是絕對正確。而有些人（我認識人中就有）則心懷各類動機，假「弘揚」之名義甚至做出超越文化交流的事情。

我們選擇定居於這個國家，能不能學會踏踏實實作一個遵紀守法的普通公民。如果弘揚是單向強化式的，只會加深民族隔閡。享受著澳洲的陽光沙灘、人文環境和國家福利，反過來據你的政治正確的主觀標尺去做不符合澳大利亞人利益的事情，你其實正在損害著澳洲和中國兩國人民的情感，是一種極其不負責任的行為。

引中國人一句諺語：「人在做，天在看」。這裡有同中國一樣的大好河山，這裡的人們也有深厚的熱土情懷。就以我們中國人的邏輯來衡量：無論你是何方人等，來到這片明朗天空之下此方國土，你若胡來亦無逃「天道」之報應。

六

　　若真正深入澳洲人的生活中，才會帶來理解。當你進入日常生活軌道，零距離面對澳洲社會細節時，就會真正感受到來自民間的親切感。

　　我家 2006 年搬到東區 Mitcham 的一條小街上，鄰居幾乎都是當地白人普通人家。住了十幾年看著鄰居家大人們每週末勤勞地收拾房子和院子，也看著他們的孩子們長大。隔壁鄰居 Pole 一家比我家搬來稍晚點，三個孩子都出生在這條街上。Pole 每次鋤草時總不忘順便把我家門前沿街一段的草也鋤了，而我太太每次去 Costco 購物總不忘選擇孩子們喜歡吃的食品，Pole 來鋤草時就讓他帶給孩子們。Pole 的女兒總是在耶誕節時怯生生敲我家門送來節日禮物一盒巧克力，我太太也會回贈給她禮物。這一條街的居民就是一個融洽的小社團，而我家是其中一員。

　　有一年維多利亞州發生多年未遇的乾旱，維州政府發出嚴格節水令。不得澆花、洗車等，甚至生活用水（如洗澡）也要節制。後來一場雨終於下來了。那天我去郵局辦事，郵局的中年女工作人員對我說：「終於下雨了，我們需要雨水。」她用了「我們」，一種密切感油然而生，我們共同面對大自然難關，沒有距離。

　　在北區工具廠上班時受工友的影響迷上了澳式橄欖球，並加入 Essendon 球迷陣營，買了該隊的球迷圍巾和帶

隊標的運動服。那天恰好體育商店的收銀員也是 Essendon 隊的支持者，與我聊起球隊和隊員。我提到一位年輕隊員，記得叫盧卡，我解釋因為有速度很猛，有發展前景。她不一定同意，看得出卻很高興。如果我穿著 Essendon 隊標記的運動服在 Docklands 冰場滑冰，就常有同隊球迷跟我打招呼聊上兩句，很多情況下是小孩。Essendon 隊近幾年戰況並不好，而我的興趣也轉到了冰球，但只要我還身著球隊標誌的服裝，就算我一個。

Docklands 滑冰場對教師有免費滑冰的福利，我常年在享受冰場的這一優待政策。疫情期間因中國留學生不能歸校上課一下子沒了課時。當我向前臺服務人員說明我已不在教任應該交費時，前臺的金髮碧眼的女工作者肯定地對我說：「我知道你是教師，你當然免費，請進去滑吧。」太多這樣的溫暖事例告訴我，那些淳樸的澳洲當地人是如何地對待外來的移民。對此我必須公平，在絕大多數情況下他們沒有任何的歧視。

最直接的感受還是來自在貓頭鷹冰球俱樂部打球的經歷。這是個多種族大家庭，許多隊員來自冰上運動流行的國家，如加拿大、美國和歐洲各國。我與許多各國背景隊友一起打了十多年球。冰球是體育中最為粗野的項目，冰球賽場上允許肢體衝撞，職業比賽中甚至允許一對一鬥毆。在北美，連中學生聯賽場上也允許規則範圍之內的鬥毆。恰由於這種特殊性使人之間的關係有種另類色彩。貓頭鷹俱樂部雖

然嚴禁鬥毆，隊員間這麼多年對內對外賽場上建立的那種零距離的友誼，卻也不是相敬如賓的表現。衝撞造成的受傷甚至骨折也都不算問題，你喜歡玩這個就得有思想準備，怕受傷就去玩乒乓和排球，與對手隔著網子很安全。

即使如此，還是免不了有摩擦，那也不是問題。在場上就是揪脖領子互相對罵，下了場什麼事都沒了。更衣室裡永遠是赤誠相見，笑語歡聲。

結語

一篇思想感受從起稿到截稿跨越了十數年，也許表達出來的東西更有層次感，也更為客觀。最初的感性認知和沉澱多年之後的理性思考交織在一起，只要都真實就自成一統，並無抵觸。我已能夠坦然地承擔「歧視」了。不是時間長習慣了，是我自己想通了。任何人都不能僅站在自己的角度衡量事物，否則每個人都有「出手」的理由。現在，如果迎頭遇到一位金髮碧眼小女孩的敵意目光，我不再敏感，會理解她和她的父母。我會想：也許這二十年間我的同胞做過什麼極不光彩的事情徹底背棄了他們的傳統道德觀念，而嚴重地傷害過他們。

2008 年起稿
2022 年末完稿於墨爾本 Mitcham 區

澳洲「奶吧」懷舊

　　83 號東線高速公路由西向東橫貫墨爾本東北部，非常繁忙，從北區駛往東、南方向都要使用這條公路。這條路的東向連接著 Nunawading（娜娜哇丁區）的 Springvale（史賓威路），出了高速公路向南轉進入史賓威路時你會發現一下子駛入一段坡道，路面很寬，限速八十公里。剛出高速公路的駕車者常常不能一下子就把速度感降下來，即使是八十公里也要超速。你隨著疾速行進的車流滑過一下一上的大弧坡之後大約三、四分鐘的車程，繁華熱鬧的白馬大道便橫在眼前了。由於車速快，這段坡路左邊的幾條小路口在交通高峰時間一律禁止駛入，以免個別車輛轉彎降速影響整個南下車流的行進速度。

　　這幾條小路中一條叫 Linsay（林賽）的小道，恰恰座落在坡弧最底端上方，每位高速行駛者滑到谷底開始借慣力加油門兒往上爬坡時，都能豁然看到一個裝貼得花花綠綠的奶吧（Milk Bar），孤伶伶地戳在林賽道邊的把角上。而我因一個偶然的機會曾在這個奶吧工作過三個星期。

一

澳洲的奶吧實際上是一種個體經營的小百貨雜貨鋪。顧名思義，是由早期牛奶供應的零售點逐漸演變成以零售牛奶、香煙、麵包和報紙為主的小賣部。澳洲的城市的跨度大，據說墨爾本東西長度有七十公里，南北長度有三四十公里。奶吧星星點點均勻分佈在鬱鬱蔥蔥的居民區中，表現著墨爾本市特有的、田園式自給自足的超脫，那種「牧童遙指杏花村」的休閒詩境。

我常常不切實際地拿 1970 年代中國北方山村小賣部與澳洲奶吧做比較。我青少年曾在太行山區作過礦工，工友們經常光顧村裡的小賣部。一種河南產的大鏡門牌香煙賣得最貴，在天津籍青年礦工中頗為流行。還有一種當地出產的印有「泊頭」字樣的火柴。買煙的時候如果碰上稍有點眉眼兒的年輕村姑賣貨，礦工們就愛逗逗悶子，模仿當地的口音吆喝：「一盒兒大鏡門兒～，一盒泊兒頭兒～」非把「泊兒頭兒」的發音弄出八道彎兒最後用高腔把尾音挑上去。村姑聽得出是拿她找樂兒，斜眼瞄著房樑把煙和火柴甩了過來。不管她什麼反應，壞小子們都是一陣狂笑而去。

那時的中國山村小賣部無論其規模有多小也是社會主義國營企業，售貨員拿生產隊的工分與顧客無任何利益上的聯繫，一買一賣完了走人。澳洲的奶吧也小，但業主掙的是商品銷售的利潤，必然體現顧客至尊的服務原則。反過來說

前方—聖彼得大教堂

奶吧所實現的社會服務也正是周圍居民們共同培育豢養起來的，所以儘管奶吧店主和鋪子之間是「鐵打的營盤流水的兵」，總是不斷更換，但店主與顧客卻是供與求的魚水關係。

奶吧是周圍居民的集散地，是街區小道消息的傳播媒介。林賽道奶吧的顧客都是附近的老鄰居，店主和顧客都是親密朋友。買完東西還常常留下來嘻嘻哈哈的聊一通天兒，有時鄰居們趕在同一時間來買東西，滿滿當當擠一鋪子人聊天。店主足不出戶，便能了解這條街發生的所有事情。有的顧客就是買完就走不聊天也要使個幽默抖個包袱，主、客哈哈大笑之中完成交易走人。

一些退休的老人們生在這條街上，在這條街長大，是這條街的歷史見證人，在店裡買了一輩子東西，對奶吧歷屆店主瞭如指掌。店主告我每天前來買東西許多退休老人在他剛接手這個奶吧時還都是精力旺盛的中年人。有一個高大豐滿的金髮婦女每天來買東西，與店主關係很熟。「我剛接手這個店的時候她還是個小學生，還沒櫃檯高呢。」店主說：「我是看著她長大的。」

住在附近的老太太們每天準點兒來買固定的東西，每次找完錢之後不走總要聊半天。我那時還不太適應澳洲口音的英語，加上老太太的高腔虛嗓子發音，基本聽不懂她在講什麼。見她講得興高采烈怕破壞了她的談興不好意思總讓她重復，於是衝著她的藍眼睛連連點頭表示迎合，反正老太太也不需要我回答什麼，把她要講的故事講完之後盡興而去。

主、客的交流偶爾也有生硬的時候。有個住在大路對面的腰杆挺直，像個復員兵的西人中年男子，每天中午準時過來買一瓶巧克力奶再回去，若干年如一日，店裡因而專門為他定了這種奶。他不習慣我帶口音的英語，梗著脖子字正腔圓地對我說：「這裡是澳洲，我講的是澳洲英語，可我不知道你講的是什麼東西？」我回應說：「我知道這裡是澳洲，但我只講中國英語不講澳洲英語。」那次交易不歡而散。我以為會失去這位顧客，第二天我隔著玻璃窗又遠遠看見他在對過路邊伸著脖子等車流的空當，還是天天來買他那瓶奶。只是「瘸子的腳面——繃著勁兒」，一臉深藏不露的樣子。既不講澳洲英語，也不聽中國英語。

　　奶吧與周邊的居民親密關係，醞釀著脈脈溫情，散發出去，調劑著封閉隔離的獨門獨院住宅居民的生活。澳洲奶吧一般都是前店後舍的格局，前面門臉兒作生意賣貨，後面房屋供經營者全家居住。像林賽道上的奶吧屬於規模大點的，有個小二層和一個小後院兒……由此極適合家庭經營，常常是夫婦倆帶著兩三個孩子，有的奶吧裡還贍養著老人。顧客進門，奶吧裡居家過日子熱熱鬧鬧的氣氛撲面而來，趕上吃飯時會聞到後屋飄出的飯菜香味。對於生活單調的獨居者來說，每日購物讓這種氣息舒展一下僵硬的感覺，潤澤一下乾涸的雙眼，難道沒有一種療效？

　　澳洲奶吧是澳洲人購買食物和生活必需小商品的主要途徑，其經營僅以滿足周邊居民日常生活需要為目的，不存

在競爭，也無需發展，絕對見不到一條街上有兩個奶吧並立對峙的景象。近些年來，代表著都市化生活方式的工業化經營的各種超級市場、商業購物中心鋪天蓋地隆隆開進，從時間和空間上分割、構建了城市的商業網絡，也從時間和空間上重新構建著人們的消費方式，由此而吞噬著澳洲傳統，一切都在從容不迫地變革著。

多少人曾預測奶吧將很快消亡，奶吧經營者們岌岌可危。但後來情況並非如此，奶吧生意經過一段蕭條後又莫名其妙的重新趨於穩定。我知道這是兩種生活方式和消費觀的並行和較量，有時看到大超市旁邊巍然屹立著個小奶吧，景觀悲壯，像小快艇與大兵艦的近身肉搏……這將是一場曠日持久的戰爭，要等到這一代習慣舊式生活的人「絕跡」之後，或者說等到人們徹底摒棄舊式消費觀念之後，奶吧才可能消亡。澳洲有太多孤寡老人和孤獨的人，他們需要人群聚落的生活氣息，需要時不時要到奶吧去調劑一下。這與只要有兒童存在馬戲團就永遠不會消亡是一個道理。

這是我十五年前的想法，現在看來過於樂觀了。

二

奶吧的經營基本上是以牛奶、麵包、香煙、飲料和報紙為核心商品，而後根據周圍居民的需求進貨。進貨方式主要通過店主打電話預定，批發商送貨到店，賺零售與批發的

差價。後來超市出現，奶吧店主索性直接從超市賣貨，如食品、飲料、糖果、日用品等，加價出售。澳洲的奶吧顧客從來不在乎這種加價，省事就值，不像中國人對價差那麼敏感。

既然是賺差價，就會有經營，哪怕再小的規模。比如林賽奶吧的店主，會在超市整盒購買各類軟糖，然後混合包成小包，五毛錢一包賣，每包可能只有幾分錢的利潤。還負責做午餐，老外的午餐就是三明治和漢堡包，趕上附近有施工工地，就會招來銷量，每份可以賺到一兩元的加工製作費。當然光靠仨瓜倆棗的差價費不足以體現奶吧的價值。店主真正依賴的是避稅和家庭生活開銷上的節省。

在福利高的國家，利潤合法避稅是一門學問。而奶吧都是小面額現金交易，沒有進賬的記錄，而且生意上的現金流與生活上的開銷混在一起，合法避稅就很方便。還可以通過報虧損，家眷便能領政府的救濟金。沒人反感這樣的做法，因為那種靠無限延長工作時間的經營實在太辛苦了，奶吧店主有權避稅。

澳洲奶吧的經營者基本都是新移民，環境不熟悉語言不過關，買個奶吧生意自己做，相當於為自己買一份兒穩定的工作。隨移民潮一屉頂一屜地倒騰，奶吧也隨之變換著主人。墨爾本奶吧經營者群體最早能追溯到猶太人，而後是義大利、希臘和黎巴嫩人。再而後當越戰難民湧入後，奶吧幾乎全到了越南移民手上。從 1989 年到二十一世紀初，十年

間墨爾本的奶吧生意幾乎都被中國人接手了。偶爾也能看到碩果僅存的希臘和越南經營者，很少見了。

我十分理解那些做奶吧生意的中國同胞，很多人就算英文好也無法面對一個突出艱難，就是受不了打工坐班的那種艱熬狀態。我第一份工作是做木工，雖然累但問題不大。第二份工是在一家工具廠做流水線工人，不算太累但熬人。每天在車間上班面對牆上一個大鐘，一邊做重複性工作一邊看著紋絲不動的錶針，那感覺說度秒如年也不為過。

1989 年來的那批中國移民不同於淘金時代從廣東福建來的淘金者，很多人原先在國內做技術工程師、管理幹部和教師等職業。那個年代這類職業雖未必是高薪，卻難得有一份優越感，也不失輕鬆自由。我認識一位清華大學建築系畢業的女學霸，出國前在北京建築研究院做工程師，和甲方打交道都是說說道道的權威架勢。到澳洲來後第一份工作是在耐克鞋廠做流水線工人，給傳送帶上的鞋穿鞋帶兒。清華女學霸跟我說，在流水線上就是手在做根本用不著腦子。腦子閒得難受，就給腦子找點事做。比如回憶先前同學的名單，從大學同學到中學同學然後到小學，全齊了就湊幼稚園同班小朋友的名單……這一點我深有同感。

我在北區工具廠的流水線上的解決腦子閒得難受的辦法是唱歌。車間裡機器噪音大唱歌別人也聽不見。於是把過去會的紅歌黃歌，如外國民歌二百首、文革歌曲全唱一遍。然後野心勃勃唱大歌，如〈長征組歌〉、〈歌劇江姐〉，最後

把八個樣板戲走了一遍。機床的轟鳴中工友總見我面無表情嘴不閒著挺奇怪，常問：你他媽不好好幹活，在那兒瞎嘚啵什麼啦……

而奶吧裡沒有這類煩悶，至少有個空間，還與家人在一起，是在家的生活氣息。並且，環境和語言帶來的疏離感和障礙也來得不那麼不可逾越。每天交易的商品就那麼幾樣，死記硬背也就那麼幾個詞。有人實在背不下來就把譯音標成中文寫下來，在商品上貼小條。口語也好對付，就那麼常用的幾句，比如每天使用率最高的 Thank you very much，顧客買完東西轉身走，就衝他（她）背影喊一句：「三塊肉喂你媽吃嘍！」不管他媽吃沒吃著肉，都皆大歡喜。而且奶吧的顧客也就這些人，英文名字常用的也就那麼幾個，用中文譯音並不難記。David 就叫「大衛」，Mark 就叫「馬克」，如果見著叫 Jeff 的進門買貨，甭管老幼直接喊「姐夫」，童叟無欺。

我認識一個香煙銷量很大的奶吧店主，趕上他家老母親盯店，實在記不住各類香煙的牌子，乾脆就把排滿各類香煙的櫃子放身後，在櫃檯上放一根細棍兒，顧客進來買煙用不著廢口舌，直接拿棍兒指向要買的煙盒，老太太「指哪兒打哪兒」，交煙收錢，一切都變如此簡單明瞭。

三

　　墨爾本華人有句「諺語」:「想離婚就教老婆開車,想挽救婚姻就買一間奶吧做」。真是太有生活體驗了。女人開車的事不用說了,全世界的共識。我太太剛學會開車後很長一段時間,我喝了酒不得不讓她開時,總是心驚肉跳的感覺。

　　而奶吧的這種特殊的環境確實是修復家庭關係,增進家庭和諧的理想之地。夫妻倆一年四季捆綁在巴掌大的一塊空間裡,又在陌生的外部世界包圍中,無形中營造出一種相依為命的感覺。而且不時有顧客闖進來,時間被切割成小塊,夫妻倆想吵個整架都難。有時夫妻吵架女人正在哭,門鈴一響有顧客進來,一轉身對准顧客的必須是一張燦爛笑臉。東西賣完火氣也消了一半,想吵也吵不下去了。

　　人困頓在狹小的空間,時間長了心思和情感就會變得細膩。林賽奶吧店主曾經給我講述了一個關於蒼蠅的故事:一只飛進店裡狡猾的蒼蠅與拿著蒼蠅拍的店主之間的一場鬥智鬥勇的博弈,最後謀略終於戰勝狡猾,店主獲勝。他的講述真就把我帶入了故事中,隨情節的進展而情緒起伏。以這樣細膩的心思一定會產生更多的理解與寬容,也一定能帶給眼前人以更多的溫暖。

　　奶吧的環境也更有益於孩子的成長。與孩子們生活在一個空間裡,零距離伴隨孩子成長。我認識一位奶吧父親,

奶吧生意淡時就與小兒子玩遊戲。其中一個遊戲是用廢棄的商品紙盒做成一條船，他與兒子都裝扮成水手的樣子，坐在「船」中奮力划槳，做大海中遨遊的遊戲。那孩子真幸福，世界上不是每個孩子成長過程中都有與父親這樣溫暖的回憶。

林賽道上的奶吧處在墨爾本東區的一處綠化最好的區段，這個區有許多小動物出沒。有果子狸、松鼠和野兔等，狐狸也很常見。店主常在小後院給住在附近居住的狐狸放點食物，久而久之就認識了這些狐狸，還分別給它們起了名字。如果哪隻狐狸被車撞死在馬路，一家人若看見屍體就能叫出它的名字，而且會把屍體帶回小院裡埋葬。成年狐狸有了幼崽，晚上月光下常帶著一窩孩子來小後院就餐。林賽奶吧一家人就關上燈，隔著窗戶非常近距離觀賞狐狸一家的活動。一個溫馨的一家關注溫馨的另一家，這個暖心的畫面令我感動了很長時間。

1989 年，當第一批中國人進入澳洲落戶時，大型超市已開始在澳洲各大城市矗立，奶吧的時代已經開始衰微，而大部分奶吧還在越南移民手中經營。這批中國人從越南人手中接盤了奶吧的經營。在澳洲，什麼事一經中國人染指便會立刻火了起來。中國人的接手使奶吧的生命力重新煥發，身價也陡然攀升了起來。奶吧的時代又被人為地延長了至少十五年。

四

　　奶吧雖田園小店，也並非全無風險。首先，會有不定期稅務查賬，帳面得清楚以避罰款。這難不倒店主，奶吧通常為走現金的小面額交易，稅務部門無從入手。況且稅務查賬全針對營業額流水高的大店，對小店則網開一面，也知道移民店主活得不易。

　　另一個常遇到的麻煩是青少年犯罪問題。有時街區小混混以店主是移民好欺負，時不時騷擾或小偷小摸，事不大卻很棘手。因為澳洲法律保護十八歲以下未成年人。他來搶你，你出於自衛傷了他，他無罪而你要承擔法律責任。我聽說有個中國人在城邊上比較亂的區買了個奶吧做。開店後遇混混兒尋釁，沒經驗抄了根壘球棒就出去了。球棒被混混兒奪走照腦袋來了幾下子，顱骨給打裂進了醫院。本屬於嚴重傷害他人，結果打人那小子拘留幾天就放了。待店主出院後，那幫混混兒還成天在店門口晃蕩。

　　遇著這類事，有經驗的店主總會有辦法對付。北區有個黎巴嫩店主，沒事在店裡備著一根硬木棍，看著不粗掂著挺沉，而且見棱見角，平時用來支撐窗戶。有一次幾個小混混來尋釁搶東西，進門就與店主撕吧，沒等那幫小子反應過來，店主抄木棍兒掄圓了給為首小子腦袋就是一下，當時砸了個大口子，立馬濺血。進了警局，店主因為逼急了被迫自

衛，用的也不是事先準備好的兇器。打白打沒法律責任，小混混此後再不敢來造次。

這類事其實還都算問題，最大的隱患是奶吧做時間長了店主心理會出問題。一般奶吧的營業時間從早上六點到晚上九點半，中間上趟廁所都得掛個牌子，通知顧客稍等。一周做七天，全年只有六個小時公共假期。我只在店裡呆了三周就覺得快憋出病了。常年待在裡面，可以想像，精神不出問題才不正常。

我認識一個上海人，兩口子在 Kew 區做一個奶吧。店的規模挺大，不是那種前店後舍的模式。每天關門兩口子回家住，不必成天圈在店裡。即使如此男人還是出了症狀。就覺得每天最重要的事情是要把櫃架上的商品擺齊，齊到商標要精準地連成一條直線，不允許絲毫偏差。每天反反覆覆做這事情，直到關門下班。他說自己也知道不正常，就是控制不住要去做這個事情。後來賣了店不作奶吧了，仍然很長一段時間每天惦記商品是否擺齊的事，感覺心裡沒著沒落的。

還認識一家做奶吧的中國人，男的問題不大，女的不行。人在店裡整天擔心街上行人不進來買東西，看見行人從店門口穿過不進來就哭。加上那條街挺熱鬧，每天人來人往的，後來實在承受不了行人在店門口來回經過，無奈之下把店賣了幹別的去了。

有一個沒做過奶吧的人根本想像不到的障礙性問題，就是門鈴恐懼症。一般奶吧前店後舍，店裡沒顧客的時候店

主會待在屋裡做飯、帶孩子等。店舍相通，中間掛一個布簾。有顧客進店，店門上的門鈴就會響起，通知店主來人買貨。一開始肯定喜歡這個門鈴聲，意味著來了生意。但時間一長就出現了門鈴條件反射，人變得很機械。有時剛擺上飯菜，斟上酒，外面店舖的門鈴一向你必須噌一下竄出去賣貨，餓著肚子滿腦子想著吃飯的事兒還要裝成興致勃勃與顧客瞎搭訕，作出不捨得讓他馬上走的姿態。對於門鈴的反應於是變得微妙，即恨其有，又怕其無，響與不響都難受。

這讓我想起年青當礦工時最怕的上班哨聲。那是上工的指令，聽上去尖利刺耳，意味著又一輪艱苦勞作和對收工的漫長企盼。後來知道了當時不只我一個人怕哨聲。1970年代初我們大院的十五六歲的孩子們都上山下鄉，分別去了東北黑龍江、內蒙、雲南、山西和河北等地，每年春節回家探親大家又重新結夥聊天鬧事兒。有一次正聊天院裡小孩吹哨玩兒，當時在場的所有從兵團和農村回來的人都出現煩躁恐懼的反應，一起罵：他媽的別吹了！

還有一年冬天我犯了敲門聲恐懼症。那時我們採礦隊上班分早、中、晚三班倒，趕上早班六點上班五點鐘就得起床，洗漱吃早點後從宿舍走到工地需要二十多分鐘。而我們這排宿舍中只有一個外號叫「傻姑爺」的工友有一個鬧鐘，所以一到上早班就由他負責敲各屋門叫醒大家。早晨五點鐘天還漆黑，北風呼嘯，房檐上懸掛著冰柱。正睡得沉沉突然被砰砰的敲門聲驚醒，毛骨悚然有虛脫感。漸漸地神經上有

些承受不住了好像受了病，每天早晨聽見「傻姑爺」敲門就心驚肉跳如驚弓之鳥。後來只要聽到「姑爺」由遠而近的腳步聲就能霍的從夢中驚醒，噌的坐起來黑燈瞎火衝著門發瘋似的喊：別敲門！別敲！

我只在奶吧作了三周，顧客進門的門鈴聲就已經喚起我那遙遠的對哨聲與敲門聲的恐懼反應。奶吧到底給 1989 年那批中國移民經營者帶來多大的精神問題，現已無從考據，沒有詳細的數據。奶吧的時代已去，社會問題研究者和社會心理學家不再會以此為選題做研究和調查，但我身邊的此類實例足以說明問題的嚴重性。就拿我認識的這位林賽街的中國店主實例說事：他做了十來年奶吧生意，人基本處於半癡呆狀態而自己毫無察覺。他在店裡帶大了他的兩個孩子，此後跟正常人無法正常交流，一點小事反覆說，生怕別人聽不懂。等孩子大了，把店賣了以後突然發現除了做奶吧他什麼都不會，基本廢了。最終婚姻也沒保住導致精神狀態愈加惡化，無奈回國。回國的目的也相當奇葩，說是要從他前妻的氣場圍困中突圍出去。

五

曾一位 1989 年來的中國奶吧店主對我說：「你們後來的技術移民無法想像我們那時的艱難，你們現在面臨的困難

無法與我們那時相比。那才真叫艱苦！那時沒人把我們當人，我們自己也不把自己當人。」

凡有早來的中國移民向我講述他們剛來澳洲的艱苦經歷時，我自己的感覺好像是參加過諾曼第登陸的二戰老兵聽一個街頭小玩鬧描述他在團夥群毆中的勇敢行為。我當年在太行山鐵礦體驗的磨難與現在他們澳洲遇到的困境完全不是同一層面的事，那是一種勞改式的絕望勞作，是徹底的沒出路和沒選擇。然而，現在回想起那段生活，與艱難困苦有關的感覺諸如饑餓、勞累、焦慮、絕望⋯⋯什麼都有，就是找不到「不把自己當人」的感覺。

我在採礦隊的人工採礦班幹過四年多，主要工作是修路、排險和爆破，是礦區中最累最低賤的工種。但我記得那時我不只一次在隊部辦公室裡與隊長拍桌子對罵，還在工地和領班長（工地總指揮）臉紅脖子粗揪脖領子動手豁命。那時我若惹了禍犯了事兒，採礦隊指導員找我談話都先遞我根煙點上，然後再作思想工作。

奶吧店主「自己不把自己當人」的涵義雖然沒有被具體揭明，但我知道這絕不僅僅限於體力勞動艱苦、生活條件惡劣而言，應該包括求生存過程中的不擇手段和忽略自身的人格和尊嚴。都是艱苦，有人一個月剛過一半就沒錢吃飯了還能活得耀武揚威咄咄逼人，有人每週近萬元的營業額卻感覺自己不是人。我想原因是一個字：錢。為了錢你很容易把自己設想成乞討者，很多情況下為了錢你必須是勢利眼。我

理解，如果總考慮如何把別人口袋裡的錢轉移到自己口袋這個問題時，容易感覺到沒尊嚴。

有一次到白馬道附近一家奶吧串門。這家店舖偏離大道座落在一片幽靜的居民區之內，營業額絕高不到哪兒去。店主是個畫家，原來是國內某美術學院的講師。我們到的時候他太太正要帶著兩個孩子去附近的超市上貨，我們和畫家在店裡閒聊。正說著話一群還沒櫃臺高的碧眼金毛小鬼崽子一窩蜂擁進店來，畫家趕忙親切熱情點頭哈腰迎上去，風風火火地熱鬧半天，小孩一人買兩毛錢糖豆走了。畫家忙活完了對我撇嘴說：「告訴你我每天的感受吧——斯文掃地。」

我常空問自己：掙到多少錢才能擺平這件事，才能丟棄「不把自己當人」的感覺？有沒有一個確切的指標？奶吧行業裡的人會說：「沒有，掙錢哪有止境？」但還是覺得有什麼地方不對，因為我也常常領受奶吧店主之類個體經營者傲慢無禮的目光，他們在一些情況下他們的自我感覺挺好，人模狗樣的。後來是我自己想明白了，這個指標受奶吧遊戲規則的制約，兩套裝置，極具彈性。記住，他在面對比他錢少的人時越頤指氣使，他在比他錢多的人面前就越孫子。

一次朋友聚會，一位在奶吧裡作了七、八年的經營者不無輕視地對一位剛在海外獲得博士學位的朋友說：「你若沒錢哪來的尊嚴？」道理沒錯，但由他嘴裡說出來也只能算靠經營小作坊拿命換來錢之後買房買車的個人體驗，關上門奶吧內的規則。抬眼看看，這個世界進入資訊時代都四十多

年了，網絡全球化也有近三十年了。憑你靠拼工時體力仨瓜倆棗個體小作坊，你 Sb 也有資格與學人談尊嚴？

朋友，靜下來嘗試換一套裝置去理解這個世界上的其他法則。這裡的文化屬於西方世界不是中國，你原有的「法則」不一定都適用。世界太大了，試著重新啟動你萎縮的大腦，把在世界名牌學府攻讀博士學位想像成一個精彩過程，一個各學科領域中的頂尖作業，一次生命中的（或許僅僅屬於個人的）輝煌。這也是法則，和錢沒關係。

掙錢的過程中你若將尊嚴喪失殆盡，等有了錢你就會發現你失去的那樣東西是無價的，用錢買不回來了。

結語

這個奶吧的故事於 2006-07 年間就開始起稿，那時剛從北區的 Thornbury 搬到東區的 Mitcham，想寫點東區的故事。一晃過去有近十五年了，想再收稿而澳洲的奶吧已經發生了巨大的變化，奶吧在墨爾本的街上全然絕跡不知所蹤了。有經營奶吧店的朋友和認識人，或將奶吧及時低價甩出，或任其自生自滅，關門大吉。而我只在奶吧裡呆了三個星期，就講出這些關於奶吧的真實故事。也自知在數年或十數年的奶吧經營者眼中就是在班門弄斧，但我還是不敢放棄，我不想失去那種感覺，也不想忘記那個年代。我無從得知他們對奶吧經營的那段經歷是何等的感受。也許心存懷

戀，敝帚自珍；也許不堪回首，將這段記憶刷屏，就像什麼都沒有發生過。而我還是珍惜發生在奶吧裡的那些傳奇故事，總得有人把它講出來。

2007 年起稿
2022 年結稿於 Mitcham 區

澳洲教書筆記

二月中旬的一天，風和日麗，由於不是休息日，墨爾本東面的 St Kilda Beach 異常空曠，沒人游泳，只有一對夫婦訓練他們的三個孩子劃滑板，波光鱗鱗的海面映襯著三個少年矯健的身影。沙灘另一側有一群健美的白種姑娘在進行沙灘排球的訓練，砰砰的擊球聲和姑娘們的歡呼喝采聲不絕於耳。溫軟的沙地上，我與一位同行談論我們在中文學校教過的一些中學生。這時，我突然意識到了一種異樣的感覺，過去我們談論什麼樣的人物時才有這類興致啊，那應該是莊子、魯迅、卡夫卡⋯⋯巨人們容易成為話題因為無法被真正解讀，談論他們只是表明站在巨人肩上的某種身份感⋯⋯就在這個二月，我的學生成了我談話中的真正主角。

一

我早些的教書實踐可以追溯到 1996 年在香港大學文學院攻讀博士學位的時候。香港大學博士和碩士研究生的學業不同於中國大陸的大學。你獲得港大研究生資格的錄取，便被認定為具有獨立研究能力的人選，在學期間不必再修任何課程。但同時還規定在港大做研究期間，你必須完成每學期150 個學時的教學量。而我於 1996-2000 在香港求學期間正

趕上香港回歸，各大學要為本科同學開設普通話課程。我正好成為港大文學院中文系現成的普通話老師。

以前在北方總覺得普通話在全國久已普及了，到了南方才知道不是那麼回事，即使是大城市如成都，許多年輕人還說不來普通話。1996年初到了香港，同種同族竟語言不通。第一次到港大餐廳吃飯抬頭看牆上的菜牌一驚，我一個中文系的博士生居然有的字（粵語發音字）不認識，而且還鬧了笑話。我對服務員說：請來份雞腿兒。她端上一份三明治。我說：要雞腿兒不是三明治。她說：這就是雞腿兒。我於是走到食品櫥窗前指著雞腿說：要這個。她說：這不是雞腿兒。我問：不是雞腿兒是什麼？她說：是「該北」（粵語雞腿的發音）。一位在港大呆了一段的天津大學老鄉對我說他剛來時每次去食堂買飯都忸怩，後來知道了「叉燒」的粵語發音，每天到食堂買飯就說：「嚓修」。後來吃得打嗝都是叉燒味，現在一聽「叉燒」這個詞就想吐。

我剛到香港時在港大下面西環租房住，需要張小桌，見商舖有賣折疊小桌不錯，問店家多少錢？店家說：一百一。我交一百一港幣。店家伸出兩個手指說：一百一。我說：這是一百一。他說：這不是一百一，是鴨百鴨。原來粵語二是一，一是鴨。知道人家絕非有意設騙，只得啞巴吃虧交二百二扛桌子走人。

後來，因為游泳特長參加香港大學利馬寶堂游泳隊。加入利瑪寶堂游泳隊的原因說來簡單，只因為隊長講得一口

流利的普通話。利瑪竇堂是男生宿舍，集體榮譽感極強。常年與聖約翰堂（另一個學生宿舍）激烈爭奪，一直處於失利狀態。儘管那次我個人並沒游出好成績但我很走運，那年利瑪竇堂終於戰勝對手。當比賽現場宣佈利瑪竇堂獲團體冠軍時，所有身著紅色利瑪竇堂 T 恤的瘋狂的啦啦隊員全跳進泳池，滿池中一片紅色的沸騰。很長一段時間，在校園裡凡見到住在利瑪竇堂的同學都熱情地衝我打招呼，並由衷地說一句：非常感謝你！

不幸也有以普通話為恥的時刻。一次在港大校園內的銀行辦事，排在隊中等候。這時十幾個來港大短期交流的北大、清華年輕學生也在銀行辦事。他們中有一個人排隊，其他十幾個在一邊聊天。這個人排到後，這群人突然全擠到櫃檯前。這操作完全不符合香港的公德規則，引起排隊的當地人極度不滿，紛紛出言指責。而這群內地「天之驕子」則也不以為然，我行我素。我當時恨不得找個地縫鑽進去。

二

香港大學中文系在港大的主樓，一座古樸典雅的紅磚建築。朝著下面西環一片平地拔起的「樓林」和遠處海灣。李安的電影《色戒》的許多場景就在這裡拍的，而文學原著作者張愛玲就是港大中文系校友，當年也在這座樓裡捧著書本讀書。我有榮幸得恩師趙令揚教授的拔擢進入這所殿堂求

學。在這裡遇到的同行，包括我的同門師兄弟，是我見過最儒雅、最有才華的一群學人。我在這裡四年求學，治學方面的收穫可用「脫胎換骨」四字來形容。而在這裡的普通話教學實踐，則是極有意義的難忘經歷。

港大文學院有專門的普通話教學單位，有幾位內地來的老師，都是北京人。具有非常規範的教學管理。我首先拿到一本兩冊裝的普通話教學規範手冊，備課過程中發現，普通話雖然是母語但還是有許多不了解的技術方面的細節。我被分配教各個學院，如工學院、文學院和醫學院等等的本科生普通話必修課程。有了與港大青年同學們近距離接觸的機會。

港大的同學都很用功，而各學院同學的面貌各有特色。工學院的同學普通話程度普遍不高，有些同學社會完全聽不懂。而且上課顯得有種隨意感，我理解，應該是專業的原因，語言這類課程沒必要做到精通。給他們上課要迎合他們關注與興致。我選擇過各類科普文章引起他們的關注，也找有意思的短篇故事做課文。當年任賢齊的一首歌〈對面的女孩望過來〉最流行，我於是把歌詞打出來做課文，下課前我讓同學們合唱這首歌，跟他們說：大點聲，咱們爭取讓這個樓道裡的其他教室都上不了課。同學們來了勁，唱得震耳欲聾。

文學院的同學凡來上課的普通話說得都不錯，也有興致。我喜歡與他們在一起，有種同行的感覺。文學院同學人

數最多，常在很大的階梯教室上課，也都很規矩，我常常會抖點包袱來點幽默提高興致，也為試探學生是否聽懂了。每次都是滿堂彩，從不會讓我失望。

在港大教學中印象最深的是醫學院的同學。港大醫學院是國父孫中山的母校，建校比香港大學還早，醫學院專有自己的校慶日。這裡的同學相當於國內北大清華的學生，是香港年輕人中的精英群體。想不到的是醫學院的同學普通話水準遠高過其他各學院的同學。因此選擇課文就相當慎重，除選了各類醫學方面的文章外，還選了我最喜歡的一些文學作品的選段。

能記得住的有舒婷的散文詩和史鐵生的散文。舒婷有一首散文詩講一次她從地裡幹活歸來，她姐姐在水塘中摘了一朵蓮花在村口迎她。舒婷寫道：姐姐手中捧著的是一朵五彩祥雲……那天的課就是「知青文學」的主題。快結束時我自己覺得講得盡興，同學們該滿意。沒想這時有同學舉手提問：「老師，什麼是知青？」我當時懵了，實在是我的失誤。

在醫學院上最後那堂課時，突然發覺所有同學著裝都很正式，尤其是女同學穿著漂漂亮亮的裙裝，以為他們課後有活動。下課時才知道全班同學是為與我合影，有同學還與我個人合影留念，然後送我禮物。我很珍視這樣的禮物，一直保存至今。

黑貓酒吧

我最為幸運的是在港大中文系與師友們的共事和交往，隨時都得到他們的熱心幫助，而他們身上許多閃光點給我的治學帶來無形的影響。唯一遺憾就是沒有練習粵語的機會。港大許多來自大陸的理工科朋友在學期間居然一兩年內就學會一些粵語口語，甚至可以應用到生活中。因為在他們學院平時學習、工作中很多時候被迫要用到粵語。而我所在的中文系的師友，個個普通話水準高，與我交流時怕我尷尬全不說粵語。甚至全系開會時只要我參加，會議主持者就會說：「今天有大陸同行與會，我們講普通話。」其實很多情況下會場上只有我一個人聽不懂粵語。我把許多這類溫暖時刻永遠都珍藏在心裡。

三

　　2000 年我完成香港大學學業回到澳洲。一時找不到教任便一邊打工一邊尋找。到 2004 年在大學找到教學機會之前，就在中文學校過度，先教小學生，後來教 VCE 中文。

　　總的來說，教小學生的過程基本上是一段不堪回首的經歷。帶的第一個班可能相當於小學四、五年級的樣子。選擇的是國內小學高年級語文課本。記得第一天上課學校還派了一位沒有任何學歷開奶吧店的所謂副校長來檢查我的教學。Tm 有沒有搞錯！還記得那個班上有個極不懂規矩的孩子，不管時間隨時問問題。學到一篇紅軍長征的課文，張

口就問：「紅四方面軍當時有沒有幾億人？」而且一口一個我爺爺怎麼說的……估計他爺爺經常輔導和督促他中文學習，肯定是一位相當自負的中國大爺。

有許多同學很小來到澳洲，作文中透露出許多他父母都毫無察覺的內心資訊。像〈來澳洲的第一天〉、〈在澳洲上學的第一天〉這類課堂作文中我了解了許多孩子們的苦惱。有位記得是廣州來的同學作文中寫道：原來在中國時的家臨街很嘈雜，習慣了噪音。剛來澳洲不習慣安靜，常常專門到大路上看汽車駛過，聽著噪音才舒服些。一位南通的同學寫：他在中國時他房間的窗戶朝著一條熱鬧商業街，每晚都在霓虹燈的照耀下入睡，來到澳洲後要開著燈才能睡覺。

最多的，也是最讓我有感觸的是這些孩子對新環境的孤獨和陌生感帶來的心理上的創痛。每一位同學在描述第一天上課時的心情都是一樣的苦澀感覺。我們成人不曾想過，孩子們進入澳洲新學校不同於在國內轉學，身邊同學個個金毛藍眼，張口滴嘞嘟嚕什麼也聽不懂，孩子還小處理不了這個局面。有同學形容每天上課像是「提著腦袋走進教室，帶著一顆破碎的心。」

孩子雖小但也敏感，不懂語言卻能通過他人表情體察周圍事態的變化。有一篇上海女孩子作文中講述第一天上課的故事。她媽媽把她帶到學校，交給了辦公室的工作人員後就去上班了。女孩兒描述了之後發生的事情：

突然，整個辦公室的人都嚴肅了起來，那位女老師的臉上也抹去了笑容，開始撥電話。我還以為他們嫌我的英文不好不錄取我了，我害怕得想哭。原來是因為我剪的是短髮，人也又黑又瘦，他們不能確定我是男孩還是女孩，就給中文電臺打電話，請他們當翻譯來確認我的性別。嗨！沒事兒了，一場虛驚！

在中文學校課堂上我最不知如何處理的局面是學生自身的問題。曾聽一位澳洲語言學校白人校長說道：「中國同學不懂得要為自己負責任。」令我覺得沒有面子，因為確實如他說的那樣。有同學已經進入 VCE 學習了課堂上還像小孩子的行為，而多表現為無知的虛榮。曾有班上一位女生每天上課桌上擺兩個手機。問她什麼兩個手機？其所答非所問說：「都很貴。」言外之意是：告訴你也買不起，問什麼？還有一位上海男生開輛吉普來上課，每天的目的就是車接車送討好兩位女生。其對班上其他同學和老師的傲慢無禮做派可知其家長一定是當年社會底層上來的爆發戶，否則不會在有錢後出現這麼過度的自我反應。

看袁騰飛的視頻，總聽他講這類教學體會：「我每天上課有二十分鐘先一通罵，然後再正式講課。」與我在中文學校有些班的做法不謀而合。後來我也懶得罵了，就講一些有關利益的道理：「你來上課你父母為你花了錢了，你在課堂的時間是你父母花錢買下來的，你得知道你的利益何在。你

若不尊重自己的利益怎麼會尊重他人的利益，誰還敢和你合作共事。」白說，白癡就是白癡。

當然也有更多的讓我重拾信心的同學。我多年前給中文學校校報寫過一篇很淺顯的教學體會，這樣寫道：

> 課間，一位文靜的第二語言女同學對我說她非常喜歡讀《莊子》。剎那間我不知身在何處，十分驚喜。於是我和她聊莊子，我發現我們有許多共同感受。讀莊子你會覺得人太渺小，個人的生命太無意義。莊子形容一種鵬鳥伸展雙翅有數千裡長，就像天上展開的雲。在這類自然界偉大生命現象面前人算得什麼？讀孔子時的感受就完全不同了，因為孔子相信世間有偉大的個人，偉人具備規範全人類的力量，人類要遵循服從偉人建立的完善秩序與至高權威……我希望這次短暫的課間談話能使她更加喜歡莊子。

後來教 VCE 中文時班上也常出現一些敏而好學的同學，他們的優秀作業每每帶給我快樂。只為這些同學就值得我全力以赴把書教好，儘管我對 VCE 中文教育和考試系統並不認可。

2009 年我編寫了《第一語言 VCE 中文教材》，而後又編了 12 年級 VCE 中文作文範文集《百題精解》。在《教材》的前言裡專為這些值得我驕傲的同學們送去了美好祝願：

本《教程》中引用的例文都是歷年同學們的優秀作文，不能說篇篇完美無缺，但都能夠展現出 VCE 中文各類文體的寫作規範和特點，為我們提供了標準和借鑒。這些同學們現在多數都考入大學，開始了新的學習進程，也有些仍在艱苦的高考復習之中。衷心祝願他們在今後的學業和事業上取得更加優異的成績！

至本文撰寫之時，這兩本 VCE 教學課本在墨爾本的日校和中文學校中仍為不少中文老師用於教學參考。

四

曾有機會與一位中年英裔英語教師談關於語言教學。他說，他曾經教過七年級的澳洲學生（十二歲）英語，很多澳洲學生在閱讀和拼寫上有障礙。他認為這是字母拼音文字的弊病。他說中文不存在這個問題，因為中文的象形字形容易給兒童形象聯想，加深記憶。而我教 VCE 中文時遇到困擾，相信這位崇尚漢語的澳洲同行肯定理解不了。

VCE 是 Victorian Certificate of Education 的縮寫，中文意思是：澳洲維多利亞州中級教育畢業資格。所以中文 VCE 考試相當於國內的語文高考，一向為有中國背景的同學所必選。而 VCE 中文許多規則自英文移植而來，其格式和要求尚未形成統一說法，亦無優秀範文參照，給應試教學

和備考訓練帶來諸多困難。我曾在某中文學校教師培訓會上發過中文 VCE 考試的議論。其中提出過質疑，認為以英語的模式規範漢語，英語尚嫌年輕了點兒：

漢語有五千年的歷史，商朝的甲骨文我們都知道，三、四千年以前的書面文字。還有更早的獸骨文，比甲骨又早了一千年。從中國獸骨文時代往後推三千年，羅馬帝國的凱薩大帝在英倫三島登陸，當時英倫三島上的居民講的不是英語，換句話說，據今二千年前的世界上還不存在英文。那時相當於中國的西漢，司馬遷的《史記》都出版了。之後又過了五百年，英倫三島上才出現英文，極少人使用。此時是中國的魏晉時期，這時漢語已經歷了《詩經》、《楚辭》、漢賦等輝煌階段。魏晉流行的是玄學，用老莊的思想解析《易經》。此時中文無論從文學上、哲學上都已達到出神入化的境界。而後又過了一千年英文才逐漸興盛起來，是莎士比亞把英文推到輝煌，英文成為英倫三島的國語。時間在十六世紀末。這時中國已經是清朝，中文又經歷了唐詩、宋詞和元明的戲曲，明清的傳奇小說等輝煌歷程。《金瓶梅》、《紅樓夢》都問世了。文學已從上流社會的廳堂走入民間，為大眾服務了。所以我挺佩服澳洲人的，用英文規範中文，真敢胡來。

這樣說也就是發發牢騷，其實也是無奈。因為澳洲VCE考試涉及到八十多種外國語，像希臘語、印度語、義大利與和阿拉伯語等動輒都是幾千年的歷史，你如果按照各種語言的特點設計教學和考試，工作量之浩繁可以想見。

澳洲VCE中文與國內高考語文系統相比感覺尚處於低級僵化的狀態。VCE中文根據孩子們來到澳洲的時間分為三級。小學一年級之前來的同學為「第二語言組」，小學一年級到六年級來的同學為「第二語言高級組」，在國內上完初一的同學為「第一語言組」。而我在中文學校教的基本上是第一語言組的課程。

澳洲有關VCE語言教學與考試的規範定得很籠統。而這種對世界各語種一刀切統一規範帶有極大的局限性，忽視了各語種的特點之間的差異，帶有相當大的盲目性。而這種局限在母語組最為突出。我認為應該依據中文的特點去解讀澳洲VCE中文的規則，基此設定母語組教學和考試系統。但這麼多年並沒有人做這個事，大家都稀裡糊塗沒個準確標準。

第一語言組VCE中文考試有四項，分別是聽力、閱讀、作文和口試。四個項目都有問題。第一項聽力。母語組考聽力，聽著都新鮮。若聽不懂母語那不是語言能力的問題，是腦子的事。記得有一套模擬聽力試題內容是唐詩，錄音中有一句：「杜甫較李白稍晚……」。班上有同學在卷子

上答道：「杜甫教李白燒碗」。得嘞，詩人變匠人了！所謂聽力充其量考的是速記的功夫，不動腦子的還是不動腦子。

第二項作文：VCE 中文考試規定考兩種文體，想像文和評估文，按照英文的模式而來。這也沒問題，但要定出規範方使教學與應試有據可循。比如想像文的寫作，我認為至少應該有結構、主題和敘事方面的要求。但有些 VCE 老師認為：「想像得越離奇越好，不需要其他要求」。你這個標準去考小學二、三年級可以，激發孩子們的想像力。但用於類似大學入學考試，是你弱智還是考生弱智？

問題最大的是口試。VCE 中文的口試稱 Detailed Study。其出發點是通過研習文學藝術作品，學習和了解中國語言和文化。這裡多少反映出西方教育的實用性特點。帶有專題研究的性質，不單考語言口頭表達的能力，還要求考生自己動手進行選題、查找資料，然後建立觀點進行求證，最後系統表述和針對性討論。把語言口試變成一個類似答辯的過程。對於即將進入大學學習的同學來說，確實有其實用意義。好是好，但對教師和考官的水準有要求。考官水準不高，考場上就會出問題。

記得一起最奇葩的口試考場事件：曾有位同學以「家庭教育對孩子成長的影響」作為口試的選題，很恰當地舉出「岳母刺字」以論證觀點。結果考官問道：「岳母給岳飛刺字時，岳飛他爸在哪兒了？」考生當時就懵了，上考場前絕想不到「他爸」居然如此關鍵。我想這位考官很可能是單親家

庭長大的，缺少父愛，所以關心這個。有同學課堂上問我：「老師，我們在考場遇到『岳飛他爸』這類問題該怎麼辦？」我無言以對，只得調侃道：「你就說，當時岳飛他爸正在後院鋤草來著。」師生圖一樂，沒法認真。

有的考官因水準低平時在班上沒少遭同學嘲笑，考場上就處處刁難。就是要把你問垮了，你服不服！曾有一位考官在考場上明知有個問題考生答不上來，連續追問三遍，直到把那位女考生給問哭了為止。有一次我的學生做有關「康乾盛世」的選題，論述中有以明末情況作比較的情節。考官提問：「崇禎末年明朝的財政收入是多少？」Tm 有病啊！你去問問研究明史的專家，以明代稅收之複雜，我相信沒人答得上來。

自去年開始，VCE 第一語言口試實行改制，將考官的提問環節由原來的百分之五十提高到百分之七十，而將學生闡述的時間由百分之五十壓縮到百分之三十。這一改變對於考生來說（尤其是優秀的考生）無異於一場災難。意味著學生展現自我能力的機會越來越小，而上述那些「低能」考官則有更多的機遇將 VCE 中文口試淪為一個笑話。

硬性的規則還好辦，可以通過調整解決。教師水準屬於軟件系統，需要時間積累。這點我深有體會，每當接手一個新班就面臨同樣問題：學生對老師不信任，甚至是蔑視。我知道這是前任或日校中文老師帶給他們的認知。所以每次第一天上課我得先把班上同學調教過來。用的是袁騰飛老師

的辦法：施加壓力。我會對那些對 VCE 中文課程和任課教師不屑一顧的同學講：想聽高深的東西嗎？沒問題。多高深的學問我都能講，問題是你聽得懂嗎？就你現在的水準只配學這個。都給我老老實實學 VCE，別的事進了大學以後再說。

教師的問題首先是資歷，許多在教任的 VCE 老師沒有相關的教育背景，其他專業的學歷比如理工科、體育之類背景跨著行，對中文教學沒有意義。還有些老師在國內學的是英文，來澳洲後「學書不成學劍」，自我感覺良好。其實他中文和英文一樣，都是那種半吊子狀態。我曾任教的中文學校兼職 VCE 中文負責人是位在國內學英文的教師，來澳洲後與老外結了婚生了倆混血兒，任職於墨爾本某日校。英文確實很好，這麼多年在被窩裡就能學不少東西，但其中文實在沒法說了。像她這類情況，英文越好中文就越爛。她在該校編的 VCE 教材中寫了一篇中文課文。大致內容：「我家四口人，爸爸媽媽，姐姐和我。我姐姐叫雙羊，我叫隻羊」之類的東西，丟了臉卻懵然無所知。

中文學校裡也有幾位國內某大學或師範學院中文系畢業的，其中不乏於英語汪洋大海之中執著堅守的人。但也有來到澳洲十幾年做奶吧、烤雞店之類生意，把孩子供到大學畢業，好區買房換了寶馬，已經荒廢了毫無察覺。聽說有這類人居然還參加第一語言 VCE 的出題編卷。捫心自問：來澳洲這麼多年你有沒有認真從頭到尾讀過一本中文版的文史

類書籍？大學本科就課堂上的那點東西，不知繼續充實，你哪兒畢業也沒用。

而更多的 VCE 在任教師並沒有高等教育的學歷。我一向認為，當作家可以沒有學歷，但當教師則必須要有學歷，否則你便無法真正理解「學習」二字的涵義。我知道有學生公寓看大門的只因「效忠」而被中文學校一夜間提拔為該校區 VCE 教學主管。還聽說有的教師在班上對同學們說：「我雖然中文沒你們好，可是 VCE 考試規則我比你們懂。」規則就那麼點有限內容，半天就能搞定。明知水準不夠你強為人師？俗語講「後浪拍前浪」，請別在課堂上找拍，自取其辱。

國家相關教育部門是否應該考慮建立一個由國內高考資深師資組成的研究機構，認真考察研究一下英語國家（美國、英國、加拿大、澳大利亞和新西蘭等）的中文語言考試規則，然後根據中文本身的特點制定出最優化的海外高考中文教學和應試的體系。還應該建立海外高考中文教師和考官培訓和考核制度，通過正式學習和考試拿到執照，然後上崗教學和監考。國家每年給「孔子學院」投入巨額資金，在注重弘揚文化面子工程的同時，是否也該對各英語國家的中文高考教育與考試給予關注。

漢語是碩果僅存的表意語言文字，全世界都景仰的優美語言體系。其文學上和哲學上的表達，都達到出神入化的境界。我們在海外別自以為是把這人人羨豔的優秀語種給弄

成扭曲的格局狹小東西，褻瀆了其中飽含的千百年傳承下來的智慧。

五

2004 年我開始在墨爾本的幾所大學裡教書。最初主要教中文，後來教過或參與教過「中國歷史」、「中國當代文學」和「中國電影」等專題課程，都是開給中國留學生的選修課。有許多值得回味的故事和要認真面對的思考。

La Trobe 大學位居墨爾本北部，遠離 City，校園內常可以看到那種灰色大身形袋鼠出沒。綠樹成蔭包圍中的校園孤立得像一座中世紀的城池，遠離著塵世的喧囂，我在那裡教的是「中國歷史專題」課。課程主管是位具有漢學造詣的資深教師，我們之間的合作建立在相互信賴和支持的基礎之上。這段教學歷程是我在澳洲最值得懷念的教職經歷，也有許多值得珍藏的故事。

記得第一天上課，有兩男兩女西人同學來到階梯教室，前排就坐。我過去問：全中文講課，能聽懂？四人說：沒問題！結果開講沒三分鐘四人撤了，直奔校教務處投訴：為什麼開我們聽不懂的課？那天講的內容是「三皇五帝時代——圖騰社會」，當然聽不懂。主管老師向教務處解釋，如果這四個人能聽懂，其他一百多名中國學生絕不會選這門課了。後來見班上還有一位長著一對漂亮綠色眼睛的西人

女同學，與她交談中得知她在蘭州大學學習六年，中文相當好，而且難得有西北口音。她希望能用英文做課程論文。經主管老師同意，她最後順利完成了課業。

有兩個學期主管老師學術休假我作主講，那年不幸家父過世我回國奔喪，由漢學家費‧John 教授代課一周。費教授不光學術造詣高，中文也講得爐火純青，見到中國同行握手時順口就問：「吃了嗎？」。我從國內回來後，費教授見到我豎起大拇指說：「你的學生，真都很棒！」我為班上的同學們自豪。

記得那時每一講都根據同學們非文史專業的特點，仔細寫講稿，每天上課早去一小時，在車裡把要講的內容反覆練習幾遍。來到課堂拿出今天要講的六、七頁的講稿對同學們說：「我是認認真真備課寫講稿的」，然後把講稿往旁邊一扔，全脫稿講課。幾乎每次下課總有三五個同學不走，留在教室與我聊中國歷史的這個那個，都是真正對中國歷史有興趣的學生。同學們喜歡這門課便是最為寶貴的饋贈。

題外的一件小事很值得回味。那時每次上課後課程主管老師就請我到位於校園中心的一家咖啡館，這裡的咖啡太地道了。我們坐在外面的小桌旁，面對著一個小空場，是課間同學們的集散地。我倆一人一大杯拿鐵（Latte），混在熙熙攘攘的同學們中間，溫暖的陽光下聊著課程和其他閒事。那些時刻令我真正懂得了咖啡的意義。

咖啡館前總會有兩三只脖子上閃著綠色螢光的野鴨子貪婪地在人群腳下來回躲閃著尋覓掉在地上的食物碎屑，對人類毫無防範。我頭腦中瞬間一閃念：比起北京的同類，這裡的鴨子真幸福！

六

澳大利亞名校墨爾本大學和年輕的 RMIT 大學，都位於 City 的 Swanston 大道上。RMIT 在 City 中心車站旁邊，深陷都市塵囂中，這裡本不該是大學的位置。沿街教學樓上設計的由鋼化塑膠做成的綠色雕塑，像外星人留下的一灘泄物，在樓頂上糊著。這所大學由 Technical School 升級而成，沒有可以依賴的傳統。我在這個學校教過幾個雜牌班，沒有與中國同學接觸的機會，是個索然無味的經歷。

這條街往南四站電車的距離，是我任教時間最長的墨爾本大學。雖然也在都市嘈雜圍困之中，進入校園便能感知那種熟悉的典雅凝重的氛圍，這裡見到的年輕人，不論種族與出處，都代表著澳洲的未來。我在這裡的亞洲研究中心教過語言、文學和電影等課程，頗多感受和體會。

墨大亞洲研究中心的中文課程設置從一到十級，非母語課程，我教第九和第十級。接手課程時有兩三個班，同學都是這裡長大的像香港和東南亞國家如新加坡、馬來西亞等新一代華人，後來大陸第二代移民逐漸參加進來，還是一水

兒的亞洲面孔。孩子們中文很好，也用功，保持著認真態度和尊師傳統，全無有些大陸留學生身上表露出的社會習氣。

雖說他們英文是母語，漢語也是與生俱來的語言。而這類非母語群體中常常出現極有語言天賦的孩子，帶給我意想不到的驚喜。說來也怪，母語組的同學寫得再好也很難打動我。遇到非母語同學的好作文，我會讓同學打出來發給我，存在電腦裡留做紀念。有一篇記敘文的題目是《我的中學》，有描述、敘述和主題的要求。通常要求在結尾段點出主題思想，有位女孩子用了一個真實經歷的學習故事收尾，感動了我：

> 禮堂的舞臺上，擺著一架三角鋼琴。每次全校周會結束時，便由某人彈校歌大家合唱。會鋼琴的同學輪流來，我也彈過不少次。大多數時候的校歌都是唱得有聲無力，無精打采，唯獨一次例外。那天老師臨時叫我彈校歌，由於十二年級的高考壓力沒時間練琴，當我坐在鋼琴前，突然記不起校歌是怎麼彈了。禮堂四百多人，瞬間安靜到好像全體憑空消失了。這時，親愛的校長救了我，他大聲地唱起校歌，而後所有師生也唱了起來，在沒有伴奏之下用從未聽過的洪亮歌聲震憾著禮堂。

我對同學們說：人一生會聽過無數故事，大部分聽了就忘，而有的故事聽一遍便記憶終生。一個女孩突然在臺上怯場，校長帶領著全校師生用歌聲維護和激勵著她。這個極

有畫面感的故事生動地點明瞭主題：她的中學如何哺育和呵護著她的成長。

後來，隨著中國留學生的大量湧入，班上的母語組同學越來越多，最後成了主流。於是徵得主管老師的同意把課程逐漸做了調整以適應這個變化。在語言課程中增加了「了解中國」的內容，讓同學們認識這個迅速崛起的大國。我在課堂上說：「儘管是中國人，你一兩年不回國真有可能就找不到家門了。」記得有一年維州政府鄭重對墨爾本市民承諾：用十年時間修通 City 中心到機場的鐵路。班上同學議論：「修一條城市交通線用十年，這期間內不能想像中國會發展成什麼樣了！」中國的高鐵從開始到德國調研學習到建立全國高鐵網絡也就用了十年，你學中文不了解中國行嗎？

「了解中國」的具體做法是在課堂上增加「新聞選議」、「文史閱讀」和「聲像直播」等項內容。「新聞選議」是選一些發生在國內的正面或負面的焦點事件。比如中文表意文字與電腦時代的問題、國內常見的「襲醫」問題等。比如「襲醫」惡性事件。在中國，家中老人病故不把主治醫生打一頓似乎就是不孝。「文史閱讀」就是選一些有影響的人物的口語化文字做閱讀資料，課堂上選用過季羨林、史鐵生、畢淑敏、張承志和馮小剛等人寫的散文和隨筆，效果不錯。

「聲像直播」是同學們非常喜歡的課堂項目。課堂上放過的視頻的片段記得住的有「南水北調」、「高鐵」、「北京和上海大城市的城規發展」，以及「一帶一路」工程等內容。

還有通俗學術味道的視頻片段，如袁騰飛的《袁遊》、馬未都的《嘟嘟》，逢世界盃賽季還選過老梁的有關體育內容的視頻節目。所以，即使是母語與非母語甚至還有西人同學參加的混合班，也都是興致勃勃、各取所需。九、十級中文班最後發展到二百多人的規模，不幸因後來學校禁止中國母語組同學參加，又縮編回二三十人的規模。

我知道在墨大亞洲研究所的課程中，中國留學生選擇韓語選修課的人數達八百多人，日語課也有四、五百人。與其禁止母語組中國同學參加高級漢語課程，不如著手把課程調整成適合母語組同學的需求。我對此百思不得其解。這裡的人心思都重，計較的事情也很多，卻唯獨不在乎教學業績。對此我只能用一個「八十 - 九十後」的詞匯「無語」來形容心情。雖然什麼都沒說，卻做了充分的表達。

七

在墨大教書經歷中也教過兩門專題課，「當代中國文學」和「中國電影」。其中文學課是主講，電影課只是做輔導教師。兩門課對我來說都是跨專業的內容，不管主講不主講，都得規規矩矩備課。於是從國內買了至少有五、六十本這兩行業內的重要參考書，仔細做了閱讀，並根據同學們非文史專業的特點寫了講稿。電影課雖不是主講也得把講稿寫出來，因為要在課堂上帶同學做作業，主持同學的口語測試

並打分，參加同學的筆試閱卷，所以你必須得把自己充實到「准專家」的水準，否則你就是個敲詐年輕學生生命的騙子。

在我任職過的南開大學，不管是教授、講師甚至是助教，開講一門課寫講稿是最起碼事情，許多情況下還得經教研室主任審閱。在墨爾本大學開課前寫講稿竟成了從沒見過的奇怪現象。哪兒出毛病了！

當代文學課程的內容並不陌生，著重做了些理論上的系統把握。而就人文學科來說，我認為有一個不可或缺的內容是啟發學生的獨立思考意識。文學課第一講中涉及到有關「民主主義」概念，我的講稿中提出這樣的質疑：

> 人類歷史上先有專制而後有民主，沒有「專制」概念也就沒有「民主」概念。中國現代史中居然有「舊民主主義」和「新民主主義」兩個概念。問題是民主可以分「新」與「舊」嗎？什麼是「民主」？過去一貫用字面解釋：「人民當家作主」就民主了。問題來了：人民是什麼？人民如何當家作主？你可以這樣解釋：人民是平民不是貴族，找一個平民當國家領導人就解決了。事實上「民主」不是這樣的概念。民主是權力結構的概念。根本上講，就是用法律來杜絕集權和專制的制度。民主的概念具有實質性內容，你以為買二手貨了，還分新舊？

既然涉及到了人文歷史，我就要讓不同專業的同學們知道，許多人文學科中的這類概念都是和我們與生俱在的，

並沒有經過理解和接受的過程。我們得學會思考，前人設定好的東西中許多都是胡說八道。

電影課帶給我的是喜憂摻半的感覺。驚喜的是班上真有著迷中國電影、立志從事電影事業的同學。相反的感覺是這門開了二十多年的課程居然如此混亂和不著調。

首先，課程沒有完整的內容上的編構，只包括 1980 年代至二十一世紀的幾個片段年代的內容。據同學們講，每課的講座（Lecture）基本上不講與中國電影相關的內容。其次，整個課程沒有基本的課件供同學們參考，考試是想起哪齣是哪齣。

有一年期中的半閉卷課堂筆試居然要求考生解讀一篇英文的文學評論文章，內容是對 1980 年一篇短篇小說〈醉臥花叢〉的評論。這篇小說講的是文革時期紅衛兵大串聯運動中一女紅衛兵不慎掉隊，投宿農村光棍農民家中。半夜出於「急貧下中農之所急」的革命理念，不僅服從了「貧下中農」當夜的性要求並嫁給了他，終釀成人生悲劇……。這種偏門的離奇故事容易被西人「漢學家」視為「奇貨」，評論做得也是雲山霧罩，不在點上。我是那個時代過來的人，這篇小說在當時完全不具備社會影響，入不了傷痕文學的潮流，引發讀者更多的也僅是笑談調侃。

問題是在電影史專題課程中考這類東西，已經不是刁難而是荒唐。課堂上同學們問得很直白：「我們上的是電影課還是文學課？」而我覺得即使是文學史課程也不該考這類

街區騎行者

邊緣的東西。遇到這類蠢貨課程主管實在沒轍，作為輔導老師也只求盡我之所能，至少不讓我帶的班裡同學們失望，這個我有把握。

電影因跨行稍遠，備課工作沒敢含糊。托了國內親戚朋友買了 1949 年後出版的幾乎所有中國電影史著作，如陳荒煤的、程季華的、李少白的、丁亞平的、鐘大豐的、李多鈺的、尹鴻的、羅雪瑩的等等，以及能夠搞到手的各類中國電影資料彙編、電影人傳記，展開閱讀調研。發現這些都不適用於班上同學們的情況，而且找不到已出版的寫給電影觀眾的電影史。於是講稿就寫得格外細緻，用功之所在就是想寫一套適合班上同學們的中國電影史講稿。一種通俗學術層次、有趣味性的系統的講述。

問題來了。怎樣講才能脫離現有的電影史模式，才能適合同學們和電影觀眾的需求？我個人認為表達方式非常重要。具體講就是用一種敘述的語言來表達，就是文學和電影行業都講究的「敘事」。敘事是什麼？就是講故事，講電影人和電影裡的故事。只把百年電影歷史當故事講出來，避免理論和技術上研討的架勢。故事講好了，也就把這百年電影史說清楚了。

後來隨著課程的進行講稿就寫得越來越完善，索性就照一本電影史書的規格來寫。用了近四年時間終於完成了這項工作，取書名為《百年影蹤——中國故事電影史新撰》。2022 年七月由香港初文出版社正式出版發行。

實話講，在大學課堂上講授一門文史類專題課程，四、五年講下來而據講稿和教學心得寫出一本此專題相關的書籍，這在我曾任職的大學人文學科中（如港大、南開）實在是太平常的事情，也是身為一門課程的主講教師基本責任。怎麼這類事情到了這邊怎麼就不一樣了？還得問一句：哪出毛病了？

八

在澳洲大學裡的教課歷程感受頗多，只因曾有南開大學和香港大學這兩所學術殿堂的治學履歷，相與對照之下生出一些煩惱與憂患。直截了當地講，這邊遇到的麻煩還是人的問題。

僅舉中文課程的課本一項便可看出問題。我從 2004 年開始作接手九、十級中文課更換過了四次課本，其各課本之間難易程度相差如天壤之別。自 2018 年始用北京語言大學 2007 年出版的《十級漢語‧精讀課本》，教了兩年問題實在太多，於是打了個報告，希望引起中文組主管重視。以下是摘抄：

> 首先，課文太簡單，多是比較幼稚的口語化語言文字表達，練習多為課堂遊戲類的專案，不適合第二語言高年級班的水準。其次，課文中有詞義和常識錯誤，

如練習中有「日語和韓語有點類似」句，令日本和韓國同學很無奈，因為日語和韓語絲毫沒類似的地方。此當是課本最忌諱的問題。並且，課文中居然出現低俗的內容，例如一篇課文中，把青年未婚女子按照勞斯萊斯、別克、本田、大眾和昌河等汽車品牌分成五個等級，涉嫌歧視相貌不好的女性，每令西方成長背景的同學（尤其是女同學）非常反感。而更重要的是我作為具有中國文史研究背景的教師在整本教材的課文中完全看不到有關中國文史和文化方面的內容。

報告發出去，根本也沒指望會有什麼回饋。我始終認為，一個教育單位如果人出了問題就沒法解決。在這裡有人發給學生的課件中居然有小學生都不會弄錯的錯別字。有的文章中還會出現標點符號錯誤。

有位自稱「中戲」背景者，拿到博士學位卻連基本的治學方法和規則都不懂。一次對我說：「實話跟你講，我這個博士就是混出來的。」你雖然不把我當外人，但拜託考慮一下我的承受力。雖然在海外混學位的不止你一個，但不該由你自己嘴裡講出來，即使不懂對學術起碼的虔誠與敬畏，也得顧及顏面吧！

「中戲」者曾一次對其 RMIT 女上司炫耀他授課技巧時講：「我先讓那位西人學生躺床上，開始放音樂，而後向他低聲講述，沒一會學生便沉沉入睡。其一覺醒來後連聲稱：

感覺太好了！」SB 女上司聽聞此說居然一臉褶子湊成一個欣賞崇拜的表情。我一旁聽得納悶：尿鱉打酒——岔壺了吧，你是治失眠還是教中文？還曾一次「中戲」者在辦公區間公共廚房冰箱放了一罐飲料被人喝了，於是就在樓道裡貼了一張英文大字報，嚴正聲討。全樓各種族老師人人自危，初嘗了一把「文革」的切身體驗。你丟「中戲」的臉也就罷了，別讓不明真相的西方學人以為中國人文學科的學人都你這樣。那你罪過可就大了去了！

水準不夠和才氣匱乏其實不算是致命危害，任職大學這麼多年就算從小學重新補起，只要肯學二三十年下來也該有點長進了。怕就怕既無智慧也無認真的態度。人文學科屬於真性情之人做的學問，其治學中既有中規中矩的作業，還必有人文精神的表現，即研究者獨立自由的精神狀態和才德並茂的文人品質。治學和教學最忌諱的就是社會市儈的習氣，會造成治學環境的嚴重污染。

亞洲研究所有位課程主管 Zhou 博士對我說：「你得把你教的當代文學課講稿發給我，我接任了此課程主管，對課程內容有責任把一下關。」這門課的講稿是我根據同學們非文史專業背景策劃寫出的，為此請親戚朋友從國內買幾十本文學參考書寄來做參考。聽他此說覺得有道理，便在那個學期每講完一講後就把這講的講稿修改後發給他。到學期末課程結束時我已將整個課程講稿全部發給了他。不想幾天之後 Zhou 主管竟直截了當對我說：「下學期文學課由我主講，你

得退出這門課程。」居然踐踏起碼的學術操行，公然剽竊他人的心智勞動！

記得在香港大學治學幾年中，每年四月初每位中文系研究生會準時收到有港大文學院院長親筆簽名的一封信函。只有一句話，大意為：

> 任何形式的剽竊或抄襲行為都是學術研究中嚴格禁止的道德敗壞行為，會受到比開除學籍更為嚴厲的懲罰！

每年四月讀這封信都是一種嚴厲的鞭策。人在做天在看，對學術精神的敬畏每每如雷霆灌頂，轟然而降。我相信世界上任何一所大學，哪怕是二三流的大學的教職沒人敢這樣無恥，不想澳洲墨爾本大學學府竟有這種敗類。就算我這次放過你，你 Tm 最好學點規矩，小心砸了自己的飯碗子！

最大的問題是全世界凡中國人聚集之地都會必然出現一種怪異現象——窩裡鬥。在墨爾本任何華人團體都逃脫不掉這種怪圈。哪怕是毫無利害關係的三五酒友聚飲，也有人要顯出貴賤親疏來。我雖百思不得其解這酒桌上的「拉幫結夥」，畢竟聚飲的氛圍容易麻痺對此的厭惡感。然而，這種事情況若發生在工作單位，則極具危害性。凡聽到課程主管對在場的人說：「你們都是我的人，我們得如何如何⋯⋯」這類話語時，我會非常反感：你什麼意思？我是獨立個人，只屬於我自己！

據我了解這裡的中文學校也是同樣的情況，招聘教師時在意的不是教師的學歷素質，而是提出警告：「本校不希望你同時在其他中文學校任教。」可想而知身處這類教育單位教師的無奈和扭曲，你若想被聘或繼續任教就必須做選擇，明確堅定地向你的招聘者表示你不僅隸屬於他，而且與他的對手勢不兩立。

其實許多中國人對此很適應。不是我聳人聽聞，請記住：在這類單位的辦公室裡如果有七八個人，必有六七個打小報告者。與我同辦公室曾有一位女士甚至主動套話引誘同事發表意見，保證不會隔夜，課程主管就會知道你說了什麼。

結語

這些事都是我真實的切身執教經歷，人物原型都在。篇幅所限已經做了大量刪減。我當年出國的重要目的之一就是為了躲避這種「窩裡窩外」人際怪圈，沒想到不遠萬里，千辛萬苦到了這兒，還是跳不出「如來佛的手心兒」。我不知道中國人的這類劣根還要持續多久？但願到我們經歷過「文革」的這一代截止，不要延續到我們學生這一代人。有人會問：你這麼寫不怕得罪人？我會說：我更怕因自己的曖昧不明、首鼠兩端而得罪自己的職業良心。

學校，尤其是大學，該是方淨土。是所有誠實正直學人的安身立命之所，我不希望這最後一處避難港灣也湮滅在渾濁的塵埃中。

2009 年起稿
2022 年 10 月完稿於 Mitcham 區寓所

在澳大利亞打冰球

一

在四川大學歷史系讀書時，一次聽隗贏濤教授講關於體育的笑話，印象至深。隗老師致力中國近代史研究，著述等身。彼時隗老師年值青壯，無論講課還是講笑話皆談鋒敏健，極其風趣。隗老師當年講了一個晚清中國代表隊參加奧運的段子。說當年慈禧很重視大清首次於國際體壇現身亮相，派軍機大臣李鴻章率隊，立志體現「中學為體，西學為用」精神於賽事之中。而中國並無體育教育，許多項目還談不上輸贏，根本沒聽說過。到了田徑比賽終於有了機會。其中跳高一項，橫桿升到最高點各國選手都以失利告終後，中國選手才出場，大清派出的是位輕功雜耍民間藝人。只見其體輕如燕，縱身一躍就站在了橫杆之上，一邊上下忽悠一邊問：往哪邊跳？眾人疾呼往前邊跳！這才一個倒髦翻下來，飄然落地，輕鬆奪冠。

另一項是足球，大清球員上場前先將旗袍下擺纏在腰間，方便跑動和運球。不想上半場慘敗。李鴻章即令隊員下半場放下旗袍下擺出陣，隊員接得同伴傳球後將球藏在旗袍內盤帶，一人得球十人進位，對方不知球在何人跨下，無從

防守，大清隊大勝。而後照此戰法一路踢下去，終獲此項冠軍。

　　兩個段子雖是笑談，卻也道出了中國人傳統體育觀念之玄機。體育的核心並非追求更高、更快的爭奪，故其背後沒必要有什麼精神做支撐。體育只是某種奇技淫巧，越令人眼花繚亂、暗藏玄機就越高超。所以中國人專於兵乓球、羽毛球之類機敏運動，與西方人的足球、橄欖球熱點大相徑庭，也互不理解。如好萊塢電影《阿甘正傳》所描述的，只有像阿甘這樣腦子有毛病的人，才能把兵乓打得出神入化。兵乓可不是正常人玩的東西。

　　中文的「體育」字面上看顯得狹義，身體的鍛煉，稱「育體」更恰當一些。西方的體育傳統理念顯得豐富得多，比如「馬拉松」一詞中有雅典士兵英雄的壯麗出處。比起中文的「體育」，英文的 Sports 一詞可能更具有精神層面的內涵。體育有追求美的目的，通過訓練達到動作上的敏捷協調和體型的健美；也是一種修養和美德，通過競爭獲得自信和意志的磨礪，以及悟出人與人之間的協作和集體精神……這些難道不屬於美德和修養？東、西方兩種體育理念走向極端錦標主義盡頭之後，而其傳統仍各自在民間發揮著作用。

　　來到澳洲，真正在西方體制下參加冰球運動，細緻地體會到西方的體育的實質內容和精神。

奧克蘭海邊的布偶戲

二

　　有一年，應 3CW 電臺的主播劉菲女士之邀參加直播，就講在澳洲打冰球的經歷和體會。劉菲說，這個節目的出發點是想喚起 1989 年那一代中國移民在二十年奮鬥之後放鬆下來，試著重拾自己當年的愛好，換一種活法。我覺得有意義，於是仔細地把打冰球的經歷捋了一下，既然直播便得說出點內容來。

　　我喜歡體育與所處時代有關，是「文革」時期長大的一代人得天獨厚的契機。小學時「文革」開始，號召「罷課鬧革命」，雖不懂「革命」但知道罷課之後怎麼玩。而後又經歷了徒有其名的初中，直到下鄉或進工廠此一代人基本不知學業為何物。而令前後各代人羨慕的是，可以成群結夥玩自己想玩的東西。當時我們的愛好就是游泳和滑冰。

　　游泳簡單，海河離家近，一條泳褲便可一個夏天泡在河裡。而滑冰當時是時尚運動，冬天天津水上公園湖面冰上聚集著身著奇裝異服的少男少女，圍著一個大圈子滑冰，能進入這個群體確實顯得很有規格。冰鞋是個問題，於是每次都找朋友借，新的舊的大的小的，跑刀球刀花樣刀什麼都來，也不懂得磨刀，滑多少次還是初學的水準。直到在太行山當了礦工後才有了屬於自己的冰鞋，開始了比較像樣的滑冰練習。

記得有一次到離我們礦場十五裡地的固鎮水庫玩，那是初冬的季節，廣闊的湖面凍成一面鏡子。哥幾個心花怒放，我於是決定買下了生平第一雙球刀冰鞋。到現在我也不知道是怎麼從工資裡摳出的錢。礦工學徒月薪十二元五角，加上矽肺職業病補貼六元（只發飯票），只記得哥幾個常常每月中旬就沒錢吃飯了，卻想不起冰鞋怎麼買下來的。冰鞋是名牌黑龍刀，棕黑兩色，皮面皮底六七成新，三十一元錢。我在後來幾十年間又買過至少有七、八雙冰鞋，僅在澳洲就更新過三雙，都是最新技術款，但最珍愛的還是太行山溝裡的那雙。記得那天走了二十里旱路到陽邑鎮郵局取回包裹，真就覺得像個貴族了。

而後的練習雖單調卻也勁頭十足，上個世紀七十年代初一個十六七歲在山溝裡幹苦力的青少年人根本不知前途為何物，收工回來在水坑裡滑冰就是整個的人生了。採礦隊駐紮的村莊附近有個刀把坑，是農民給牛羊飲水洗澡的地方。青年礦工們夏天在這裡游泳，冬天結凍後就是我的滑冰練習場。坑太小沒法練直線滑，只練急停和轉彎，那年左手腕摔得腫得像饅頭。滑得像點樣了逢週末就去固鎮水庫的鏡子面上滑。去的路上會搭老鄉的驢車，一次趕車老漢第一次見冰鞋奇怪，問：這是什麼鞋？有善找樂兒者說：這鞋穿上走山路既快又不累。老漢將信將疑。還有一次在固鎮水庫滑大圈跑太猛冰也薄，摔倒了滑進邊上的冰窟窿裡，大家趕緊把我拉了出來。正好周圍有一幫修鐵路的看熱鬧的民工直笑。從

冰窟窿裡出來衣服全濕透，於是脫掉上衣光著膀子轉圈跑，直到那幫修鐵路的給鼓了掌，撈回面子才完事。

等急停轉彎技術會了之後就開始自製冰球桿，知道拐頭是 125 的角度，做各種木頭的球桿。冬天回天津探親假時就到水上公園湖上打「野球」。現在看那種打法根本就不能稱之為球賽，一幫人成群結夥圍著冰球瘋搶。我真正意義上的冰球比賽和訓練是到了南開大學加入了冰球隊之後才開始的。

三

回望民國時期，滑冰運動在中國北方極為流行，滑冰的熱門地區似乎不在東北而在華北。偶讀 1935 年《華北之體育》文：

> 溜冰及冰球在華北及平津各學校，亦為冬季最摩登之運動……故溜冰被視為有閒階級之高尚娛樂，摩登青年之戀愛場所，不復視為學校之體育。摩登男女，不分太太小姐、男女學生皆爭赴之。男子背負冰鞋兩雙，認為無上之光榮，橫行街市，毫無難色。

而天津的滑冰運動風氣之引領者是南開大學。1978 年末我任職南開大學圖書館之時正值舉國振奮的「科學的春天」，單就從南開人對滑冰運動的熱情，就能感受到校園內

去舊迎新、百廢待興之景象。圖書館前的新開湖上一到下午四點後，同學們便來滑冰，冰面之上人流湧動，歡聲笑語與冰刀摩擦冰面的鳴響融匯成火熱的場面，那是我最為懷念的景觀。後來那一代人畢業走了，新開湖上再見不到那種洋溢著青春氣息的沸騰景象了。

我於第二年加入了南開校冰球隊。入隊之時南開民國時期一代冰球健將還在，冰球傳統還在。像當年冰球國家隊名將李寶華先生還在南開教任中，雖年事已高不在教學一線，仍然堅持滑冰鍛煉。七八十歲的高齡，體魄雄健，國家隊主力之風采猶在。而我能加入南開校冰球隊純屬僥倖，以我「打野球」的滑冰底子資格並不充分，只因那年夏天我參加南開游泳隊訓練，並在天津高等院校聯賽中取得蛙泳 100 米冠軍。不是游得好，是領先我的第一名因技術犯規淘汰，我進位第一。有幸的是南開游泳隊的教練也是冰球隊的教練，我被破格錄取。那年另有三位十七八歲的年輕球員入隊，此三人校園裡長大，從小打冰球，技術和體力處在極佳狀態，有此新鮮血液加入，沉寂數年的南開冰球隊重振雄風。

當年天津市冰球聯賽挺有規模，最多時有二十幾個冰球隊參賽，其中不乏強勁對手。如天津大學隊、天津紡織工學院隊、天津拖拉機廠隊和天津起重設備廠隊。每年這幾個隊爭奪冠軍。後來，南開球隊的門將上電大學習，位置空

缺。教練因我在校足球隊擔任門將，就讓我改打守門員，幾場球打下來得隊友高度認可，我便成了門將。

那幾年正是南開球隊的鼎盛時期，年年與天津起重設備廠打決賽，互有輸贏。記得「起重」隊長姓陳，與我們關係很好。天津冰球聯賽於 1980 年代中期停賽後，「起重」老隊友仍每年冬天聚在一起打球。有一年回國，陳隊長組織了「起重」老隊員與「南開」老隊員打了場休閒聯誼賽。賽後到飯館兒聚飲，兩隊老將有近花甲之年而冰球興致不減。

天津起重設備廠當年是國營大廠，陳隊長招兵買馬把天津冰球界幾位球星調到起重廠打造冰球強隊。而 1990 年代經濟改制，國營大廠首當其衝，斷臂解體以求生存，球隊隊員幾乎全下崗待業。酒過三巡，陳隊長舉杯淒然感歎：「當年為了冰球把大家調來，世事難料，對不起老哥幾個了」。感人之場面至今猶在腦海中。

有一年「南開」打了冠軍，學校給隊員發了點獎金。於是大家帶著全套裝備去了北京，目的是與北京大學和什剎海體校冰球隊切磋一下，李寶華先生給寫了推薦信。哥幾個興沖沖到北京一問得知此兩支球隊已經解散，一時沒了對手，就到什剎海冰場和北海冰場分別玩了一回。記得在北海碰到幾個東北兵團的回城老知青，球打得很好。他們湊不齊一個隊就一通混打，倒也盡興。打完球到東單一家餐館吃飯，飯館女服務員見一幫人拿著冰球裝備和冰球杆呼啦進來，驚呼：哪來的一幫打狼的嘿！

那年秋天，國際冰球錦標賽 C 組在北京比賽，南開隊員全去看球。中國隊成績突出晉級 B 組，哥幾個球看得過癮，當晚在前門旅店痛飲之後還拜了把子。這麼多年過去了南開冰球隊友始終保持深厚友情關係，每回國探親休假都會聚飲，酒桌上興致勃勃談論當年的冰上軼事，「前門拜把子」則是必提的經典段子。

如果趕上冬季回國探親，我肯定與隊友們到天塔湖或銀河商業廣場裡的室內滑冰場打球或滑冰，而後照例聚飲。近年得知幾位老隊員連同當年各隊的老球員組成了天津中老年冰球隊，每週都有訓練和比賽。有一次南開一位隊友來墨爾本旅遊，我還安排他參加我所在貓頭鷹冰球俱樂部的比賽，體會一下難得的國外打球體驗。

四

據說多年前澳洲曾經風靡北美的冰球賽事，畢竟有許多北美和歐洲的移民。那時沒有室內冰場，逢北美冰球賽季電視臺都會做實況轉播。而冰球規則允許一對一鬥毆，逢打得慘烈案例，血灑冰面。不懂冰球的大部分澳洲觀眾不能接受，於是停止了冰球運動的傳播。2000 年我全家遷到澳洲墨爾本生活，那時墨爾本莫說冰球，就是滑冰也極不普及。後來總算打聽到 Ringwood 和 Oakleigh 各有個室內冰場，

於是買了雙最新技術款的球刀冰鞋，重拾丟棄已久的滑冰運動。

重新滑冰的最初體驗應該說是不堪回首，撂了二十多年沒上冰，冰上的感覺全然不對了。過去熟悉的動作像急停和倒滑，竟不會了，幸虧滑冰的癮頭未減。初時在工廠打工，滑週末場。週末人多就順著人流跑，畢竟打過冰球算是滑得出色的，於是冰場中認識了一些冰上常客。後來開始在學校教書，平時也有時間滑冰，就常去白天人少的場子滑。也就開始嘗試恢復一些冰球動作。

記得有段時間在 Oakleigh 冰場滑一個有一些練花樣滑的場子，花樣滑練習沒有固定的方向，而我還是照例順時針方向滑行，不免與別人磕碰。記得一位練花樣的白種中年女人對我說：「你的滑法讓我感到很害怕。」但她的滑行實在是沒法照顧，總是先右轉做逆行滑，然後換腿改倒滑接一個單轉跳躍。這樣一套動作滑下來，基本就覆蓋了整個場子。而她總在跳躍時摔倒。我駕車一個小時到這兒來是想要做我的練習，因為她而滑得拘謹有種不得志之感。但也非常理解，愛滑冰的在澳洲是小眾，總有種惺惺相惜之感。現在還常在冰場見到她，還在做單跳動作也還在那個點上摔倒。知道她真心熱愛滑冰，非常敬佩。

有時還會認識個把帶著女朋友來滑冰的中學生年齡的青年人，一看滑行就知道他在冰球隊打球，即使如此也沒引起我參加冰球俱樂部的聯想。直到 2009 這年，一次在

Oakleigh 冰場觀看澳洲少年冰球聯賽，看到澳洲孩子們打球突然來了衝動，馬上就找到了聯賽的組織者，一位中年女士，問她：在墨爾本有沒有我這歲數的冰球俱樂部？她問：你過去打過冰球？我告訴她，我在中國一所大學的校隊打過六年冰球。她於是給了我維州冰球協會主席，也是貓頭鷹冰球俱樂部主席的電話。一周後我成了墨爾本貓頭鷹冰球俱樂部的會員，開始了比較正式的打冰球的經歷。而打冰球也順理成章地成了我在澳洲最為重要的生活內容，沒有之一。

五

　　西方俱樂部體制是種民間性體育管理系統。上有全國體育協會和各州體育協會，下有各類體育俱樂部構成管理機制。要想參加某項體育運動首先要申請註冊適合自己條件的俱樂部，同時也要在全國和州體育協會註冊成為會員，並按照規定繳納會費和保險費，便可參加俱樂部組織的各類訓練和賽事。

　　我加入的墨爾本貓頭鷹冰球俱樂部是要求年齡在三十五歲以上的冰球組織，後來才知道是全澳洲最大的冰球俱樂部。我剛加入時有一百六十多名隊員，現在不下數百人，想加入不太容易了。據說貓頭鷹俱樂部組織活動多樣化全世界冰球界都知名。俱樂部會在節日包下 Docklands 的冰球場舉辦各類娛樂活動，比如家長隊與子女隊之間的友誼比

賽等等。也常組織到世界各國遊歷比賽，比如美國、歐洲等。幾年前還去過中國，在東北、北京、上海和深圳各地與當地冰球隊打友誼賽。

俱樂部內根據隊員的年齡和水準分為 AB 和 CD 兩個級別，每年有冬夏兩個賽季，按照級別組織俱樂部內部的比賽和參加全澳的同類型的比賽。俱樂部主席 Don，親切儒雅，俱樂部裡大家親熱稱「當尼」。我剛加入時俱樂部裡基本沒有亞裔面孔，球打也得不好倍感孤寂，常常得到 Don 的鼓勵而信心漸增，多少年過去了仍對他心存感激。

澳洲屬溫帶不凍冰，許多年澳洲人對滑冰沒什麼認知，後來有了室內冰場條件也很差，冰上運動極為小眾，可以想見當年貓頭鷹俱樂部的創建過程之艱難困苦。Don 在澳洲冰球界有極高威望，不僅是維州的冰球協會主席，前兩年也當選為全澳冰球協會主席。有一些熱心隊員組成團隊，義務參與俱樂部的管理，其敬業精神感染著每一位俱樂部成員，也奠定了貓頭鷹俱樂部優秀的合作傳統。當年誤打誤撞進入這個集體我覺得非常幸運。

我的感覺冰球在墨爾本似乎是一夜之間突然流行了起來，後來想想應該與 Docklands 新冰場的建立有關。此冰場建於 2008-09 年間，是澳洲最大、設備最完善的冰場。擁有一個標準冰球場和一個滑冰場，這裡可以舉辦冰球、短道速滑、花樣和冰壺國際級別的比賽。由於 Docklands 冰場對教師有優惠政策，教師可享受公共場免費滑冰，我十年來一直

在這裡滑冰，也就親身見證了滑冰運動在墨爾本蓬勃興起的全過程。幾年間冰面上突然就出現了許多滑得好和冰球打得好的年輕人，而各類冰球俱樂部也如雨後春筍般湧現，每年冬、夏賽季各個冰場都排滿了比賽日程。

貓頭鷹俱樂部每週有三次活動，每星期二、四在 Oakleigh 冰場各有一場練習賽，隊員自行管理。用自動報時器控制上下場時間，按年齡和技術分組對抗。每星期天晚上在 Docklands 冰場有一場配有裁判的正式比賽，按正規比賽的規則判罰。由協會按照 AB 和 CD 兩級別組成各隊，打對抗賽。除此日常性活動外，貓頭鷹俱樂部每年在墨爾本組織一場邀請賽，屆時會有來自悉尼、布裡斯班、坎培拉、阿德萊德和佩斯等城市的各俱樂部隊參賽。除了打球，會有其他的活動，如聚餐、酒會這類。每年逢賽季，就如同過節一般。

我一入隊就已經屬於老一級隊員了。記得頭一天拿出南開大學的藍色冰球服和護襪，更衣室裡有隊友開玩笑稱：真夠古董了！由於冰鞋與冰球杆二十年來的改進，一上場就有過時的感覺。體力和技術不提了，滑行和射門的動作也與當年全然不可同日而語。從前射門有通常兩種，大力擊球和拉射。現在拉射淘汰了，除大力擊球外通常使用彈射技術，舊時一代人哪里曉得彈射為何物？只得重新練習掌握。滑行是量的積累一時改進不了，射門技術練習許多人通常都在車房裡練。我的辦法是在後院掛一張網買一堆冰球，沒事就衝

著網練習，時間長了也慢慢找到抖腕擊球的門道。雖然力度卻還差著，已能打出了彈射的一聲脆響。其實所有體育項目的真正難關是堅持，總是打漁曬網的斷斷續續練，體力雖有大幅度提升，技術則頂在天花板上不去了。也正是那一段時間課程確實繁忙，每週最多竟超過三十課時，都十來年了球也沒打得有多像樣，課程繁忙便成了最佳藉口。

六

　　與西方人一起打球和在南開打球比較，感覺西方人更較真。正式比賽有榮譽感的刺激都差不多，平時練習賽西人也是每球必爭，絕不含糊。而且堅定地以顏色決定立場。我今天穿著黑色球衣，我不僅是黑隊球員也是啦啦隊，為黑隊加油助威還加上給白隊起哄。下次穿白色球衣，一切反過來照舊。不論什麼顏色都全力以赴，情緒飽滿。賽場是特殊的場合，人置身於此全然不受理性支配。體育就該這樣，風度和涵養不該用在這兒。即使是最輕鬆的練習賽場也得較真，沒有爭奪的火藥味稱何體育？舊一代中國人聽「友誼第一，比賽第二」的口號耳朵都起繭子了，現在看問題挺大，友誼和比賽似乎成了對立的關係。於是體育變得曖昧，贏球意味對對手的傷害，而讓對手贏球則體現某種照顧與關懷。我方進了球很高興，也得讓對方進進球，大家都高興高興才好。這並不是體育的態度。

牽手布朗斯維克大街

記得 1982 年足球世界盃入選賽，中國隊當時以出色的狀態完成所有賽事。輪到沙特隊與新西蘭隊一場關鍵比賽，沙特當時已經無緣晉級，而新西蘭要在那場比賽要勝出沙特六比零以上的比分才有望晉級，就兩隊實力而論完全不可能。沙特卻有意輸球，讓新西蘭六比零贏球，新西蘭獲得再次機會淘汰了中國隊而拿到進入世界盃的入場券。記得當時有篇文章對沙特的民族性都提出了質疑，一個代表國家的體育隊竟拱手讓對手往自己球門打入六個球。有辱民族尊嚴和體育精神，更抹黑了世界盃。設想世界盃球迷得知本賽季有球隊是通過不公平手段進入杯賽，一定有被騙之感。同樣，我若是新西蘭人就不會歡欣鼓舞，相反會有接受施捨的恥辱感。全力以赴對抗才是對對手的真正尊重。

　　冰球是對抗性最強的運動，攻防之間轉換僅在數秒間。而且規則允許衝撞，甚至允許場上一對一鬥毆。在北美，連大媽球迷都奔著那些善鬥能打的隊員看球，中學生聯賽甚至也允許鬥毆。冰球沒有冰上鬥毆，索然無味。對此貓頭鷹俱樂部有嚴格規定：場上決不允許動手。

　　然畢竟冰球的傳統在那兒，場上難免衝突。我的原則是遇到肢體衝突看對方是無意的或惡意的，當然絕大多數都是無意的，但也不能排除惡意的傷人動作。我剛入隊一段時間體力和技術跟不上，場上難免被輕視。記得有位矮個子老隊員總是欺生，使用粗魯甚至犯規招數，以為我不懂。算他有幸，在我恢復南開水準之前他退役了，沒機會領教我的招

數。有一位叫吉米的隊員，愛爾蘭人，「貓頭鷹」最早一撥球員。吉米打球太計較場上臉面得失，性格暴躁好鬥，冰上與人衝突動輒就做出鬥毆姿態，大家對他總是遷就。我覺得沒有人會真正怕他。男人年過中年誰會怕事兒？更多考慮的是值不值得。我少年時經歷過打架鬥毆年代，清楚吉米這類「窩裡橫」是怎麼回事兒，真碰上硬茬立馬就慫。後來吉米與另一名隊員衝突，甚至追到更衣室裡威脅，情節惡劣，不僅被貓頭鷹俱樂部開除，也被澳洲冰球協會除名，在澳洲再不得參加任何正式比賽。

愛爾蘭人吉米屬於極端個別例子，「貓頭鷹」數十年也只開除了他一個。大多數的衝突都不是問題，場上的事下場就過去了。記得有一段時間我與一位法國移民球員總是衝突，你來我往，一次互有衝撞還發生了爭吵。不打不成交，關係卻越來越密切，後來他還介紹我去了海盜隊俱樂部打球。

剛入隊時認識一位澳洲當地球員叫皮特，球技在澳洲本地人中難得的出色，滑行、控球和射門都很像樣。皮特有表現欲，也極其善談，在更衣室常與我聊天。還記得他講過的一個段子說是的是土著人的起名字的事。說土著人常在嬰兒出生時刻據周圍發生的情況即興命名。有一家生孩子時屋外有狗在交配，孩子順理成章得名 Fucking Dog。我盡可能找文明點的辭彙翻成「狗交配」或「配狗」，想到是一個人

的名字覺得滑稽。其實許多民族給孩子起名都有類似的情況，皮特也絕無嘲諷的意思，圖個搞笑的氣氛。

三、四年前，皮特因胯骨出問題水準突然下降。一般情況下由於年齡增大會造成爆發力的逐漸下滑，十來年間眼看著不少冰上強人隨著身體的衰老由強變弱最終離開了貓頭鷹團隊。皮特情況不同，僅一兩年之內由 AB 級主力一降而成 CD 級墊底隊員。以西人對體育的態度我理解皮特的沮喪，但他拒絕接受現狀，在場上變得粗暴，不斷與他人衝突。有一段時間皮特跟我叫上了勁，在場上常有極不理性、甚至粗魯的無端指責，我一直忍讓不願撕破臉。終於一次實在忍不住在冰上直接跟他翻臉，當著全隊人的面衝他過去揮左拳虛晃一下，皮特抱頭貓腰躲閃，極其狼狽。我這拳沒打出去，不想壞了「貓頭鷹」的規矩，更不想被開除。雖然沒揍他但也沒含糊，與他破口對罵。二十分鐘後沒等比賽結束皮特意識到自己的過分，開始轉變態度，過來搭訕。而我自此與他拉開距離，這樣自控能力差的人言行實在沒準兒。皮特現在正在等待胯關節置換手術，據我所知股骨頭術後很難恢復到原狀，也許手術那天就是他與冰球的告別之日。

結語

現在，每場冰球賽前我居然還會像年輕時那樣充滿期待，並有把球打漂亮的強烈表現慾。冰球成為我生命最重要

的事情，我會像「貓頭鷹」其他老隊員一樣一直打到打不動為止。人的一生經歷許多時段，會在記憶中形成不同篇章。比如我的記憶中保存的天津馬場道記憶、太行山記憶、南開大學記憶和香港大學記憶等……。冰球不一樣，其融在我記憶的每個時段中，使生命狀態保持昂揚也鍛造了我的性格。我將繼續打下去，也許還能打兩年、五年、八年……幸虧有冰球，讓我生命的最後一個篇章充滿活力。

2022 年 9 月於墨爾本 Mitcham 區寓所

飲酒與品酒

十月，澳洲和中國都是最好的季節。朋友邀請去他家
品洋酒。朋友住得很近，又是我熟悉的區段，至少兩條小路
可以避開查酒的麻煩。朋友懂洋酒，而我對洋酒則一向排
斥。不是不知道洋酒文化的深奧，但自認以我們這代人的二
鍋頭底子不可能喝得懂洋酒。不過這種別開生面的以品酒為
目的的聚會一反過去「不醉不歸」的飲酒習俗，確實誘惑。

我們這個酒友團夥核心成員四、五家人，每家必有一
善飲者，或先生或太太。已經超越了那種逢聚必醉的階段，
升級到了真正把飲酒當做具有儀式感的事情。我飲酒的習性
在太行山當礦工時養成，當時想憑此喝酒底子在這個團夥中
應該能跟得上節奏。記得剛加入就與這夥人的飲酒態度有共
鳴感，也為酒桌上那久違的豪氣所感染，無可選擇地加入並
迅速融入其中了。幾位酒友飲酒各有風格，卻都極盡豪爽。
我們一起在墨爾本聚飲的歷史有近二十年，喝下去的烈性酒
要以加侖為計量單位了。

一

現在看電視劇中年輕人舉著啤酒瓶子稱「喝酒」，總覺
得奇怪，那種黃色透明飲料能稱為「酒」？另有佐餐用的紹

興黃酒和全幹半幹紅白葡萄酒稱為酒，也覺得勉強。以我的理解，酒不是用以佐餐的，酒是有計量刻度的濃烈液體，既帶來味蕾的刺激也是一種度量，用以衡量飲者的體能容量、性情性格，甚至是為人處世的態度……我知道飲酒的涵義應該不止這些，但起碼是這些。

1970年我十六歲，在太行山區第一次領略了烈性白酒。當年我分配到一個鐵礦區做礦工，那年十月我們以連隊為單位開進了太行山區，進駐到一個叫趙莊的村莊。大家當時就懵了，跟知青一樣住進老鄉家插隊落戶了。趙莊很大，滿村皆石頭砌成房子，石塊鋪路面，像個石頭陣。青年礦工們新鮮勁沒過就到了年底，在異鄉過第一個元旦和春節。大家以屋為單位到食堂領來麵粉和餃子餡，回屋合夥包餃子。我於是拿個空瓶子到小賣部打了六兩薯幹兒散酒，那酒在六十度左右，結果可想而知。第一次正式飲烈性白酒，遭逢辛辣口味的同時，絕無想到事後還要身體承擔痛苦後果。醉酒後一邊嘔吐一邊痛罵「打死做酒的」！罵歸罵，打從那天便開始了以喝醉為目的飲酒歷程。不在乎什麼酒，是白酒就行；也不講究什麼口味，一揚脖子讓酒盡可能躲過對咽喉的刺激直接順進胃裡。唯一在乎的是喝進去的過程與數量。

太行山裡的小賣部沒有其他的酒，啤酒只存在於記憶中。除了散裝薯幹兒酒，偶爾也進點瓶裝白酒，一元錢左右的就算很貴了。徒工月薪十二元五角，哥幾個攢個酒局不容

易，如果沒喝到爛醉就會覺得虧了。慶幸的是當時還沒有假酒，常年這樣的方式酗酒居然沒喝出毛病來。

有印象王朔在《我的千歲寒》中描述一位京圈女演員在片場喝醉的品相，寫得太有生活了。沒錯，就是太行山的喝酒感覺，連第二天酒醒之後的愧悔都一樣。後來每次朋友聚飲的轉天我都會反覆問我太太，昨天是否酒後得罪人了？每每招來一通責罵。於是發毒誓痛改，下一次聚飲則照舊來一遍。這種負面循環常年積壓就出現習慣性酒後悔恨，每「大酒」之後，即使沒得罪人也會至少兩天的抑鬱。這雖是後話，而病灶就發軔於太行山脈。

後來，礦上分配來了一批復原兵，主要是安徽和江浙一帶的南方人，其中不乏善飲者，同時也帶來了南方農村的飲酒習俗。飲酒過程中出現了以對方喝醉為目的的對決遊戲——划拳。划拳者在吆喝的節奏中出手伸出不同數量的手指，同時口中報出一數，雙方伸出的手指相加與口中報數相等者為勝，敗者則罰酒。此遊戲看似簡單實則很難，連續不斷地手口同步動作，瞬間定輸贏。有經驗的猜拳者會揣摩猜測對方出指情況，即使輸拳罰杯之後也不失定力。有點像拳擊者，挨了重拳方寸不能亂，否則會有一連串重擊過來。

我還記得我們班長淮北人老張的嫻熟拳法。老張出指手背向上紋絲不動，只靠指關節快節奏靈敏彎屈變換，緊盯對方雙眼口中連續報數，形成脅迫之勢。酒桌上老張無往而不勝。這種酒桌遊戲迅速在天津礦工中流傳，而我始終也沒

綠燈行

有嘗試過，因為不願在酒桌上太清醒，喜歡那種酒後暈暈乎乎的狀態，看別人喝醉真就不如自己一醉方休來得痛快。那個時代任何當過知青或工礦企業的青工的男生，如若沒有對烈性酒成癮，定有身體上的酒精過敏症狀或性格自閉的嫌疑。

1970 年代末我到四川讀大學，喜歡上了曲酒。本來讀書生活不該有多少飲酒的機緣，但當時所有副食都憑票供應，如煙、酒、糖果等，學生也有酒票不買白不買。幾年下來習慣了川、貴曲酒，等畢業後再回到北方完全喝不慣二鍋頭、衡水老白乾兒這類口味了。王朔小說中寫他只喝二鍋頭而排斥曲酒，我心存悲憫，只為他沒機會領會赤水河水釀造的川、貴曲酒的醇香而替他和京圈這幫人惋惜。

二

能順利融匯於墨爾本這個飲酒團夥，看似偶然實則也必然，因為大家對飲酒的態度和方式出奇的一致。幾家輪流坐莊，每聚則菜式各顯其能，酒也喝得奇葩。先喝白酒而後跟紅酒，最後是威士忌，啤酒則是全程招呼。彼時大家為生活勞碌奔忙，聚飲則成了一份寄託。而對我來說與這夥人聚飲有似太行山飲酒的升級版，盤中杯中之物雖已百般優化，方式卻不變，還是過去的飲酒傳統：注重指標，以量為榮；

注重效果，以醉後的奇葩表現為盡興。一場各家飲者全醉的聚會，會成為很久的笑談談資。

我的一位好朋友臺灣旅澳作家簡昭惠女士知我善飲，時常送我臺灣各款名酒。臺灣酒業有官營壟斷之法，嚴禁私釀，故臺灣出品的酒絕無大陸氾濫成災的假酒。昭惠將臺灣的名酒都給我送遍了，像在大陸風靡的金門高粱酒，昭惠送我的是一款珍藏版陳釀，酒瓶設計有似高檔白蘭地般的豪華，口感綿滑，沒有同類型普及版的那種激烈。還有一款極有特色的防炮坑道中由軍營釀制的金門白酒，別有一番歷史的情結。另有兩款以大陸名酒命名的臺灣二鍋頭和臺灣茅臺，此兩款酒取大陸原產之名，其口味模仿原產的韻味，裝幀也相當考究。昭惠送我的酒我都視為珍品，迫不及待地與酒友團夥分享。

記得第一次帶給大家分享的是一瓶臺灣二鍋頭。其豆綠色酒瓶細瓷燒造，繪有名家題款的書法，極盡其製作之精良。大家先將寶島二鍋頭喝得盡興，而後還是照慣例各類酒品混合連環痛飲，不同以往的是幾位善飲酒友全是突然醉倒，而且是一致的斷片式「淪陷」。我那天還沒回到北區的家就突然不行了，我太太趕緊把車停在一公園旁，我便俯身將原杯盤之物轉而遺留在茵茵青草間。

其實這個過程我毫無印象，只在記憶中留下夢幻般的一方青草。後來我在腦海中將當時情景還原成形：荒郊野地、深更半夜，一身影附身傾情向芳草吐露，就像鳥類反

哺將前杯中盤中之物毫無吝惜奉獻給青草覆蓋的大地……由此情此景又聯想起嚴歌苓《陸犯焉識》中的一個醉酒的故事：勞改犯陸焉識醉酒後將致醉之物吐在山野小路上，而被虎視眈眈一路尾隨的一匹餓狼吞食了，直接導致這猛獸醉得放棄了以活人為宵夜的企圖，陸焉識竟以酒醉僥倖撿得一條性命。我猜我那晚交付於公園草坪上的高酒精含量之物會為墨爾本街區的「夜遊之神」——狐狸所享用。而那隻醉酒的狐狸當晚又做了哪些荒唐之事也只能在北區狐狸中傳播，我們人類實不得而知了。

後來酒友們將此集體「斷片」之事歸咎於寶島二鍋頭的強勁力度，再於酒桌上遭遇寶島白酒時，雖未必色變，但也極為審慎不敢大意。而我則不以為然，因為那天喝過寶島二鍋頭後連續又下去了一瓶川酒劍南春，而後又是各類型紅葡萄酒，最後照例以威士忌殿後，集體斷片應該是總量超負荷，並非寶島白酒所致。

近二十年了，沒有想到的是此「寶島二鍋頭」事件竟然成為酒友的美好回憶。每在酒桌上談到多年以飲酒為緣的情感時，則必提寶島二鍋頭之經歷。後來甚至成為這個團夥的私房故事，有時在更大飲酒場合提及此椿飲酒傳奇時，每令外人羨豔不已。

三

　　這個酒友團隊的飲酒並非一成不變，而是與時俱進、入鄉隨俗，不斷開拓新的飲酒境界。首先對酒的品牌品質的要求越來越高，白酒的口味愈益刁鑽，以致酒桌上只容得下五糧液和茅台二款，紅酒則局限在幾款有點年頭的Penfolds，其他的能忽略則忽略掉了。其次，也是最關鍵的轉變是飲酒興致開始由國酒轉向於洋酒，無形無意之中紛紛拜倒在了洋酒的石榴裙下。

　　對於紅酒，我始終沒能進入佳境。不是喝不出好壞，而是味蕾經歷幾十年烈性白酒施加的無數次暴力之餘，失去了品味紅酒微妙味覺的敏銳了。看到一些那個年代喝過無數劣質白酒的中國大叔飲紅酒時那種煞有介事地漱酒回味，覺得只是在模仿，不可能像洋人那樣真能品味出細微的奧秘來。也嘗試讓這種紅色漿液浸在扁桃腺上感受其效果，只覺得那種細微的澀於不澀的差別不至那麼奧妙。就算品出了紅酒的不同味道、年頭甚至葡萄成長過程中的光照和雨量，那又怎麼樣，能帶來飲酒的獨特陶醉？

　　一瓶名貴的陳年紅酒價格甚至達到數萬美元，把它送進口腔裡能有何等感覺，難道會帶來如同交媾高潮一樣的感官快感？它與數十美元一瓶的紅酒能分成何樣的差異？也許如同許多事物一樣，只是消費群體的貴賤區別。以我最大限度的理解，也許紅酒的名貴很大程度上屬於感覺上的體驗，

人們在莊重的場合為尊貴的來賓而打開一瓶珍藏的天價紅酒，是種具有儀式感的表示尊敬的姿態，這才是人們最為在意的，而酒的口味實居次要。就像一塊手錶，並不以走得是否准而決定其價值，品牌劃分著這個時代的一切事物，紅酒當然也不能例外。然而，恰恰是這樣的玄虛使紅酒具備詩一樣的迷幻色彩，讀懂了便是美妙的境界，讀不懂則是夢幻般的迷。沒什麼不好，世上一切都那麼實用還有什麼意思？

而我卻始終認為，酒的魂魄可能有時被人們忽視了，那就是酒精對神經的麻痹或刺激的作用。這是酒不同於各類飲料所特有的魅力之所在，再鮮美的飲料也無法取代酒，而所有對酒的那種醉夢般形而上的美妙感受都是由此引申而來的。換句話說烈性酒才能帶來酒的體驗，低酒精度的飲品帶來的或許只是原料——葡萄和麥芽的味覺效果，唯有烈酒（不論國酒和洋酒）真正實現著以酒精為原旨的迷夢境界，才能在品評中進入想像力的自由翱翔。

四

十月，這個以豪飲為榮耀的團夥第一次開展以品酒為目的的聚飲。品評的對象當然是烈性酒——威士忌。

那天大家坐定後主家先給每人倒上一圈清茶，而後走一圈鮮啤，口中頓覺清爽，精神鬆弛。談笑之中每位飲者面前已擺上兩個酒杯，一個是專門飲用威士忌的收口高腳杯，

另一個則是平底「一口悶」小杯，而後在大家面前隆重地排出了六款威士忌酒。主家說：這次就從品此六款開始，下次再品另外六款。我突然嚴重意識到這次聚飲的性質完全不一樣了，今天要接受對酒和飲酒的一個全新的認知。

六款酒中品嘗的第一款是澳洲塔斯馬尼亞老肯普敦酒廠（Old Kempton）出品的一款古典型，其四方高頸的酒瓶造型極有現代感，口味則堅守著傳統的自然與強勁。而後是波旁橡木桶存的單一麥芽噶瑪蘭（Kavalan）威士忌。主家展現此酒的藍黑兩款，其中藍款是獲獎精釀，口感中明顯的葡萄酒桶帶來的甘甜，我很喜歡。下一款為 Glanfiddish 蘇格蘭二十一年存單一麥芽威士忌，傳統的三角瓶裝透著一種高調的隆重感，酒體色澤有棗紅般的凝重，入口則醇香撲面，回甘清秀，也對我的口味。主家說這幾款酒價格偏高，不適合常年的每日品酌。最後拿出了一款阿貝格（Ardbeg）蘇格蘭十年存單一麥芽威士忌，此款酒一入口，那種醇厚泥煤熏香之味覺馬上沁入鼻息。主家介紹此款價格適度，極其適合每晚餐後小酌的威士卡粉絲。此一款酒得到大家的高度認可，當然不僅僅因其價格的體貼低調，我個人的感覺似乎有種中國曲酒的特色，喜歡川貴曲酒的飲者極容易青睞於此款。

此次聚飲過後，我迫不及待到 Dan Murphy＇s 買了一瓶 Ardbeg 威士忌，又從家中酒櫃中找出了一瓶尚沒喝完的 1.75 Litre 裝的田納西 Jack Daniels，當時因為看著裝瓶壯觀

買回來當白酒喝的（現在看實在糟蹋東西）。還找出一瓶沒喝完的日本「禾」牌威士忌，也是聽說日本威士忌好喝便起哄架秧子買下的。還有一瓶兒子在父親節送我的十五年綠方（Johnnie Walker），蘇格蘭混合麥芽威士忌。看著這幾瓶威士忌感覺自己可以開始了，開始一個以品酒為方式的威士忌入門進程。

之後的一段日子，在網路中尋找出幾個威士忌酒的介紹視頻。不喜歡技術上高高在上的專業介紹，願意看那種個性化品酒體驗為主的介紹。有一個名為「索菲亞一斤半」的品酒視頻，很適合我的初級段位。這是一位看上去剛到法定飲酒年齡不久的女孩開辦的視頻，不僅因為其以個人體驗為主的全個性化解讀，也因為以她的年齡和閱歷，其味蕾如同一張白紙，沒有經受劣質白酒先入為主的踐踏，保持著可塑性很強的敏銳。

她形容威士忌酒的口感極其生動，像「紫檀木的醇厚」、「香草味的輕盈」、「奶香的細膩柔滑」、「淡淡乾果香的辛辣」、「泥煤熏香」、「蜂蜜甘甜」和「海風氣味」等等，都是很具體的啟蒙性誘導，我會沿著這樣的引領重新尋找和定位酒的涵義與境界。

除此之外她還會極其幽默地道出一些威士忌的哲理，她說：「威士忌沒有年頭越久就越好的概念，每款威士忌都有它的最適合你喝的年份。就像小鮮肉和大叔，各有各的魅力，不妨都試一下。」有時還將品酒形容為：「清晨林間漫

步看到一片綠葉上的一滴露珠⋯⋯」或「傍晚於雲霧中林間燃起的一籠篝火⋯⋯」我接受這類寫意的酒評,而且很喜歡。

這使我聯想起中國古典詩詞的評品,完全相同的寫意境界。在四川大學求學時有幸聆聽國學泰斗繆鉞教授的古文字課程。繆老對中國唐詩宋詞的品評就帶有極其個性的寫意幻境。記得曾讀到過繆老評南宋兩位婉約派詞人周邦彥和姜夔的文字,印象極深。姜夔《踏莎行》有句:「燕燕輕盈,鶯鶯嬌軟,分明又向華胥見。夜長爭得薄情知?春初早被相思染⋯⋯」其綿密悠長情思如何品評?繆老以周邦彥之詞比之姜夔詞,言:「周詞豔,姜詞淡;周詞豐腴,姜詞瘦勁;周詞如春圃繁英,姜詞如秋林疏葉。」將文字韻味的品評升而華之,意會於詞的美妙境界。中國古典詩詞只能這樣評。

酒是與詩詞類似的人間妙品,也適合用寫意的境界做評品注解。威士忌酒有厚重的歷史傳承,有一代代技藝精湛的傳人,還有一樁樁動人的故事,故飲者需要開動味蕾去意會這些。每一款名酒都有屬於自己的故事和傳奇,如同每個人也有自己的悲歡離合一樣,把酒的故事與個人的故事詩化而後融匯,給出那個屬於你的寫意景象與感覺,這應該就是品酒的真諦。

喝酒的兩個境界:飲和品。「飲」在意的是外部的效果,是聚的氛圍;「品」則注重感官投射於精神層面的心理

感受。不要急功近利把酒迅速送進胃裡，量的積累和醉的朦朧其實遠不是飲酒的全部意義。而是要「品」，要在咽喉留住酒的醇香，拖住酒帶給感官上的奇妙感受去伸展幻覺。

　　每個人的故事不同、閱歷不同，品同一款酒的感受和幻覺的走向也會不同。我嘗試以我的個案來設計品酒境界：當我在品味美國田納西的 Jack Daniels 時，聯想到的應該是太行山脈連接天際的無邊疊嶂，以及朦朧可見的片片羊群；當秋天漫山的柿樹已漸凋零，只有紅黃色熟透的柿果，星星點點地在山野中閃爍……

於墨爾本東區寓所

2022 年 12 月 20 日

騎自行車的人

閱讀與寫作

　　不管上一代或下一代如何看待六、七十年代，我對那段不堪回首的歲月另有一個隱隱約約的印象：那還是個專心閱讀的年代。那時書雖然不多，每一本卻都是全心全意認真讀下來的。

　　上小學在天津試驗小學寄宿，每隔一段時間新華書店來學校售書，住校生每人每次可以買一本，由父母來結帳。記得買下的第一本書叫《二十響的駁克槍》，兒童團抓反動地主的故事。那時剛識字不久，磕磕絆絆讀了好幾遍，讀到驚險入境之處後脊樑還真冒了涼氣。到了三年級明白點兒事了，專挑厚書買，覺得合算。買過一本《古城春色》，平津戰役時軍隊和老百姓的故事，主要人物現在記憶裡還很清晰，肯定也是讀了許多遍。除了買書，學校圖書館還有大批圖書供孩子們閱讀。像《戰國的故事》、《十萬個為什麼》、《科學家談二十一世紀》等等，都是很搶手的書。一本使我長時間深深感動的書是描寫一群鴿子的童話故事，鴿子族群間的親情友愛令我一個孤寂的寄宿生傾心嚮往。

　　文革時期全面禁錮，還是感應到了專心閱讀的餘波。上中學時整日「天天讀」挖防空洞，其間也座座實實讀了幾本書。首先一本是《鋼鐵是怎樣煉成的》，那種豎排繁體版，是我一生閱讀遍數最多的書。今天若碰到這個版本，

毋論多少錢砸鍋賣鐵必買下。二次大戰中多少蘇聯紅軍戰士懷揣這本書上前線，憑德國人的子彈穿透胸膛時把它染得血紅。另一本《牛虻》，也是經過反覆閱讀之後漸入佳境的……革命黨人亞瑟臨刑時，他的生父，神聖的宗教主教來死牢拯救，亞瑟決然拒絕，並無情地嘲諷了這個虛偽的人。父親絕望離去，堅韌不拔的亞瑟在黑暗中面壁痛哭了……每讀至此，我都涕泗滂沱。

後來到太行山當了礦工，艱苦勞作的同時覺得獲得了閱讀的自由，窮山惡水之間也不哪來那麼多書在青少年礦工中傳閱。能記得住的有狄更斯的《艱難時事》、列夫·托爾斯泰的《哈吉穆拉特》、希爾德列斯的《白奴》、阿·托爾斯泰的《兩姊妹》和屠格涅夫的《獵人筆記》等等。當時的閱讀方式說精讀都嫌太輕，簡直是瘋狂佔有式。借到書就不撒手，動不動就抄。有時書主工友實在看不過眼就說：別費他媽勁了，書送你了。抄《獵人筆記》時抄技已經相當嫻熟，只抄自己喜歡的章節不再整本傻抄。抄到其中一篇〈活屍首〉時的淒涼心境，現在還能回味。

如此不厭其煩回顧個人的閱讀經歷，是因為相信這是整整一代人心智開啟的歷程，想說明的是那個時代限制了一代人的閱讀，而閱讀的局限又造就了一代人特有的閱讀方式和習慣。比起今天，當時的閱讀無選擇也無目的，是純粹為閱讀而進行的純粹閱讀，是一個個逃避嚴酷現實夢幻般的進程，是精神的無限寄託……

目今資訊爆炸的時代，讀物的出版和發行幾乎沒有了制約，閱讀方式受到聲像、網絡以及各類資訊流通方式的嚴重衝擊。閱讀成為一種迅速獲得資訊的手段，一種貪婪的攫取，其間對文字和情節細嚼慢嚥的品味和鑒賞霍然消褪了。當你目光散視面對電腦螢幕，食指機械地搓動鼠標的轉輪，文字圖像在眼前如瀑布迅速下滑，新聞詩歌廣告小說圖片散文軼事等等等等席捲而過，你能稱此為閱讀？說掃瞄應該更為確切。

我還記得幾年前王朔與金庸的一樁文案，當時王朔對金庸的評價曾引起許多讀者的不滿。拂去王朔特有的調侃和不恭敬，他對金庸小說評價的基本觀點當是公正的。他評價金庸的文字是：用密集性動作場面造成文字的速度感，使文字只起到臨摹畫面的作用，其實是對文字本身的忽視……。以我本人閱讀金庸的慘痛體驗，我同意王朔的這個觀點。表達方式雖不夠嚴肅，卻揭示了一個嚴肅的事實：閱讀環節已經發生變異。

閱讀一旦以迅速把握故事情節為唯一目的，文字也就失去了意義。現在回首那樁公案，說白了不是兩位作家間孰優孰劣之較量，而是閱讀環節之內持不同閱讀方式的讀者之間的爭執。文字的閱讀方式與資訊的攫取方式相吻合了，閱讀環節忽略文字的存在了，金庸自然就有道理了：幹嗎非要寫作環節不忽略文字呢？金庸武打小說而今已儼然超越暢銷讀物的範疇，登上文學經典的地位，甚至成為學術研究的對

象，我知道有青年學子的博士論文以金庸小說為研究選題。我對此百思不得其解，從中接受的也只是這樣一個事實：閱讀環節的變異已經引起寫作環節的變異。

說到澳洲的華文閱讀，有作者朋友曾調侃：澳洲的華文讀者會在什麼時候以什麼姿態閱讀我們寫的東西呢？當不會在沙發裡、壁爐前、伴一杯香茶、點一枝過濾嘴兒……了，應該是在牛奶吧繁忙售貨之際、菜市場等候家人購物之時、電車裡、馬桶上……了。這個描述如實展現了澳洲華文讀者的生存狀態，而澳洲華文閱讀環節較為深層的變異其實更難把握。因為，除了時代和生存狀態的變遷，還要加上與故土在文化和語言上的疏隔。

另一位華文作者朋友對我說：「我們現在的寫作和故國到底還有多少聯繫？其實已經沒有聯繫了，我們已經不知道該怎樣寫國內的事情了，我們和國內的讀者已經完全脫鉤了。」初聽此說著實有受驚的感覺，此前我一直一廂情願地把國內讀者與澳洲華文讀者看作一個整體，經此一揭示我才突然意識到了這個嚴峻事實。在澳洲，人們雖然仍在關注故國發生的事，但已於無形之中多了個西方文化的參照，中國的事情在我們頭腦中總是於無形之中被另類文化的尺度衡量著，有時我們索性把中國的事情變成另類文化參照物用來衡量我們所關注的澳洲的事情。中國的事情變得越來越遙遠，不管你承認還是不承認。

我們第一代移民對母語有一種強烈的捍衛意識，以擁有她為驕傲。可是母語中文在應用上也只是一半的語言，另一半是英文。就算你三十歲到澳洲，母語堅如磐石，十五年努力掌握英文交流能力的過程中母語語感必於不知不覺之中受到侵蝕，你自己卻並無察覺。我那時在國內，許多熱鬧場合下喜歡用鄉音天津方言講段子，總是滿堂彩。前不久朋友聚會興致上來想故技重演，一開口就覺得說不像了，而且越說越走調，自己也納悶怎麼連鄉音都忘了。這就像酒漸漸兌了水被稀釋，察覺不出來，只有在喝的時候你才知道：度數不夠了！

沒有人純粹為自己而寫作，你就是這樣想也做不到，攤開稿紙時心目中必有一個閱讀的彼岸，對此我現在越來越不知所措。在澳洲我們的華文寫作寫給誰看？寫給國內的讀者？那已是根本無法測量的汪洋大海。寫給澳洲的華人讀者？好，你用什麼語言以什麼視角和什麼層面上的思考來建構你的寫作？換句話說，澳洲華文寫作的空間還有多大？下限還有多長？

……

人在澳洲，我仍然懷念舊式的閱讀，雖已力不從心仍不遺餘力堅守這種閱讀，堅守為這種閱讀而寫作。面對攤開的稿紙常常發愣：那個時代造就出的整整一代習慣於精讀的讀者都哪去了？具有這種閱讀習慣的一代作者都哪去了？

2005 年於墨爾本 Thornbury 區

別體四文

心若草木，向陽而生
——繪畫藝術大師傅紅的故事

一

　　與畫家傅紅和其女友子軒交往二十多年了。無數次到傅紅家裡聚飲，每次都是一種脫俗的藝術境界。喜歡傅紅的肖像作品，也喜歡其印象派技法的創作。常常是一邊海闊天空地痛飲，目光卻被畫室裡畫完或沒畫完的畫作牢牢吸引著，迷醉於畫布上的繽紛色彩，被畫筆繪出的光影晃得睜不開眼……前一段時間突然聽說傅紅肩臂處的大筋斷了，胳膊抬不起來了，我當時就懵了。竟然還悲悲戚戚想到《孟子》：天降大任於斯人者，必先損其筋骨……後來得知傷的是左臂不是執畫筆的右臂，陡然生出虛驚之後的感歎：這就對了，大師的這半扇神奇臂膀老天也動不得！

　　第一次與傅紅和子軒結識是在傅紅的家裡，彼時傅紅還住在 Doncaster，我和墨爾本幾個寫字兒的與子軒結為寫作團夥，聚飲於傅紅家中。當時吃的什麼喝的什麼甚至聊的什麼都忘了，只有傅紅的一幅古典歐式建築的風景畫作刻印在記憶中。畫幅不大，充溢著滄桑的情調。而我的視線牢牢被建築前的那片草地吸引，畫家讓草地佔了幾乎半個畫面，

傾注了豐富的色彩。我一直在冥想：是什麼神奇的魔力以如此斑斕的色彩來表現草的綠？

不久，傅紅玩了把「大道隱於野」，從熱鬧的 Doncaster Shopping Town 進入東北部的 Eltham 山居。而在那座格調古雅的山莊中，我曾無數次被他的許多畫作所打動。以我一個舊式的寫史者肯定買不起能看得上的優秀繪畫作品，但我自有收藏傅紅作品的辦法。不像那些富豪，把傅紅的畫買來供在廳堂或匿於密室，我把傅紅那些驚豔之作收藏在記憶中，使之融入意識與理念，成為我生命內涵的組成部分。

二

Eltham 區在墨爾本東北部，由 City 向東北方向的火車的最遠一站，遠離 City 塵囂的覆蓋。從這裡再往東或北走不多遠都會看到丘陵中的座座牧場。每在秋天，巨大的圓柱形草垛散置於蓋滿枯黃殘草茬子的廣闊的塬子上，營造著澳洲郊野特有的那份遼遠空淨的景觀。

Eltham 區是畫家和詩人集中居住的區域，這裡公園密集、植被成林，林蔭中密佈步行和自行車的小路，還有供養馬者騎行的小徑。Eltham 火車站在一座小山腳下，向西面臨著一片小商業區，即使是商業也帶有種 Eltham 區獨有的情調。

火車站背後就是那座小山，一條小路蜿蜒向上，路頭上有座窄橋，開車到橋頭得停下來看，對面若有車就得按規矩禮讓。駛上小山沿著細長砂石路徑攀援輾轉而上，幾個彎後就到了傅紅的宅子，像一座充滿藝術氣氛的小「豪華山莊」。後來，傅紅不知哪弄來一對臥獅石雕，重量得以噸位計。也不知道怎麼將它們運上山來的，一邊一只盤踞在進入「山莊」的階梯入口。我常設想那些往返於山間小路的駕車者，路過此山門之時一定會剎車減速，茫然與獅子的冷酷目光對視，而對這座優雅建築的內部結構和它的主人充滿玄想。

　　傅紅自幼習畫，有京門家族淵源之薰染和藝術學院嚴格的訓練，1988 年就已藝名成就，在北京的中國美術館開辦個人畫展。傅紅攻油畫，他總是不斷尋找真正的藝術挑戰和真正的創作自由。他於是來到澳洲，而後又隱入山野間。借 Eltham 地域之靈氣，假山勢之蔥蘢，在這裡完成了藝術生涯中的最精湛的創作，也使生命活出了精彩。

　　傅紅說他從不花哪怕一點的時間做與藝術無關的事，除了作畫他對文學詩歌投諸極大的關注與熱情。2004 年，在 Eltham 山間潛心作畫的傅紅出資舉辦了首屆「澳大利亞傅紅文學獎」，有來自澳洲各地如南澳、新洲和昆士蘭等地的華語作家紛紛撰稿參與，令傅紅的 Eltham 藝術山莊聲名遠播，成為全澳最有魅力的藝術文化沙龍。

傅紅好客，常和子軒在節日和週末在畫廊裡擺上長桌，傅紅親自下廚，於是那個優雅的擺滿畫作的畫廊坐滿了觥籌交錯的飲者。有時也會把長桌擺在房後的平臺上，佈上彩燈，飲者借鬱鬱蔥蔥下滑的山勢俯瞰遠處 Eltham 商業社區的一片燈火闌珊，不喝到後半夜沒有人肯離去。

那時傅紅養著一隻小狗叫 Tara，是隻小而雪白的京巴犬，傅紅非常寵愛。一次晚上 Tara 給走丟了，傅紅拿著手電筒黑更半夜漫山尋找，呼叫著 Tara 的名字，嗓子都急變了音兒。我聽這個故事時聯想到的是：周邊人家豢養的寵物們聽著這位鄰家主人的戚戚呼喚，都會對 Tara 充滿強烈的嫉妒。Tara 膽子小，見了生人就嚇得哆嗦甚至會尿出來，這時傅紅會輕撫 Tara 脊背以緩解它的懼怕。我其實很理解 Tara，有事兒沒事兒一幫畫畫的、寫詩的和寫字兒的成群結夥來聚飲，到了這兒全然不知拘謹為何物，灌了點酒就喝五吆六地鬧喚，莫說是小京巴，你就是換成德國黑背也會驚恐不安。

理解歸理解，還是禁不住這「藝術山莊」的誘惑，隔三岔五該上山時還得上得山來。後來 Tara 死了，我就沒好意思問出來：是不是讓我們這幫人給嚇死的？傅紅非常傷心，發誓說永不再養寵物，不願再次重複這種離殤之痛。

街區中的詩人雕塑

三

在傅紅的山莊裡當然不光是飲酒和品嘗美味，交流是核心內容。我在這裡結識不少藝術文學界各路朋友。傅紅和子軒也常在這裡舉辦各類活動，諸如 2004-08 兩屆「傅紅文學獎」的籌備，以及一些文史類座談活動等等。我在山莊還做過一次有關於漢代南北匈奴問題的討論。有時傅紅會邀請在澳洲歌劇院的華裔男、女美聲歌唱家朋友來山莊做客，席間會為大家作歌唱表演。而我每次來山莊都帶有我個人的小使命，那就是欣賞和品味傅紅和子軒已經完成和尚未畫完的作品。

我曾有在國內大學藝術系就職經歷，對繪畫的鑒賞稍有心得，自認超越了「像與不像」的欣賞品味。我覺得畫家的畫筆只有擺脫「形」和「色」的束縛，才可能達到表現上的真正自由。因而很喜歡傅紅印象派技法的作品，用形和顏色的奇異變幻來探討真實存在。

第一次到山莊就被牆上的一幅印象派的創作所深深吸引。作品是一位優雅的女士在樹下悠閒飲茶，半身側位籠罩在樹蔭之下。強烈的陽光穿透樹的枝葉斑斑點點灑在女士皮膚上服飾上和茶杯上，茶杯折射的強光映著女士的面頰，畫出來的光真就令人感覺晃眼。多少次在山莊我的目光被這張畫吸著久久不得移開。前不久我還提起這張畫，傅紅告訴我：名畫已然有主，被懂行人士收藏了。我心欣慰……

喜歡傅紅的另一類畫作——人體。這項吸引不是來自「形」而是「色」，我這裡說的是顏色或色彩，不是指「性」。人體皮膚的顏色其實很明確，不論白人或黑人，但在傅紅的筆下就不那麼單純了。傅紅表現人體幾乎用了赤橙黃綠青藍紫所有的顏色，有時竟以藍或綠為主色調。在傅紅人體畫的皮膚上辨別各種色彩很重要，要開啟你的視覺，看到只有畫家能看到而我們看不到的東西。傅紅的人體創作包含了光合的神奇作用，畫作以光加之人體皮膚各種情況下的色彩極其主觀，而這種主觀與「自我」是建立於畫家藝術修養造詣之上的昇華。

物體的真實或許並不存在於客觀現實中，你只能在畫家的主觀意識裡找到。在傅紅的畫作中尋找光的軌跡漸漸成了我賞畫的一個習慣，我要看每一張畫作中傅紅是如何把人物、靜物、周邊環境和景物用光聚合成美妙的色彩構成的意圖，與此同時去體會傅紅創作上那種天馬行空的真正自由境界。

2019 年，令朋友們始料不及的是傅紅又來了個生活大反轉：「大道隱於市」。從 Eltham 下了山直接入主 City 高樓林立的最繁華區段。傅紅在「從心所欲」之年，以止水之心對峙鬧市那浩浩喧囂。傅紅和子軒在藝術家工作室聚集的 Coollingwood 區建立起「傅紅子軒工作室」。由此而開始了新一輪的創作歷程。

四

自 1921 年起，澳洲新南威爾士藝術博物館每年舉辦 Archibald Prize 澳大利亞國家肖像大賽。這是澳洲天花板級別的有似慶典般的藝術賽事，每年吸引著全澳最優秀的畫家前來角逐。而每年數百上千幅參賽作品僅取五十幅入圍，就其難度而言，入圍即稱桂冠。

傅紅曾說過：「肖像是歷史的記錄」。這句關於肖像畫的揭示相當具有哲思意味。而我覺得其實並不包括所有的人像畫，像市場坐攤畫人像的畫者筆下的人像，或普通商業行為的畫像。我覺得傅紅筆下的許多肖像才稱得上是「歷史的記錄」。傅紅的肖像畫中人不乏影響歷史的人物，有名垂奧運的冠軍、有維州前任和現任總督、有豪門貴婦、有知名學者和政績煊赫的州長與將軍，甚至還有出類拔萃的畫家同行。而我理解的傅紅關於「歷史的記錄」之說應該是肖像畫家對被畫中人的視角和感受的心領神會。畫中之人欲借大師的畫筆留住容貌、敘說榮耀，也把他們鮮明性格和深邃思想放而大之地表現出來，固化為某種象徵性符號而被歷史永遠存留。

然而，「肖像」對於畫家就不同了，必然是面對著的一個個靈魂的探索與追究。傅紅說過：「繪畫，尤其是肖像繪畫，不僅是用手更是用腦的思考。」這一進程並非原樣複製那般單純，更是發掘與發現。肖像大師要去搜索捕捉那些轉

瞬即逝的，甚至連畫中人也不曾知道的自己的某種流露與閃現，去建造一個比畫中人本人還像本人的由裡及表的全息構成。優秀的肖像畫大師要透過雙眼以敏銳的感觸把畫中人的靈魂「召喚」出來，轉而注入到畫布上的畫像之中。

傅紅的肖像畫已然達到了登峰造極的境界。傅紅以無可爭議的傑出表現連續獲得 2008、2009、2021、2022 四次 Archibald Prize 澳大利亞國家肖像大賽入圍獎。最為煊赫的成就是在 2021 年 Archie 100（Archibald Prize 百年百幅經典）的慶典中，傅紅肖像畫 Portrait of Dr · Joseph Brown 從大賽這一百年間入圍的六千多幅肖像作品中脫穎而出，進入百年百幅 Archibald Prize 世紀經典之列。傅紅是入選的唯一一位華裔畫家。傅紅稱此為：「百年一席」。一個響亮的中國名字傲然出席了這百年的世紀盛會。

傅紅獲獎的肖像畫中，令我感觸至深的是 2021 年入圍的 Portrait of Prof. Mabel Lee。Mabel Lee 是悉尼大學的教授，著名的翻譯家，其傑出譯著是旅法華裔作家高行健的諾貝爾文學獎獲獎作品《靈山》。我很熟悉 Mabel 教授，其優雅睿智、學養豐厚，有長者之風範。我知道 Mabel 不好畫，其豐富博大的內心世界如何表現。傅紅用色棒排線技法，以深淺赭色和白色構建整體畫面，其色調卻比用色彩表現出的層次感更為細膩。還有 Mabel 的眼睛和面部表情，我知道語言文字難以形容那樣細膩準確的境界，我只記得第一次看到

這巨幅 Mabel 肖像畫時受到衝擊已經引起了受驚的感覺。大師手筆，令人嘆絕！

傅紅的另一幅獲入圍獎肖像畫也我帶來極大的感受。是 2022 年的 Portrait of Peter Wegner。Peter 是上屆 Archibald 肖像大獎的得主。與傅紅既是親密朋友也是旗鼓相當的畫家。傅紅說：Peter 是能表現靈魂的藝術家。這也應該是他選擇 Peter 做畫中之人的原因。這次傅紅採用畫 Mabel Lee 肖像完全不同的技法，不用畫筆完全用鏟刀直接在畫布上馳騁。用大塊色塊表現 Peter 的銀色鬍鬚、眉毛和頭髮，深邃犀利的炯炯目光以及循循善誘的期待表情。畫家那只持畫筆之手的食指指向腦側，像在告誡世人：永遠不要放棄用你的頭腦和智慧引領你的言行。畫家畫同行肖像大家都知道是怎麼回事，這是同行對同行的競技，與其說交流不如說是博弈。看了傅紅完成的自己的肖像，畫家 Peter Wegner 連聲稱：簡直是太不可思議了！發自內心的驚歡與讚美。

2022 年末，坎培拉國家肖像美術館年度 Darling Prize 全澳肖像大賽上傅紅的 Portrait of Alex Miller 摘取最高榮譽獎桂冠，為國家肖像美術館永久收藏。作家 Alex Miller 深刻理性，他以小說《浪子》與《石鄉行》兩度榮獲澳大利亞「邁爾斯·富蘭克林」最高文學獎。他的每部小說有那種沉重和穿透感。小說中世俗的悲歡離合襯托以宗教迷失、罪惡兇殺與種族屠戮等場景，傳達著作家博大的人文情懷和內心的掙扎與叩問。傅紅畫了 Alex 的一只手托著面頰，這筆耕不

輟、勤勞滄桑的手在陽光的潤澤下顯得飽滿通透。而手的另一面遮擋了光，暗的色塊勾畫作家那隱入陰影的憂鬱面孔。恰如 Alex 小説表達的情緒，這張暗色調的臉記錄著作家內心的罪與贖、承擔與反思的負重歷程。

傅紅常説：「我最喜歡畫手」。而我知道手如同面孔是有表情的，並不好畫。用手的表現力來傳達人物的內在意境這恰是傅紅的高超之處。畫家以手的光明飽滿與臉部的昏暗渾沌形成對比，來實現一種豐富而多層次人格的表露。讀 Alex 這幅肖像就如同閱讀他的小説，你無法讓自己淡定。

傅紅最震撼的肖像作品當屬進入 Archie 100 世紀經典的 Dr. Joseph Brown 的肖像畫。他是澳洲最著名的藝術鑒賞家和收藏家，也是最慷慨的扶助藝術家的大慈善家。Joseph 年邁之時將收藏的一百五十幅珍貴畫作捐贈給維多利亞州立美術館。2007 年澳洲 CBUS 基金會據 Joseph 本人的願望請傅紅為他作肖像畫。傅紅於是把他畫了出來。畫中的 Joseph Brown 身著銀色西裝，頭戴貝蕾帽，雙手交疊以一種審視的目光注視著對面的觀畫者。當你的眼光與畫中的那雙眼對視時，突然會感到後脊樑冒寒氣。何樣的一雙眼睛！那分明就是鑒別真偽、能夠看穿一切的刀刃一樣寒光閃爍的鋒利目光，絕對是判官的眼神。在他面前你得想好了再説話，一旦疏忽含糊了年代讓這老傢伙抓住了把柄，他會按住你腦袋在水泥地上摩擦⋯⋯

傅紅在肖像畫領域的成就，只鏗鏘有聲之四字便可概括一切。那就是：「百年一席」。

五

傅紅説：花卉是我很重要的創作主題，三十年下來從未間斷。自 1990 年到澳洲就為美麗的風景所吸引，尤其是到處盛開的花卉，對花的鍾情從那時就一發而不可收。傅紅愛花，也懂得賞花。他把花收聚在胸中，醞釀於意念，而後發之於筆端。他的花無論散發於山野或是束聚於瓶中，總是傳遞出一種神秘感。我同許多人一樣為傅紅的花卉畫作所迷醉，花的絢麗和花的婀娜在傅紅筆下總是凝聚出如神話般的意境。

傅紅常畫室外自然生長的花叢。有花朵滿枝頭的玉蘭，清麗雅致，白與紫的顏色融沁聚合，襯之以藍色，就如清晨的薄霧彌漫於花間，你立刻就感覺到了清冽的晨寒。傅紅也畫山野中盛開的野花，紅黃白紫爭奇鬥豔的花朵建植在綠毯般厚實的葉莖之上。而待眼神稍一迷離，豔麗的花朵們便脱離於那綠色，漂浮不定了起來……雖然是野外野生之花景，傅紅也早已積累得如同成竹於胸，那其實都是意念中的聖境。

傅紅筆下更多的是靜物花卉。傅紅説：花是永遠存在的，永遠是純潔和聖潔的象徵。靜物花卉養育於瓶中，生命

短暫而終將褪去色彩，一旦入畫便成永恆。傅紅懂得這個哲理，將靜物的花靜靜藏儲於意念之中，如此方能隨即幻化而出，無處不在，這就是傅紅花卉永恆的美麗與神秘。

傅紅的靜物花卉，常與一隅狹小環境交融，熠熠輝映。傅紅常讓他的靜物花枝生長在古色陶器，器皿上紋的暗淡與花的鮮麗營造出迷幻的效果。而我特別喜歡的是傅紅讓花卉插在清澈透明的玻璃花瓶之中，瓶中尚有半瓶清水，象徵生命的來源。而花的影變形地在玻璃上和水上照映反射，散發出奇異的效果。聖潔的花、透明的瓶和潔淨的水，一切都被窗外灑入的光所中合融匯，構建出一種清潔旺盛的生命活力……

傅紅說：我喜歡向日葵，喜歡那神奇絢爛的色彩。我想傅紅真正喜歡的是那植物樂觀執著的生命力：只要我還有生命還站立在田野中，就不遺餘力避開陰暗尋找光明。

傅紅說：病毒尚在肆虐，精神困於磨難，只要花還繼續絢麗，生活就有希望，每一天就會變得美好。

傅紅說：這個特定的時候，我眼中花卉之美已然具有了特殊的意義。花的形貌和色彩之美，其實能帶給我們人類損傷的心靈以撫慰，以愉悅。

…………

聽傅紅此說再讀傅紅的花卉，深深被感動了。

傅紅欲以手中一枝畫筆阻擋人類遭逢災變之後的頹勢，把具有免疫能量的大自然的美麗元素，撒向這個頹喪的世界。

於墨爾本 Mitcham 寓所

2023 年 2 月 11 日

技與藝的傳奇
——澳洲雜技「教父」呂廣榮的故事

　　我喜歡傳奇故事，它們總是存在於想像與願望、神話與現實之間，因而就更景仰製造傳奇的人。印象中這些人非天降大任即天縱奇才者，其於極限邊緣上行走，至絕境而縱橫捭闔，他們的功業皆始自於口碑神話而後成為社會現實，造福利於芸芸眾生。我身邊有一位我二十多年的至交就是一位這樣的傳奇人物，對此我竟長時間懵然而無所知。

　　呂廣榮與我同年而長我兩月，睿智幽默，平時話不多而出口就見包袱，我們的交情都是從最平凡的瑣事表現出來的。廣榮的太太李丹出身於著名京劇世家，是牛角宗師李萬春家族排行的最小的千金，雖在浩劫的年代時當過「知青」受過磨難，而舉手投足間不掩其大家閨秀的作派。李丹與我太太等幾位結為閨蜜之誼，幾家人二十年如一日定期聚會。我家與廣榮家距離之近說誇張點，如果我在廣榮家喝了酒，為避酒駕都能推著車回家。

　　朋友圈裡大家稱廣榮兄為「五爺」，雖說是玩笑稱謂，但廣榮兄氣質中的那種凝重穩健就是爺的氣象。無論往哪一坐，爺不發聲都會有種不容忽視的存在感。而我對廣榮兄從外在到內涵的認識是漸進的，一步一步走入其豐厚博大的內心世界。

一

　　墨爾本著名的雅拉河（Yarra River）從東面繞過來，順著 City 南側穿過去，抵 Dockland 新商業區後蜿蜒入海。這條河南面一片城區稱 South Yarra，是這座城市的黃金地段。中間一條 Chapel Street 從雅拉河幹的橫斷面向南伸展下去，古色古香而又極盡奢靡，各類品牌商店和各種傳統餐館、咖啡館雲集於街上，稱之為「墨爾本的王府井」絕無虛飾。這一帶的民房一律為小格局的傳統老式建築，寸土寸金之地豈容得大面積住宅存身。Chapel Street 到中段的 Prahran 區橫又出一條小街名 Green Street，轉將進去一座造型現代的雄奇建築霍然矗立於眼前。這座橫跨整整一個街段的建築就是「澳大利亞國家雜技藝術學院」（NICA：National Institute of Circus Arts），南半球唯一一所具有大學本科學歷教育資格的雜技藝術教研中心。

　　NICA 建築為鋼架結構，外沿使用先進的銀色金屬合金板材和紅藍兩色玻璃磚材，以其炫目的現代藝術感與古舊的 Chapel Street 及環伺周邊的傳統建築群絡形成鮮明對比。建築的西翼是一座巨大的練功房，步入其中，仰視廣闊高空縱橫交叉的鋼架以及各類訓練器材油然生出一種感動，這是一片雜技藝術家自由翱翔的領空。東翼則是一座以演出為主要功能的更為巨大的殿堂，各類先進聲像器材和照明設備構架於高空間的各個部位，中央一座 T 臺以及臺上的一架鋼

琴營造著迷幻的藝術表演的氛圍。這座殿堂有一個令中國人驕傲和令澳洲雜技藝術界人士肅然起敬的名稱：The Guang Rong Lu OAM National Circus Centre（澳大利亞呂廣榮雜技學院表演中心）。這是以廣榮兄個人之名永久性命名的澳大利亞最頂級的雜技表演藝術舞臺。

2022 年 12 月 3 日我有幸在這裡參加了這個命名慶典，感撼之餘也使我對澳洲雜技藝術有了全新認知。在澳洲，有這樣一群景仰中國傳統馬戲雜技的藝術家，他們以不懈的追求，把東方古老的技藝與理念引入到這個西方文化為主導的多元文化世界中。今天，他們要以一個盛典向一位中國雜技藝術大師致敬，並表達由衷的感謝，感謝他在馬戲雜技藝術由東方到西方的遷徙過程中所做出的卓越貢獻。今天的這位主角就是我的摯友呂廣榮先生。

二

我與廣榮同年，回顧廣榮兄的履歷時總會自覺不自覺與我自己的相比對。1965 年十一歲，廣榮兄進入南京雜技團做學員，開始其雜技藝術生涯。我當時是天津實驗小學住宿生，正與一幫住校男生過著渾渾噩噩、胡打胡鬧的小學生活。「文革」開始後，雜技與京劇一樣被「革命化」但並未停擺，期間廣榮進行著持續不斷的刻苦訓練。而我則進入有名無實的中學生活，與一幫父母被批鬥勞改的孩子們混跡街

頭，結幫拉夥。1970 年十六歲，我到太行山鐵礦做苦力，而在 1970 年代廣榮兄則技藝初練就，羽翼漸豐滿。當時南京雜技團為全國重點文藝團體，廣榮兄已成為團裡臺柱子演員，常為國家領導人和外賓演出，曾得到過柬埔寨西哈努克親王的接見。

1976 年二十二歲，是廣榮兄藝術生涯的一個重要轉折。這年五月在北京舉辦全國雜技匯演，有三十六個雜技團四百個雜技表演項目同台競技。廣榮兄以扛杆飛人和雙人椅子頂兩項震驚雜技界。看過他當年椅子頂表演的劇照，廣榮兄在由四個酒瓶子支撐的一張桌子和六把椅子疊羅頂端做單手平衡支撐，同時側身用另一只手臂舉起一名成人演員。如此操作從哪個角度看都有悖力學原理，完全不能理解他如何做到的。這一年，我進入四川大學歷史系學習，開始由礦工到歷史學人的艱難轉換。

1981 年，我大學畢業後在南開大學圖書館古籍部作館員。不知鑽研業務而進入南開游泳隊和冰球隊，著迷於此兩項運動的訓練與比賽。就在這一年，廣榮兄的人生進入了第一個巔峰。這年「中國雜技藝術家協會」成立，廣榮兄被選為最年輕的理事，沒有之一。同年十月「全國第四屆文代會」在北京召開，廣榮兄以文代會委員身份與會。值得一提的是廣榮兄的岳父京劇泰斗李萬春大師和其公子文武老生名角李小春先生也以文代會委員身份與會。李萬春大師感慨稱：一家同屆出三位文代會委員，乃世態興旺之吉兆啊！

斯密斯大街的悠閑

廣榮兄在澳洲的雜技藝術事業是從 1980 年就已開始了。那一年南京雜技團出訪澳洲，在各大城市巡演。1983 年得獲澳洲雜技界邀請，中國文化部派南京雜技團包括廣榮兄在內一行五位雜技精英赴澳大利亞 Albury，對澳洲少年雜技團體進行為期三個月的雜技技藝嚴格培訓。澳洲雜技界稱那次集訓為 The Great Leap Forward（大躍進），給澳大利亞馬戲雜技發展帶來一次根本性的變革。而後於 1987 年，廣榮兄得到澳大利亞 Albury「飛果蠅少年雜技團」教席，正式赴澳出任該團全職教練，始於澳洲定居。

　　1999 年，廣榮兄的人生攀援至第二座巔峰。應悉尼二十七屆夏季奧林匹克運動會組委會的邀請，廣榮為悉尼奧運會開幕式設計高空大型雜技表演項目，以其出色的設計完成了這一令人矚目、極盡榮耀的事業。同年，廣榮兄移職墨爾本「澳大利亞雜技學院」（Nica），從 Albury 遷居墨爾本。也恰在這一年，我完成了香港大學文學院的博士研究學業，全家移民澳洲，與廣榮兄的生活軌跡交匯。

　　2006 年，廣榮又獲得第十八屆墨爾本英聯邦運動會組委會發出的邀請，設計墨爾本英聯邦運動會開幕式和閉幕式的大型雜技表演項目，同時應邀為此聯邦體育盛典設計紀念郵票。廣榮兄又一次出色完成此國際級表演的設計與排練。就在此時期我的第一本明史研究學術專著出版，自知內容太專，每贈與友人都會小心翼翼囑一句：「留個念想，很枯燥

的東西不必讀」。令我驚異不已的是，廣榮兄讀後與我就書中內容，明代中期政治進行了極為深入的交流。

　　廣榮兄還給我講了一則與此有關的趣事：有一次在湖北演出交流時，在一個官方場合廣榮兄對當地接待的官員說：「你們可知這裡的安陸縣出過一位藩王皇上？」接著道出一些明代嘉靖朝的掌故和皇上的軼事，一桌官員皆驚異。我非常理解那幫當官的，因為我的驚異程度並不低於他們：一位雜技藝術家如何有得如此雄厚的學識積蓄？

　　是後來才知道廣榮兄早就在年輕時於繁重訓練之餘抽出時間攻讀了文史專業函授大學本科學歷課程，涉及到歷史、哲學、商業以及英語等多項領域。在那個年代，一個二十多歲的年輕人竟有如此前瞻的視野，默默積蓄著人文學養，為自己的人生前景開拓出無限的可能性。

三

　　我作為外行不敢妄議雜技的歷史，但知道這一技藝在世界各地同時有著相當悠長的履歷。這項技能最原初的動機應該是以炫示手和肢體超乎常人的技巧而贏得他人的崇拜和異性的青睞，所以世界尚處於原始蒙昧時期雜技就已經誕生了。但是，這一技藝成形之後在歐洲與中國卻有不同的表現取向。

有一則史事透露了出西方雜技的原始面貌。西元七世紀英國人與維京人戰爭中，英倫半島的阿爾弗雷德大帝曾冒充遊吟歌手潛入丹麥古瑟羅姆司令的駐軍營地打探軍情，歷史記載歌頌了這一知己知彼而後大勝對手的戰例，同時也透露了有關雜技的些許資訊。中世紀遊吟歌手極受世俗社會的喜愛，手中的一把豎琴就是戰爭年代的最有效的通行證，不同尋常的是這些歌者同時也是雜技藝人。英倫大帝阿爾弗雷德年輕時喜愛雜技，不僅有一手雜技魔術技能，歌唱得也好，完全具備遊吟歌者的資格，故而能輕易騙過維京海盜。我們由此得知集琴技歌舞、雜耍魔術於一人之身者，應該就是西方雜技的傳統模式。

文字記載和實物出土中明顯能感覺到中國傳統雜技的特點，雜技藝人通常是聚成一個班子，無需有琴亦無需歌與舞，講究的是技的展示。漢代流行一種世俗娛樂表演稱「百戲」，是一種大排檔式的集歌舞、武術、說唱和雜技的綜合表演。表演特點是歌者專歌，舞者專舞，雜技表演屬於雜耍班子跑龍套，以插科打諢營造熱鬧氣氛。後來「漢百戲」演變到唐代的「戲弄」，進而又依次演變為宋元明的詞曲戲，成為有故事情節的戲曲模式，雜技班子自然也就從這個歌舞表演舞臺上淡出而自成一統。如此，中國雜技的傳統既無需歌與舞的烘托，依賴的是人的「技藝」表現的難度與驚險。而難度離不開刻苦訓練。技者從小接受強化身體韌度與強度的訓練以達到「技」的超能表現，這是中國雜技傳統的訣

竅。我從小到大看雜技表演的心理體驗就是那種由「險」或「危險」帶來的提心吊膽，想當然認為看雜技表演就得像坐過山車，沒擔驚受怕的刺激哪能叫雜技？

澳洲雖為西方世界之一隅，而歐洲的許多傳統在遷徙過程中被割斷了。其雜技表演中既無中世紀遊吟詩人的傳承，亦無歐洲以馬和猛獸為核心的馬戲傳統。1980 年代初，當南京雜技團的幾位頂級雜技演員來到澳大利亞 Albury 做指導教學時，無論雜技或馬戲在這裡幾乎還是一張白紙。這批中國雜技精英帶來了東方雜技表演的精湛傳統技藝。「飛果蠅少年雜技團」的創始人 Robert 先生看到廣榮兄的潛力，1987 年聘任廣榮兄做「飛果蠅」全職總教練。此時，廣榮兄已然胸中有數，就人的表演技藝而言，國內那套訓練方法和表演模式在這個國家完全行不通，所有從理念到實際操作一切都得重新構建。

首先一個大問題是選材。雜技技藝的難度對身體條件有嚴格要求，在國內雜技演員都是從小選材，之後便是通過嚴苛常年的訓練調教筋骨和肌肉。雜技孩子的身形高矮基本都一樣，連女孩子都是上寬下窄的扇面體型。而在澳洲身體條件好的孩子不一定喜歡雜技，而有興趣的孩子照國內的標準根本就練不出來。

在「飛果蠅」訓練的孩子高矮胖瘦什麼身材都有，廣榮兄採用的是東方的智慧，「因材施教」。雜技表演項目多，你的條件適合什麼，就指導你專攻什麼。有一個叫厄爾的身

形肥胖十二歲男孩，有近成年人的膀大腰圓，全然不是練雜技的材料。而這孩子酷愛雜技表演，於是廣榮教頭安排他重點練羅漢車，作十二人疊羅自行車的底座騎手，同時專攻手技。現如今四十多歲的厄爾已成為澳洲雜技名教練，其手技水準排入世界前十名。

另一項難題是訓練。廣榮兄曾談到過自己小時候的訓練之艱苦，對於肌肉和軟組織韌性訓練的「軟功」之疼痛感現在還有刻骨的印象。膽小脆弱的孩子遇到這樣的訓練會嚇得哭著就跑。廣榮說，如果在「飛果蠅」照這樣練就把孩子全練回家去了。為此廣榮兄自學了運動醫療學，發現了反推法，借用巧勁實現「軟功」訓練的效果。廣榮兄在「飛果蠅」任教十數載，指導孩子們訓練也帶著孩子們在世界各地演出，出色雜技人才輩出的同時也將中國雜技的教學理念和訓練方法引入澳洲的雜技訓練體系之中。

現在「飛果蠅」已成為了澳大利亞最有影響的少年雜技團，而 Albury 也毫無爭議地成為澳洲的「雜技之鄉」。看過「飛果蠅」表演聲像資料。印象深的有多人椅子頂、羅漢車和扛杆飛人等具有相當難度的項目，一看便知來自於廣榮兄手把手的訓練。也看到「飛果蠅」近年的經典原創劇碼，如 Tempo、Girls with Altitude、Back in the big top again 等等，都是編構完整的具有主題情節的集體藝術表演。我特別喜歡孩子們表演的 Tempo，有似一出歡快的音樂劇。

夢幻般燈光下一座乳白色的三角鋼琴立在舞臺中央。琴蓋突然一開，一群身著黑色禮服扣著領結、金髮梳得鋥亮的孩子從鋼琴中呼啦跳躍而出，象徵著歡快跳蕩的音符把整個舞臺攪得地覆天翻。孩子們的表演詼諧幽默，即是翩翩舞者也是精湛的藝人，連鋼琴配曲都是他們自己輪流彈奏。圍繞著乳白色鋼琴上演著各種如車技、手技、跳板和跟頭等技巧，在鋼琴上面表演羅漢、球技及皮條和吊環等空中項目。其技藝不無難度，但在發自心底的快樂愉悅的感染下，你根本感覺不到觀看雜技表演的那種擔驚受怕。甚至孩子們出了錯，比如彈錯了半個音符，或球技表演時脫手掉了一個球，都顯得自然順暢無損完美。

　　而我從孩子們的技藝中看到的則是廣榮兄的無限心血，是中國雜技傳統精神的新穎表現。於快樂自由的氣氛感染中我突然很羨慕這些孩子，他們在童年和少年時代曾得到一位中國技藝大師的指導和訓練，無形無意於成長之中體會和實踐著東、西方文化精髓的融匯。

　　2021 年 7 月「飛果蠅少年雜技團」為感謝廣榮兄建基立業的之功，以廣榮兄的名字命名其表演廳為 Lu Guang Rong Stage（呂廣榮表演廳），為這座美麗現代的建築永久性地鑄就了一個響亮的中國名字。廣榮兄參加了命名慶典，觀看了「飛果蠅」學員的表演。演出結束後一些更小的小學員圍過來與廣榮兄交談。我注意了到了這群金髮孩子們的眼神，虔誠地有如仰視一位由東方降臨而至的神明。

四

　　1999 年十二月，廣榮兄應聘 NICA（National Institute of Circus Arts 澳大利亞國家雜技藝術學院），出任總教練（the head of Circus Study）之職任。

　　在 NICA 執教與「飛果蠅」有一個區別就是這裡的學員都是成年人，是職業藝人。澳洲青年人個個腦後都長著反骨，崇尚獨立和個性化。而雜技技藝建立於開發體能和掌握技巧的反覆單調的「練功」。廣榮説，中國人十年磨一劍的簡單理念到這兒滿都是質疑，「有必要這樣練嗎？」廣榮兄説，他的辦法是在中國傳統理念中尋找依據，具體講就是將道家的順其自然的道理引而伸之，運用於訓練中。人體本身是大自然的一部分，順其自然屬性施以訓練，打通脈絡而放大發揮各部位的能力實現肢體的超長表現。用廣榮兄的話講：開發體能使之而成為一種表達，此乃雜技技藝修煉的不二路徑。非此「功法」則不足以實現表演中的表現力。廣榮兄如此將東方理念與訓練實踐結合，二十年下來終在 NICA 一劍磨成。

　　在 NICA 近十來年的原創劇碼中看到體現西方崇尚個性、開放和探索的編創特點，同時也明顯看出有異於歐洲馬戲表演的、貼近現實生活的特點。像 2015 年的 Last Orders 和 Dreams From the Second Floor，2016 年的 Born in Sawdust 和 Empty Bodies，2017 年的 please Hold，2019 的 Sick 和

Hard Sell，2021 年的 Onism，2022 年的 Eclipse、Sempliternal 等等，都是優秀的雜技劇碼。

以我個人的膚淺理解，NICA 的編創用意是將雜技融入某種寫意的生活情境中以達到表現現實生活的目的。像「飛果蠅」的表演一樣，我在 NICA 絢麗多姿的演出中看到了中國傳統雜技的「功力」，這裡浸滿廣榮兄的辛勤汗水。

五

NICA 從 1995 年建立就是掛靠 Swinburne University 的技術學院下的具有教育職能的機構。1999 年廣榮入職時 NICA 已具有頒發 Diploma of Circus Arts 學歷的認證資格。廣榮兄心底的一個願望是想改觀雜技教學機制中原有的師徒傳承傳統，而使之成為系統的教學體系。將 NICA 的教學徹底納入澳洲高等教育體系，為學員提供更為高階的系統化學習機會。

最重要的是當時 NICA 已經具有雄厚的高教資源。為此廣榮策劃了一系列些針對性項目以佐證 NICA 的大學本科教育實力。最終在 2001 年，NICA 國家雜技學院終於通過審批，成為南半球唯一具有頒發本科學歷的雜技藝術學院。

當 NICA 的教育硬體教學樓建立後，廣榮兄即投入 NICA 的教育軟體的設計創建——雜技大學本科的系統課程。我曾做過中國歷史文學等講座課程的設計，僅僅為一門

專題講座課程，就需要有針對性的諸多設置。如教學理念、目的，課程內容和各種考試測驗以及各項注入考核、閱卷、分數等等非常複雜的系統。而廣榮兄與他的同事需要建立的是一個一至三年的大學本科教學體統，是一個從宏觀到微觀方方面面的系統工程。二十年荏苒，已有六百多名學生畢業於 NICA，就業率高達百分之九十以上。許多畢業生在當今世界各個著名雜技團擔任主力演員。而且 NICA 的畢業生在結束舞臺表演生涯後仍具有廣闊的職業前景。現在 NICA 無可爭議進入世界同類學校排名前幾的院校。

廣榮兄欣慰說：「我有幸在這個國家把自己的專業，為澳大利亞建立一個大學文憑。而最關鍵是這些畢業生在不論什麼原因退出開雜技表演舞臺，他們有廣闊的發展空間，這是我感到最驕傲和欣慰的地方。」NICA 校長西蒙娜‧喬貝吉女士曾說了一句表達了所有 NICA 人對廣榮兄為此事業所作的貢獻的話，她說：「呂廣榮先生 Always a Revolutionary for this time」。所表達的意思是：呂廣榮先生總是帶給我們 NICA 以變革性的改觀。

2015 年，廣榮兄以花甲之年，完美地迎來了他人生中的第三座巔峰。以澳洲雜技藝術界的力薦，廣榮兄獲得澳大利亞國家勳章 Order of Australia Medal（OAM）。這是由維多利亞總督親授，伊莉莎白女王欽點禦批的英聯邦國家中的至尊稱號。以此表彰廣榮兄在澳大利亞雜技藝術教育和培訓方面起到的主導作用及做出的卓越貢獻。

六

　　從 2018 年起廣榮兄常覺得雙臂有些不適，轉而出現麻痺症狀，開始並沒太在意。雜技行業受傷是家常便飯，尤其頸椎腰椎因跌碰而損傷也不為罕見。但是，一年後竟確診為 Motor Neuron Disease（MND）神經元疾病。醫生直接告訴廣榮兄這種神經元疾病的患者中百分之五十將於兩年半結束生命，對另外百分之五十的患者會出現不可逆的雙臂癱瘓症狀，而現代醫學對此 MND 還不能有效治療。完全可以想見一個以雙臂之膂力創造無數奇跡的人，聽到如此的診斷會是何等的反應。用廣榮兄自己的話：晴天霹靂。

　　朋友們見證了廣榮兄患病的過程，最初以為只是神經性肌肉萎縮，常勸廣榮多進行四肢運動，保持肌肉良性迴圈則必有轉機。後來得知 MND 此病的厲害，大家也都懵了。而廣榮兄帶給大家的感覺是情緒上的泰然自若，毫無失落失態的舉動。就如同他一生中獲得多次的輝煌榮譽時表現出的漠然平靜，面對病魔同樣的從容不迫，淡然處之。廣榮兄手術出院後的那些日子我們還是照舊聚餐聚飲，笑談古往今來之事。每每此時，看著他時而暢談自如、時而開懷大笑……。我心中有知，眼前的廣榮已然超越了功利和名的境界，一切已如煙雲過眼，早已把先賢推崇的「功德」看得風輕雲淡了。

2022 年十二月三日，在 NICA 的雜技藝術大樓內，The Guang Rong Lu OAM National Circus Centre（澳大利亞呂廣榮雜技藝術學院表演中心）的命名典禮，也是 NICA 的二十一周年生日紀念典禮，同時舉行。人們穿著隆重的禮服，帶著節日般的喜悅，飲酒暢談。而所有人的注意力都焦距在廣榮兄一人身上。

廣榮兄的幾十名學生為慶典做了精彩演出，表演皮條、吊環、大小圈環、軟功、豎杆、手技、跟頭和獨輪車等技藝，看得出主要是雜技基本功的展示，我想這一設計主要突出廣榮兄所注重的基礎訓練之功。

前澳大利亞駐華文化參贊 Carrillo Gantner AO 先生（Myer 基金會主席，澳洲藝術界最重要的私人捐款者，每年捐資千萬元）在慶典上做了主旨演講。風趣地說：「呂廣榮先生對中國和澳洲關係所作的積極貢獻，遠遠超出了那些政治家。澳大利亞最獲益的向中國的貿易出口是鐵礦砂，而澳洲最具重要意義的從中國的進口是 —— 呂廣榮。」他轉向廣榮說：「你的學生們就像你當年種下的樹苗，已長成茂盛的森林。他們茁壯的枝幹建植在你的堅強博大的軀幹之上，他們的根已經與你的根系在了一起，縈在我們共同的這片沃土之中。」

講話最後，Carrillo Gantner 先生無比動情地告誡這些即將畢業的學員：

等電車的人們

我知道你們當中的許多人會走向世界，在更寬廣的天空開拓你們的事業。在今天這個輝煌的時刻，面對這位讓你們飛得更高的可敬的老師，請銘記一句中國諺語：When you drink the water, remember who dug the well（吃水不忘打井人）。

　　廣榮兄在熱烈掌聲中走上舞臺，面對熱愛他的師友和同事、學生和家長，送出祝賀和感謝。而後說道：

　　　　如果一個人想延續生命，最好的辦法就是幫助他人。我想借今天這個機會告訴每一個人：幫助這些學生是生活中最令我享受的樂趣。他們如果有需要請直接打電話或發電子郵件告訴我，我會盡全力給他們最大的幫助。我祝願 NICA 在今後的二十年繼續取得更大成就，二十年後我們還一起慶祝她四十周年的生日……

　　全體與會者起身站立，對廣榮的講話報以長時間熱烈的掌聲……

　　這裡的文化無虛偽客套，只用真誠與現實的態度看待一切。這裡的人們不會平白無故地將崇拜給與任何人。這令人感動的長時間熱烈的掌聲本身就出自每個人發自心底的感動。人們把尊敬和愛戴獻給舞臺上最耀眼之處的那位有卓越貢獻的雜技傳奇、一位東方哲人、一位親切幽默的長者。

天使，即使折斷了翅膀也是天使。沒有什麼能阻止他在廣袤的天際中自由翱翔。

寫於墨爾本 Mitcham 區寓所

2023 年 1 月 21 日

太行山往事拾遺

　　按語：2006 年 9 月我從北區搬到東區的 Mitcham，到年末的暑假，我所屬的天津實驗小學的五年級校友團體在網上突然興起一股懷舊風。五十多歲基本定型沒了攀比炫耀，只講經歷的故事。聊到了當年分配去太行山河西鐵礦的同學們的經歷時，這夥人來了興致。從 1970 年進入太行山區講起，大家一起湊故事，講得很傳奇。其實太行山的經歷本不堪回首，我在那裡作了 5 年鐵礦工，患上腰肌勞損症。雖無怨無悔，確也不無遺憾，這損傷對我後來熱衷的冰球運動有著致命的影響，嚴重限制了比賽中技術的發揮。

　　大家以輕鬆調侃的語言講礦工的往事，似乎集體性遺忘了那段經歷帶來的心理陰影。也是，那個災難的時代早已被時間轉述成荒誕的時代了。

一　陽邑

　　陽邑是個小鎮。若從武安縣城乘鄉間長途汽車西行入山西，必經此地。從陽邑到趙莊還有二十里的旱路。如憲光礦友所言，在天津工業隆隆開進之前，趙莊是全封閉的。如

果機動交通網絡真能像漁網一樣撐起，你只能找到陽邑，絕看不到趙莊。天津的「大學生」1970 年代入駐之前，趙莊還遠未被機動文明所接納。

陽邑迤西的方向是山西，和我們不無關係。因為河西鐵礦的總廠區所在地更樂鎮就在那個方向一百多里以遠，一班的王實實當時在那兒作儀錶工。總廠附近有個村莊叫偏店，是六九八五工程石礦場紮營之地。偏店很大，據說其規模在全國都排得上號。太行山脈當年是抗戰老區，相傳在偏店發生過一樁令人扼腕的悲壯故事。當時有七名日軍駐紮在偏店，開始與村民互不相犯。一天夜裡遊擊隊發動襲擊，擊斃了其中一名。日本兵露出獠牙，肆意發泄獸性。這六名日本兵將村民集合於村中空場，機槍掃射，全村手無寸鐵的男女老幼無一倖免。只有很少在外鄉走親訪友的村民躲過一劫。偌大村莊頓成鬼蜮……

1970 年代初的偏店，成了石礦場的周嶺（「實驗」五年級二班校友）團夥的「轄區」。我們河西礦團夥與偏店團夥有過幾次聲勢浩大的聯誼活動，每有興作，必經陽邑。陽邑北向，永遠是魂牽夢繞的里程。那裡通向武安——通向邯鄲——通向北京——通向天津……

二　營長王策

　　寫王策營長，因為他在趙莊官階最高，也因為記憶中他的形象相當完整。

　　當年在趙莊集結的「天津大學生」總為一營。營下設四連，各連下屬兩排，每排分為三班。班級幹部都是天津學生，其選拔標準不得而知。大家初來乍到無從衡量覺悟，以貌取人。像亞偉、蔡驥、王金軍當年都是漂亮小生，自得入班長之選。排級領導基本都是復員兵，清一色的雙兜兵服國防綠。到了連級領導還是國防綠，官階介於兩、四兜之間，當為三兜。

　　惟有營長王策，一身兒洗白平紋四兜衛兒服，鶴立雞群。營長臉黑、濃眉細眼，滿族人的長相。京腔兒口音絕對引領趙莊時尚，但「實驗」弟兄們聽出來了，太過於純正反而接近了通州府的方言。村前的打穀場上，我曾無數次傾倒於營長的訓言，立志紮根礦山，在附近石洞公社鄉村幹部家丫頭中隨便選一個白頭偕老算了。

　　印象中營長與我們總是間隔一排排黑後腦勺。他訓話時的嗓音特徵還在記憶中，但內容全然記不起來了。如果硬要我據印象複製幾句營長的訓話，他每次訓話當這樣：「瞧你丫這幫人這操性，剛幹他媽幾天就跟孫子式的了！丫都給我好好幹！我就不信咱們營在河西鐵礦就拔不起糞來！」

三　在河之東

　　河東村，顧名思義：在河之東。河，其實只是條南北橫亙的枯河，即使在雨季也難得見水。枯河東西兩畔各有一村，皆因此而得名。1971年春，礦上分來一批復員軍人與趙莊「天津大學生」連隊合併，人員重新整編，其中一部分遷出趙莊進入河東。

　　河東是小村，綠樹遮蔽，井水甘甜。那裡的柿樹果實碩大，表皮墨黑，鋥光瓦亮。以我現在遙遠的感覺，趙莊是秋冬的冷漠蕭條，河東有春夏的閒散浪漫。趙莊體現著傳統，雖然久已沒了地主鄉紳、儒學書堂，但村口仍有戲臺，匾額上「歌舞昇平」的遒勁書法仍閃爍著底蘊。河東卻不在乎這　套，是那種可以時常入夢的「世外桃源」。我在河東實實在在至少渡過兩個冬季，記憶中卻根本不存在寒冷⋯⋯

　　整編之後，「實驗」人有邊珣、憲光、包之江、王中等分到機運連遷入河西，大方、亞偉、連津和我隨一、三連入駐了河東。此後，「實驗」弟兄們東西盤踞，壯大周邊，械鬥和娛樂更加精彩（多數時候械鬥就是娛樂），真真一段「陽光燦爛的日子」。

四 牛妹子

　　「牛妹子」是河西鐵礦「實驗」校友諸位一廂情願對牛愛華同學的暱稱。事隔三十六年了，我在電腦中打入這三個字時甚至還感覺到親切。

　　當年同去河西鐵礦「實驗」女生只有一兩個，而我們只知道牛愛華這個名字。既是「實驗」大家庭中人，這個名字便具有一種象徵意義——我同族類。我曾遠遠望過一次愛華同學的身影：一身學生藍，兩把刷子。沒錯兒！是我們「實驗」的女孩。後來實驗女孩「退出視野」，但名字還是很響亮，很莊嚴。

　　1993 年在天津解放路彼得酒樓全年級一百五十人大歡聚，我們邀請了當年各班老師當場點名，同學答「到」。聽到「牛愛華」這個名字時，所有前河西鐵礦人心頭一顫，目光唰一下全過去了。晚宴時前六九八五同學包了一個單間，愛華同學被奉為上座，前礦工們借著酒勁訴說當年的純真情懷。對這種唐突愛華同學絲毫未加怪罪，似乎有些驚喜。二十多年前在自己毫不知曉的情況下，做了這幫少年礦工這麼多年的「夢中情人」。

在布朗斯維克擁吻

五　河西礦女工

　　天津學生分到河西鐵礦的男女比例差不多是三比一的配置，到了趙莊編隊是三個連男，一個連女，女孩兒並不搶手。那時我看都不看趙莊連隊的女孩兒，專就喜歡煉鐵高爐兒的六十九屆爐姐兒，覺得個個颯麗。後來礦裡調來幾百名復員兵，一水兒的長臍，同時有一批連隊女孩兒調往石門兒，男女比例驟差，女工自此珍奇宛如稀有動物。當時入駐河東的連隊索性一個女孩兒沒有，每天滿目所見皆本村大媽大嬸兒小媳婦兒……

　　採礦隊編隊後，第一採礦隊僅有三名女工負責開日本輕型挖掘機。仨女孩兒雖各自有其綽號暱稱，同時還有個總體雅號：一噸半。意思是每人半噸，體態之壯美自可以想見了。即使如此，每天工地上照樣吸引多少注目禮，牽動多少心思……

　　河西礦女孩兒最密集的地方要算是衛生所和機關。每逢幹活兒出了工傷，一身灰土從工地直接上衛生所接受女護士包紮，與白衣粉面竟然這麼近的距離……只感覺內心某種堅硬東西融化，傷口反倒無所謂了。1974 年我和大郎調入機關，像進了榮寧二府紮女孩兒堆兒了，極不適應。第一次在機關組織開會，女多男少，我發言張口結舌驢唇馬嘴還一頭汗，與會女孩兒都捂嘴偷著樂……真恨不得立馬再回採礦隊幹苦力，不受這罪了！

六　太行之「泄」

　　這項資料取這個名字想使人聽上去雅點兒，因為講的是太行「洗手間」的事兒。這東西不屑回顧，不入記憶，但於生活中確也是個事兒。「實驗」人有名校門風之薰陶，吃苦耐勞不是問題，惟有一事出行前未做好思想準備——太行「洗手間」沒抽水馬桶。

　　觀農村民宅，講究風水八卦，廁所乃污穢所設在院犄角兒，不失文明。而趙莊「天津大學生」難言之隱則出自其原始裝置。太行家家衛生間半截土牆，地當間兒埋置一水缸，缸口兒蓋一圓石板，石板中心鑿一自行車座型孔洞，使用者蹲姿行事，倒也無妨。問題是缸中常置半缸糞水，腹中棄物於一米之上懸空墜入，缸水迸濺，沖孔洞而出⋯⋯完事出來的人全西子捧心狀，痛苦難當。有人索性走半里地到村頭小樹林解決。後來想出一法，事前先置報紙半張於缸中水上，相當奏效，而報紙旋即告罄。有人發明了運動拋物法，原理是靠臀部運動將棄物甩入缸筒側翼滑落入水，減少磨擦。此法技術含量如同跳水，水花越小得分越高。沒多久「天津大學生」的入水技術嫻熟，水花得分與趙莊老農同。

　　入駐河東之後，天津學生與復員兵混同編隊，復員兵多是安徽、江蘇人，許多帶來家屬，問題也來了。太行「洗手間」男女混用，無門無鎖以咳嗽為號，行事之時聽有腳步聲趕緊咳嗽，來人聞聲即退。但家屬們都是南方村妞，習慣

不同不懂這套。你就是咳出血來腳步聲照樣由遠而近，直到一雙繡花鞋站眼前為止。村妞們倒也大方，點頭微笑打招呼，從不缺禮，有時還不卑不亢朝下打量一番……。居下臨高，衣褲不整，值此窘境，真 Tm 斯文掃地啊！

七　兩項勘誤

其一，關於河西鐵礦當時流行的一句勵志名言。礦友們憑各自記憶生出許多說法，莫衷一是。據我考證，此句是為憲光礦友所出。時憲光講：礦友霍博穎出身貧寒而登高攀援之心極盛，曾口出豪言：「我父親是沒給我留下什麼，但讓我繼承了一腔貴族血統！」此河西之金句，現在回想仍有振聾發聵之感。若配以天津口音抑揚頓挫的朗誦，其勵志振奮之力度則更為強烈。

其二，邊珦礦友前日發帖，質疑我〈太行之泄〉一帖中提到的「運動拋物之法」，在他的記憶中此法並未推廣流行。對此我核對了資料，接受邊珦的說法。原因是三連有人使用此法發生事故：由於用法力度不當，將腹中棄物直接甩後脊樑上了。自此之後，此運動拋物之法稍息。

八　礦坑裡的勞作

諸位讀了這些片斷回憶可能會迷惑，莫非分到六九八五工程的人去邯鄲地區踏青野營去了？其實，生活中最艱苦單調的內容被弟兄們略去了，娛樂、械鬥都是短暫的插曲，艱苦的勞作佔據了那段時光絕大的空間。

最初礦工們按連隊編制，大家幹同種工作，用鍬鎬挖掘土石，再用鐵排子車運走，勞動強度相當可觀。我第一年冬天體力透支咳嗽不止，蔡驥礦友陪我到駐趙莊部隊衛生所看病，所裡的「醫生」都是年輕當兵的，當時拿大粗針管兒衝喉嚨至心口一溜下來給我打了七針，我躺那兒嚇得面無人色，蔡驥捂著肚子笑得直不起腰來。

後來礦上機械化程度高了成立了採礦隊，記憶中勞動強度反更加大了。有幸的是試驗的弟兄們多數都幹了技術工種。大方去了勘探隊，邊珣分到機動連開推土機，連津、憲光一個當了汽車電工、一個當了外線電工……只有我和亞偉礦友還在工地幹苦力。亞偉在洞子班做，工作內容是打洞（聽說現在這項工作在中國很流行，娛樂性很強）。我分到人工採礦班，工作內容是排險、放炮。工作程式是這樣：亞偉他們班人用風鑽在岩石上鑿洞，或在坡壁上挖洞，然後我們班填上炸藥爆破。感覺上他們班人極不負責任，到處打洞，打完掉頭就走，由我們班人為其擺平後事。

在工地上常見亞偉一班洞子工個個滿身灰土、衣衫襤褸，戴著風鏡、防塵口罩防化兵式的，夠匪氣！有時幹膩了還玩兒點兒花活，打風鑽時用腳踏著打，雙手在胸前盤著。遠遠看上去還行，不算太做作。

九　第一採礦隊長吳文元

吳隊長是湖北人，身材敦實，鄉音鏗鏘。老吳先是機運連連長，邊珣在其麾下開推土機，在邊珣那兒見過一張老吳全家照：一身洗白軍裝，孩子還小，妻子賢慧。

老吳在機運連政績煊赫，於全礦庸庸碌碌中層幹部群中獨領風騷。1973 年初，河西礦廠區工人宿舍群建成以後，河東趙莊各連隊彙集廠區，全礦行政管理統一格局形成，老吳遂被任命為第一採礦隊隊長。此項任命看似平調其實升遷，因為一采隊是實力單位，承擔著河西礦主要礦石生產量。同時全隊集各連隊烏合之眾，久居村莊養成懶散習性，由此老吳除忙於采隊掘進進度之外，還著實花了大氣力來調理礦工們的工作生活作風，擺平「不良」分子，使之成為一支訓練有素的戰鬥群體。「實驗」人有亞偉連津和我編入一采隊老吳屬下。

記得老吳第一次找我談話，一進門先遞一支官廳牌香煙，談話柔中帶剛不無鋒芒，我接過煙捲兒點著叼著，八個不含糊沒把他放眼裡。這之後「實驗」人除了把河西混混野

娃子打了之外沒記得惹什麼大禍，卻也從未買過老吳的帳，印象中與老吳的關係是於井水不犯河水之中漸漸達成了相互理解的……

1994年老吳一家到天津遊玩，文第礦友召集實驗和一中的河西人與老吳一聚。大家飲酒談笑，倍感親切。席間老吳喝得滿臉通紅，用筷子點著我和亞偉，湖北口音還那麼重，就連恨鐵不成鋼的語氣也沒有變：「王亞偉、姜德成，當年最媽個逼……最媽個逼搗蛋就是你們兩個，真……我跟你說真媽個逼操蛋啊……」

十　河西鐵礦的文化軼事

最早把文化引入山溝的人是礦友連津，不經意之中補充了「實驗」人因文革而受損的初、中級教育。那時幸虧連津的高段位半導體收音機（記得是五燈交流式的）把弟兄們的眼界從河東、河西引向更廣闊的空間。晚上，哥幾個常橫七豎八擠連津炕上聽收音機，隨連津播什麼就聽什麼。最受青睞的是文藝節目，當時的歌舞曲，像「草原女民兵」、「送糧路上」的旋律我全倒背如流。也聽外面的東西，記得住的有香港姚淑榮小姐的歌，另一首越南歌「九號公路大捷」是連津最喜歡的。有時播這首歌趕上我們不在場，連津會捧著收音機飛跑到我屋，把我從夢中喚醒。

亞偉提到唐詩，令我想到了連津與我之間的一段文化佳話。河東時借到一本《中國古代詩歌選》愛不釋手不捨得還，連津決定抄下來。以朱筆大字抄詩，藍筆小字抄注，整整齊齊謄在一精裝筆記本上，封面用鋼筆仿書法題寫書名，相當精美。我更喜歡連津的字，優美雅致，沒人相信出自十七歲礦工之手。後來，連津的興趣轉到了數學和物理，抄本一直保存在我手上，並隨我輾轉四川大學、南開大學……。

今年初回津為家父作九十大壽，於南開大學住所整理書籍，書櫥深處看到了這個寶貴的抄本。封面的墨色稍褪，仍然散發著山溝裡的書卷氣息。幾日後趕上邊珣憲光在重慶道一西餐館攢局兒，前河西鐵礦人一聚。來賓除「實驗」人外還有「一中」的文第、馬詩今和小寶。

當著眾人我把抄本鄭重交給了連津，記得我對連津說：「這個抄本我替你保存了三十五年，真不捨得還給你，但太珍貴了不能據為己有，當物歸原主。」

十一　太行體育精神

讀了文琴礦友的〈足球賽的熱衷〉來了興致，抽空寫幾筆。在河西時成天在礦坑裡勞作很辛苦，時不時玩玩兒體育，是因為幹活兒好像是單調的耐力訓練，精神上並不舒

展，只有在投身體育時才能真正體會到體能和精神的自由宣洩。那時覺得體育很奢侈。

先說說足球。河西鐵礦成立足球隊時，我能入選為守門員不是因為會踢，是因為不怕摔。後來比賽時魚躍救球動作居然無師自通，自己也直納悶兒。有明眼人提醒：魚躍撲球動作與飛身逮雞動作有神似之處。那時每月十二元五毫的工資不夠吃的，哥幾個會在公休日在河東附近的幾個村裡轉悠，買老鄉家得了雞瘟的病雞煮著吃，偶而也會瞅冷子伺機抓健康的雞。山野鄉村的雞，即使是家禽也很狂野，一撲抓不住便騰空而飛。一次在青煙寺村邊抓雞惹驚了雞群，一群雞呼嘯而起，飛行了足有幾里地出去，場面甚是壯麗……

河西礦曾有過三四次大型足球比賽，我只踢過一次，是河西對岩山的一場球。亞偉當時是河西隊隊長，踢得很亡命，還不允許別人不亡命。而河西隊的靈魂應該是老將郭榮。還記得有一次到岩山鐵礦踢客場，終場後岩山大春邀我一起飲茶，邊飲邊與兩隊隊友一起聊天說笑。那次輸贏記不得了，隊友歡聚的融洽氣氛卻清晰地保留在記憶中。多年後我入選為南開大學校隊守門員，踢了幾年，隊裡另一個守門員只有在我受傷時才有機會上場。

關於滑冰，哥幾個是因為偶然發現了固鎮水庫，才動了滑冰的興致。托了小學的朋友買兩雙冰鞋，幾個人開始在固鎮水庫和河東刀把兒坑練滑冰。等會滑一點了就開始自製冰球桿，每年春節回天津時就在水上公園打野球。1978

年進南開大學之後，第二年就入選校冰球隊。那時天津每年冬季有全市冰球聯賽，南大是強隊。我打了三年前鋒總是當板凳兒，又打了三年守門員，戴著鐵網面具穿得像狗熊在球門前上躥下跳。澳洲不凍冰，但墨爾本有人工冰場，場上滑得好的並不多，我每週日必滑一次。感覺是：在澳洲只有在冰場感覺不到種族歧視。

這幾項在河西培養的體育愛好和技巧，極大地豐富了我日後三十多年的生活。相信河西的經歷以不同的方式帶給我們每個人以終身的裨益，儘管那時很艱苦，每天都盼著早日離開「這個鬼地方」。

於墨爾本 Mitcham 寓所
2006 年 9 月

少年張建之死（紀傳小說）

　　人到了四十歲以後才逐漸不再對相識同齡人的死訊感到大驚小怪了，年齡使人逐漸習慣了被死亡的影子所追隨的情形，年齡越大這個影子就跟你越近，最後終於有一天它與你比肩並行了，而真到那時恐怕你已經對它非常適應，不再懼怕它了。張建死時十七歲，那時我才十五。張建的死訊當年確實震驚了我，因為他太平庸了，平庸到令人不相信他會在十七歲時死去。現在看來也正是因為他那時難以置信地突然死了，才牢固地保存在我的記憶中，如果他活到今天，我肯定早把他忘了。

一

　　仲秋時節的一個清爽的夜晚，我認識了張建。

　　那天晚上張建來到了我們大院，他穿一身藏藍卡嘰布中山裝，腳下穿一雙風靡一時的北京產黑條絨面布鞋，一頂藍呢子單帽隨隨便便扣在頭上。在那一刻我們都注意到了從他敞開的領口處刻意露出的襯在中山裝裡面的黑色呢子制服。這是一種當時頗為流行的標新立異的打扮，尤其在白樓地段，這種裝扮流露出對該地帶黑道傳統的叛逆和挑釁

意味。月光下，張建給我的最初印象竟有幾許剽悍冷酷的成份。

那時張建家剛剛搬到 H 河中游地段，離我們大院不遠。H 河稱得上是這座城市的靈魂，四條支流交匯而一由城西北注入城區，宛如一條巨蟒盤桓繞過城北的貧民區，沿老城以東悄然滑下，臨近老龍頭火車站時腰身矯健一抖，正西正東地打了兩個死折，在殖民時期修造的酷似滑鐵廬大橋的法國橋下優美地畫了一個「S」，而後筆直穿越城東南老租界地，一頭向渤海灣紮了下去。這個巨型「S」將西方殖民者在下段河道西岸修築的排列整齊的幾條著名大道齊頭切斷。我們大院和張建的家就處在這幾條大道最靠河沿兒一條上。

在我少年的記憶中，這條大道是城市的核心。這一記憶並非出自少年的狹隘，當年這座城市之所以能夠在西方殖民時期突然繁榮，完全仰賴了 H 河道的港口之利。大道的北端極盡奢華，集中著政府最重要的政治金融機構、華麗奢侈的銀行大廈和豪華的酒店，從殖民時期至今此路段一直是城市政治、金融核心。由此南向進入大道中段，則是著名的白樓商業區，一條縱橫幾百米長雲集著形形色色中小店鋪的丁字路段，在週末和節日吸引這大量人流，其繁忙嘈雜氣氛無休止地向四周傳播，一直到很遠的地方。

五、六十年代城東南 H 河道沿岸老租界地出生成長的一代少年兒童，無形無知地被某種業已死亡的文化殘餘所薰陶。當年殖民者留下千姿百態的西洋建築，橫七豎八，屍體

般堆積在此段河道西岸的大片地區，有如某種久已湮滅的古老文明物化凍結在那裡。就像古希臘的龐貝城，在華麗的演進之中突然凝固了。

這些西式建築年久失修，色彩盡褪，在陽光的照耀下毫無生機。雜蕪的庭園、骯髒污穢的迴廊已久失保養。寬廣空洞的門廳、佩有雕飾的硬木樓梯、裝飾有優美複雜頂線的天花板以及長年廢棄陰暗如洞穴入口般各式奢華的壁爐，揮發著腐朽破敗的氣息。置身這些建築如同進入巨型死亡生物的腔腔，能感覺出生命終結之後的冰冷。

河道沿岸新一代少年人未能直接目睹時代的激變，不能從文化凋敝的景象中感受到心靈震撼，因為他們無法據身邊的景物歷史地追索這一地區曾經有過的輝煌，如盲人在黑夜穿行墓地，無從由周圍冥冥氣息感知恐怖。對於少年們而言，身邊的一切都是與生俱在的生存背景。多年之後，直至他們年逾不惑，而西岸那種特有的景觀和與之相伴的情調悄然被另一種景觀和情調所取代時，他們才真正領悟到時代變遷的冷酷無情。

二

張建就在我們當中。

張建蒼白清瘦，眼睛細小無光，鼻翼和嘴唇的線條凌亂無序，整張面孔顯得單調猥瑣，缺乏流動變幻的開朗表

情。張建操一口夾雜天津口音的普通話，音色混濁還帶有尖利的鼻音。張建很少説話，也很少有機會説話，即使有話也講得語短聲輕，避免引起他人的注視。是到了後來我才漸漸看到張建的真實面貌，張建性格其實與那些成幫結夥流竄於各街區野蠻衝動的少年並非同類，與之交往時間越長，柔弱隨和的印象就越明確無誤。在那個動亂的年代這樣性格的少年不會為任何恃強凌弱的團夥所接納，他之所以有機會進入我們大院，因為他是道利帶來的人。

道利對我們説：「你們幾個人給我點兒面子，以後多和張建一起玩。」

道利氣度非凡，身形舒展優美，肩臂剛健柔韌，眼睛閃爍著智慧。即使在現在，三十多年來我曾在亞洲三所著名大學長年學習工作，並且拿到了所有級別的學位之後，我還是在少年道利的非凡才智面前由衷地甘拜下風，並且從未想過要挑戰這一鐵定事實。少年道利當年以其超凡脱俗的個性無法估量地影響了大院裡一代孩子們的成長。

那時道利與白樓鄰近三區幾所中學中赫赫有名的人物都有密切交往。有時道利召集來自河東岸幾所中學的穿著彈力衫瘦褲、留著背頭的流氓玩鬧在大院假山中間的空地上開場子摔跤。來自河道西邊地區穿著將校呢軍裝，跨著蹭亮的輕便自行車的高幹子弟也常來大院找道利玩，他們出自幾所本市重點中學，這些學校的前身都是殖民時代的貴族中學。這些人有時抽著煙在大院裡喧嚷叫罵，有時低聲唱樣板戲和

外國民歌。而更多的時候道利是和同樣來自西岸資本家和高級知識份子家庭的子弟，戴眼鏡的白臉兒書生們，聚在家裡高談闊論，這樣的場面最令我神往。

然而，道利放浪形骸無拘無束的性情掩蓋了他性格深處的敏感和脆弱，他不幸趕上了扼殺個性和天才的年代。他曾強烈地感染著周圍的人，而自己卻像圖格涅夫筆下的羅亭，在自我內心世界的搏鬥中消耗殆盡。道利後來去了山西，在那裡他的精神和體魄都被重創了。我常常歎息道利這樣敏感多思、才優氣盈的一代少年精英生而不能逢時，被這庸俗單調的時代無情埋沒了。道利活到了今天，清臞骨立，與世隔絕，凜凜然凝神於自我精神境界之中。

那一段時間在大院裡常看見道利手搭在張建肩上，像有意模仿當年蘇聯電影裡列寧和史達林的神態姿式，親切地散步談話。道利比張建高出將近兩頭，兩人體態風度有強烈反差對比。我的記憶清楚地錄製了這個詼諧的親熱場景，而他們的友誼的依據至今仍令我百思不得其解。

出自對道利的尊重我們接納了張建，並且作得非常夠意思。可是印象中張建始終是個進入我們大院主流生活的外人。沒錯，張建就在我們當中，卻總像在局外什麼地方聚精會神地注視著我們，像水族館裡隔著玻璃和水觀看海洋動物。

我記得那天更晚些時候，我們在安靜荒涼的街區中穿行，經過圍著矮牆的各款西式建築，順著大道向南往張建家

行進。不記得那次去張建家有什麼特殊原因，可能是由於無聊而興起的聚眾散步而已。

張建家與另外數家合住一座低矮陳舊的歐式建築，南去我們大院只有電車兩站多地的行程，那個地區的建築風格和規模已有所不同，也許已經越出了英租界進入德意租界地了。據張建家建築的規格來看，那個殖民時期的原房主不是什麼顯赫的人家。我們七八個人叼著香煙，聚在建築前面庭院中一小片空地上談話，周圍沿三面低矮的院牆厚厚地盤結著灌木和藤蔓，黑暗中泛著怪色，像一群蜷伏的幽靈在微風中抖動。面對庭院的七八個陳舊而工藝煩瑣的窗戶傾瀉出幽暗的燈光，偶爾有窗葉上還保留著一兩塊兒當年的彩色玻璃，照映出暗紅、深藍和紫色的光。黑夜使這些在白天形同僵死的建築復蘇，散發出優雅的迷幻氣息，不屈不撓地追溯著殖民時代的榮華。

昏暗的燈光下張建告訴我們，他家搬來時房間裡一片狼藉，前住戶扔下胡亂堆在地板上沒腳踝深的一屋書籍，他視為寶藏，每天都在花很多時間閱讀整理。張建因搬家而意外獲得的書籍當時曾引起我的特殊興趣，張建自有充分的理由沒向我們展示這批書，所以至今我也無從全面推測這批書的種類。但後來我們都明確知道，是這批書改變了張建的生命，使原本注定貧乏庸俗的人生在人們的記憶中變得簡潔精彩。

在咖啡頂樓聊天

三

　　那樣的年代，少年張建居然得天獨厚擁有足夠的書籍可閱讀。

　　那是個蔑視智慧和修養的年代，書被視為毒素的傳播媒體。當時文學讀物只有三、四種被允許閱讀，有限幾個故事內容僅涉及到了一位為制服驚馬被火車撞死的士兵、一位當代農民村長和內戰時期重慶監獄中一群政治犯。數億人被集體強制閱讀當代領袖的一套四卷本的文集，記得文集中收錄的文章有二十年代中國南方某地區農村社會調查報告，和各個時期黨政會議上的講演稿等內容。許多年之後，當人們在足夠距離之外回首那段荒唐的歲月，能夠以一種調侃的心態重讀那段歷史時，有人曾這樣形容那個時期的精神文化生活：是繼六十年代初全國集體減肥運動——節糧度荒之後所進行的全民精神文化缺氧訓練。

　　我一向不同意閱讀的目的主要是為了獲得資訊和增長知識這一說法，絕大多數的閱讀其實只表現為一種生活習慣，我對這種習慣的理解是：出自一種不斷讓靈魂接受觸摸的需要。這都是後來的體會，少年時並不知道這些。大院的少年們當時真正熱衷的事情當然不是閱讀，而是少年團夥之間的械鬥。大院少年們和張建相處密切的那段時期正是對外鬥毆最頻繁的時期，也是張建專心閱讀那些意外收穫的書籍的時期。

我們大院座落在白樓商業區丁字路段的上端，在密匝匝胡同海洋中猶如一座孤島。而白樓商業區地處於沿河三區交界，是各流氓幫派激烈爭奪的黃金地盤。當時各勢力較大的幫派都豢養著專在鬧市中偷竊錢包的扒手，行話稱這種小偷為「白錢」，他們的營生被稱為「挑皮子」。用現在的話講這是黑社會的「生意」。白樓的繁榮熱鬧提供了「挑皮子」的最佳條件，因而這一地區聚集著本城最優秀的「白錢」，也流傳著許多技藝超群的神偷們的傳奇故事。大院裡的少年們不屑作這種營生，鮮與此道人為伍，但也因偶然機會不遠不近地認識過一兩個。其中一個在白樓地區聲名顯赫，曾當眾表演，用食指和中指閃電般從一個被緊緊捂住的上衣口袋中扯斷一張嶄新的紙幣。

白樓地段的這一豐饒資源使各幫派勢力眼紅，地盤的爭奪險惡，但不論多麼強大的少年幫派勢力都無法持久把握這一地段。大院少年們介入白樓地區團夥械鬥事件不是為了挑皮子生意，而是喜歡這類活動帶來的刺激。少年們的父輩多是冀中冀南地區進城的八路，血液裡繼承了父輩的基因。彼時八路們統統被關押進了五七幹校的牛棚，兒子們恰恰長到了好鬥的年齡，時代雖然剝奪了他們在校園學習基礎知識的機會，卻為他們贏得了充分的宣洩野性本能的自由。三十五年後我在澳洲墨爾本觀看澳式橄欖球比賽，澳洲青少年球迷的瘋狂表現補充了我對當年大院少年們的這種熱衷的理解。

大院少年們當年團夥鬥毆的活動區域並不廣闊。河道東岸的舊俄租界地幾乎是禁區，雖然只隔著一條河，但對那裡青少年團夥的打扮和口音感到陌生，有不安全感。河道下游方向也難縱深，最多南去四、五站地到田莊一帶原德、意租界地，再往南則景色荒涼，感覺心虛。少年們主要活動範圍是在 H 河以西原屬英、日租界地的一片地區，大院所有人都在這一帶的中小學上學，熟悉這一代地形和少年幫派勢力，所以視此地帶為管屬地盤。

對當年的少年們來說，團夥械鬥好像是一劑召喚野蠻獸性的藥引，因為社會、學校灌輸了太多的非發自人性本能的愛憎，所有關於愛和恨的表達都是從眾虛假的。少年們能從團夥毆鬥中體會到人性中某些真實情感順暢釋放的快感，而且在少年們的意識中鬥毆也是表現勇敢和忠於友情的機會，像球員盤帶入禁區射門的機遇一樣寶貴。對許多那個時代的人來說，這種惡性少年犯罪行為恰恰是記憶中塗在單調灰暗的少年生活畫卷上的斑斕色彩，遠比學校組織開展的聲勢浩大的各類政治活動更值得回味。三十多年之後，當年大院的少年們都已年過不惑，在社會中扮演了中堅角色，他們當中有本市重點醫院的主治醫師，有浪漫的詩人和海外歸來的博士，有市政府部門的要員和城防衛戍部隊的現役軍官等等。大家重逢相聚，喝了酒還會津津樂道於當年少年團夥械鬥的故事。偶爾還臉紅脖子粗地為某事件某是否在場某作何表現之類的細節爭執不休。

但是，從沒有人提到過張建，彷彿根本不存在這個人。而我記的非常清楚，幾乎每次大院少年介入的團夥械鬥事件張建都在場。

　　確實，張建每次都在場，但是從未真正捲入任何一次團夥鬥毆裡來，換句話就是從未動過手。原因很簡單，是膽小。他甚至承受不了雙方開打之前的盤道程式和僵持局面，他會在這時刻早早出現生理反應，面色蒼白出虛汗，腿也開始抖動。所以每次都只作了精神上全力以赴的旁觀著。既然不參加行動，就不必在員警趕到時跟著一塊瘋狂逃竄，自然也無資格在事後與大家分享感受。我不記得有誰在這類事情上公開指責或羞辱過張建，少年們的意識中這很正常，他不屬於這項活動。道利有一次專門替張建作過解釋說他每次沒動手都是因為太緊張，為此他本人也非常痛苦。道利還說過張建曾上百次幻想如何在械鬥中作出卓越表現挽回敗局，從而贏得整個大院的敬佩。聽這話大家莫名其妙，他幹嘛這麼想？沒人指望過他啊。

　　雖然不能肯定但我還是堅持這一推測，膽小也許不是張建的唯一障礙，他是把這種團夥械鬥活動神聖化了，視同為舞臺上的藝術表演。他自知沒有力量和才能去操作，一旦表現不佳，出了自己的醜還怕玷污了這項演藝的莊嚴感。他是怕承受更大的羞辱而接受了膽小怕事的名聲。

　　無需憑借確鑿的記憶，我的想像自會有根有據地重塑張建那張因恐懼而蒼白的臉和因受到鄙視而痛苦的表情。雖

然完全記不起具體的實例，但我確信當年少年們不懂事，不會隱藏輕蔑的表情，無意識照顧他人的忌諱，因而在這件事情上持久地嚴重傷害著張建的自尊。

四

有一天少年們聚在大院號房裡聊天，道利帶來一個關於張建的新聞。

「號房」一詞是傳達室的舊稱，因傳達室叫著繞嘴不知哪位歪打正著地用了這個詞兒代替，而且叫響了。在寒冷的冬季，大院的號房是少年們的集散地，有時也是少年們與河西岸地區其他中學少年團夥聚會的場所。我們號房看門大爺姓趙，非常隨和，聽任不懂事的少年們在號房裡抽煙和胡打亂鬧。有時少年們在號房聊膩了會作一些遊戲，道利通常是組織者。記得有一種遊戲叫「對電影」，玩法是把在場的人分成兩撥，一撥一個對著說相同字數的電影名字，不能重復已經說過的，哪邊先沒詞兒就算輸了。一次對四個字的電影名字，對到最後雙方都沒詞兒了，全啃著指甲搜腸刮肚苦思冥想，場子晾了許久沒人作聲。半閉著眼睛似在打盹兒的趙大爺打破沉寂突然說出一個老片名：「月宮寶盒」。少年們受寵若驚般一齊鼓掌哄笑，一輩子都忘不掉了這個從沒看過的電影名兒。

這天道利鄭重地環視了大家然後說：「知道嗎？張建在寫小說了。」

在場的人先是沒聽懂的樣子眼睛斜視著房梁笑得乾癟，片刻收回眼神兒將笑容尷尬地凝結在臉上。顯然遠遠超越了想像力，少年們對此毫無思想準備，沒人知道該作何反應。道利接著告訴大家說張建寫書已經有一段時間了，還透露了一些有關這本創作中小說的內容，這些我現在已經記不起來了。只記得道利後來說張建的寫作進行的並不順利，沒寫多少頁紙就已經出現了二十多次「東方微微出現魚肚白色」了。少年們齊聲迸發出幸災樂禍的爆笑，一邊叫著：「這個貨啊！」

少年張建的寫作自然沒留下什麼有形的結果，但自那時直到張建死後很多年我還常偶爾想到這件事。顯然與那批書有密切關係！這是當時大家一致的看法。書讀多了，事兒知道的就多了。但寫書不一樣啊，哥們兒！寫書那是作家的活兒，你書讀的再多還是沒戲。少年們的思維方式自有其邏輯。

沒人逼我在人到中年之後還對少年張建的寫作進行心裡分析，可我還是作了。我把張建的寫作理解為一種自我身份特徵的強行建立與彰顯，光佔有一批豐富的故事來源還不夠，還需一個更為明確的獨我的東西。寫作行為一經發生便如一輪光環加身，內心某種意識開始強硬崛起，與潛伏著的自卑相抗衡。張建想通過這一行為昂揚宣佈：他也同樣有資

格蔑視其他人了。寫到這我心裡充滿對少年張建的同情，讀了書卻不幸沒能掙脫心靈上的桎梏。張建，你知道嗎，自卑來自於自我的內心，與外界無關。道理簡單吧？我曾多少次捫心自問：包括我自己在內有多少人窮一生的生活體驗能夠真正澈悟這個道理而不卑不亢坦然活在這個世界上呢？

另一個常常在我腦海中纏繞的懸想是有關於張建小說裡的故事內容。道利說過其中多次出現了「東方微微出現魚肚白色」，有時在深夜設想張建小說的故事能令我毛骨悚然。究竟是什麼樣的故事反覆發生在黎明前夜？確切地說張建故事中有二十多個事件發生在黎明前的黑暗中！

那些都是什麼？我不得而知……

<h1 style="text-align:center">五</h1>

張建有幸，也許不幸，沒在 1968-69 年間上山下鄉，因為是獨生子而留了城，進了河道東岸一家很有規模的針織廠當了機械維修工人。

記得那段時期，我們總是成幫結夥到老龍頭火車站送上山下鄉的人，有時是去送大院裡的夥伴和學校同學，有時只是陪別人送，並不認識被送的人。到了火車站總會碰上相識的其他少年團夥中的什麼人，於是火車站送人成為當時一項少年社交活動。同時期大院裡也不斷有人陸陸續續奔赴各邊疆農村地區，去的地方有黑龍江、內蒙、雲南、山西、陝

北等地。人一撥一撥地走了，大院變得越來越冷清了。留下等待分配的人都像酒席上還沒喝醉的食者，於一桌熱情豪邁的醉鬼之中感到格外孤獨，企盼自己也盡快達到與眾人一致的境界。

人的命運在這一時期顯得特別飄忽不定。那時像黑龍江、內蒙、陝北、山西之類的地名對少年們來說沒有什麼區別，只意味著一個去向，而何去何從往往就發生在一念之差間。人們對未來的生活沒有選擇，而少年們並不在意對未來是否有選擇。

就在這風雨飄搖人心惶惶的日子裡，張建出事了！

一天晚上有人把消息帶到號房說：「張建犯事兒進去了！」他能犯什麼事兒？大家笑著打岔。「不是打架也不是盜竊，是花兒案！」所有人都吃了一驚，回過味兒來一邊用食指嗒嗒地彈著煙灰，一邊一致搖頭認為不可能。來人帶來兩種說法：一說是張建與女流氓鬼混。大家說以他的長相風度沒機會犯這種事兒，說另一種。另一說是張建調戲了鄰居女孩，更極端的說法是把人家女孩給「辦了」。對此大家更是不以為然，因為他沒這個膽兒。

關於張建犯的事兒，我對後來道利帶來的說法一下子就認可了。不僅因為道利與張建的關係密切消息來源可靠，還因為道利講的故事合乎情理。道利的故事是：張建鄰居家有個漂亮女兒，是某某中學的，張建久已喜歡但從未敢搭話。後來鄰家女得知張建整日讀書寫作，引起好奇和敬佩，

於是兩人就熟了起來。鄰家女非常喜歡聽張建講故事，當然都是從書中讀來的，其中有許多愛情故事，也是從書裡讀來的。後來鄰家女讓張建親了她，還讓他撫摸了她的身體。結果他們的事被女孩的家長發現了，在房間裡堵到他們時兩人還沒來得及穿好衣服。

因為明瞭這一代少年人的飢渴，所以我相信這個故事情節的真實性。那一代少年人生活中太缺少與人性相吻合的真實故事了，他們渴望某種與生機勃勃的肉體有直接關係的情感，他們渴望被與這類情感有關的故事情節所感動……

剛進中學的時候，有個叫王星的同學想與我作朋友，主動借給我一本書名是《鋼鐵是怎樣煉成的》的蘇聯小說。書自然是「禁書」，是繁體豎排字版本，首頁有作者穿軍裝的油畫肖像，紙張已經發黃了。才讀了頭幾頁我就意識到此書的價值，決定據為己有不還他了。後來王星隨家下放去了農村，臨行見書歸無望便大度地說：「那本書就送給你了。」多少年來凡憶及此奪人愛之醜每每感到羞恥，幻想有一天發了財一定於茫茫人海中找出王星重謝他，讓他知道我因辜負了他的友情多年來耿耿於懷的懺悔。也曾寬慰地想到如若王星有知書中主人公保爾與幾個女人的戀情曾如何令我陶醉迷戀，想必會寬恕我的。

深夜監獄裡，保爾被同牢的姑娘緊緊擁抱著。「聽著，到了明天這幫哥薩克士兵就會糟蹋我，」姑娘熱切地說：「親

愛的，把我的處女寶拿去吧！」⋯⋯第二天哥薩克把姑娘押
走了，臨出牢房門姑娘回眸凝視保爾，目光充滿幽怨⋯⋯

在冬尼婭的房間裡，保爾與冬尼婭緊緊擁抱著低
語⋯⋯保爾嗅著冬尼婭身體芬芳氣息⋯⋯當手臂無意中觸
碰到心愛的人的胸脯時⋯⋯

全蘇維埃共青團代表大會上，保爾遇到曾深深相愛的
戀人麗達，他們因誤解而失之交臂⋯⋯她從保爾眼中探到
了痛楚，溫柔撫摸他的臂膀，但是她馬上意識到這種安慰已
經沒有意義了，站在面前的保爾成熟堅強，已非昔日那個莽
撞衝動的毛頭小夥子了⋯⋯

在那個年代，僅讀到保爾同牢姑娘的那個「幽怨眼
神」，就足令我去重新理解整個世界！我據此接受道利關於
張建與鄰家女故事的版本，我相信把任何當時的禁書中的愛
情故事講給那個年代的少男少女，無論口才多麼拙劣也能深
深打動他們。後來發生的細節不用道利描述我也能知道得非
常具體：鄰家女被張建講的故事迷住了，她無意識把感受到
的美麗陶醉移情於故事的傳播者。她流著感動的眼淚對張建
說：「你知道嗎？可是你不可能知道，你已經怎樣地改變了
我⋯⋯」

張建以流氓罪被公安分局收審，經一系列審訊調查後
作出的處理是把張建關進當時遍佈各區的流氓壞分子學習班
拘留改造三個星期。學習班裡的「犯人」都是構不成判刑罪
的失足青少年，當時能進學習班在少年們的心目中卻算是一

種資歷，不少赫赫有名的人物都是因為進了學習班後一夜之間廣為人知了。但張建犯的是「花兒案」，進學習班只會帶來屈辱。學習班上「犯人」每天要作的一項重要功課是重述「犯罪」過程，接受批判。在這裡「花兒案」犯最受鄙視，同室「犯人」常逼著張建一遍又一遍添枝加葉的描述事情過程，如果不夠色情就粗暴地毆打他，直到滿足了方才一通狂笑而罷休。不用具體資料佐證我們也能判斷出這三個星期的學習經歷以及社會、家庭對此事的殘酷回應給張建造成怎樣的內創。

寫到這裡，我憶起了當礦工時認識的一位文質彬彬的少年秦明明。那年我們都十六歲，剛從城市來到太行山區不久。秦明明因在山路上「調戲」當地農家少女而在全營被開會公判。在村前的打穀場上，面對全營男女礦工秦明明低著頭唸自己寫的批判稿：「我見這女的長得挺可愛的，於是我就，我就控制不住自己了……我就……」他低著頭停頓了，全營男女盯著他軍用棉帽頂上的十字接縫，鴉雀無聲，饑渴著等待下面的故事情節。秦明明的聲音輕得幾乎聽不見了：「我就……我就……親了她一口……」近兩千青年礦工從肺腑深處擠壓出神經質的哄笑，空氣在顫抖……。是到了後來我才真正品味出這種狂笑的真實含意，是一種被長期壓抑的熾烈情欲的放泄。

批判會後，我曾在路上迎面碰見過秦明明，他由兩個營部指派的人押著。可能我露出了鄙夷表情，他臉色蒼白慚

愧地垂下眼睛。事實上當時我心存僥幸，因為自知不比他高尚。全營一千五百多十六、七歲的男礦工都俱備與秦明明相同的慾望動機，都有可能站在那天秦明明的位置上，只是具體事情讓秦明明趕上了而已。後來秦明明在礦區毫無尊嚴地苟且度過了四年多，足以葬送他了一生的自信。

張建出事後開始躲著我們，不再到大院來了。我們感覺彷彿受了他的愚弄而對他產生了莫名厭惡，似乎他自此就永遠欠了我們。後來仔細回味當年因這件事引起對張建的憎惡其實極其空洞貧乏，缺乏實質性內容，張建並沒做傷害我們的事情。然而對張建「調戲」鄰家少女的事件引發出的聯想卻相當具體，由此還伴隨著因意識到是下流想像而蒙受的羞恥和受驚的感覺。

六

此事過後，又有一件張建的事風聞言傳到大院來了，這回的故事才使少年們感覺到真正的受驚。

我只記得我們毫無選擇地接受了這個故事的真實性，因為它的情節遠遠超出了當時少年們造謠的最高水準，這樣的故事即使是最善於惡作劇的壞蛋也編造不出來，因為它超越了具體的生活經驗，有悖於思維定式。

說張建從學習班出來後，回針織廠繼續上班。廠裡各級領導沒把張建犯的事兒太當回事，畢竟工廠不同於學校，

是用一種成年人的標準來衡量人和事，因此張建照樣回車間作他的機械維修工。但張建犯的事兒卻引發工人們極大的熱情，那個時代生活太單調乏味了。張建出來之前「青工戲鄰女」的傳奇早在廠裡傳播蔓延，而且越傳越色情。等張建重新上班的時候，他自己還不知道已經被演繹成老練的情場高手和猥褻少女的色狼了。

張建負責一個很大的縫紉車間的機械維修保養，有二百多女工在這個車間裡砸縫紉機做棉毛棉絨衣服。全車間只有兩個維修工是男人，張建和他師傅，一個快退休的六十多歲老頭。張建回廠上班那天全車間女工好像提前發了工資似的興奮，奔相走告：「這小子來了！」連其他車間的女工也都輪番跑來看。正經的女人對張建嗤之以鼻扭臉就走，有幾個身高馬大放蕩的娘兒們開始對張建挑逗，最初只是語言挑逗後來發展到動手動腳了，捏一下臉蛋子或拍一下屁股之類的，全車間女人大笑，反正這小子也不是什麼好東西，都覺得很開心解氣。

開始張建一概不理，低頭幹活，後來實在不能忍受了就說「事情並不像你們想像的那樣」「請你們自愛點」之類的話。幾個女人圍上來笑著說：嘿，流氓還配說自愛？有一個說：你才多大就幹這種事，老娘看你發育全了嗎。說著哈哈笑著伸手朝張建襠下抓了一把。張建當時臉兒白了，沒來得及想掄圓了一個巴掌搧過去，對方臉上立刻起了巴掌印。一夥女人全楞了，連張建自己也愣了。醒過味兒來之後這幫

女人尖叫著撲上來，一邊喊：看看他是個什麼壞東西。一幫人把身材瘦小的張建壓在身下三把兩下把他褲子就給拽了下來，揪著那東西喊：快來看這個壞根兒呦！全車間女工尖聲笑著呼啦全圍上來看。這幾個女人還不算完，找來一把黃油槍從後面插進張建身體裡打黃油，說：讓這小子也嚐嚐害人家閨女的滋味……

　　我發誓在轉述這個故事原型時絕無摻入任何想像成份，而且儘量剪去枝節力求簡煉完整。事情如何收的場實在記不清了，記得最後還是張建調換了單位，去了一家社辦小廠。

　　這個故事情節帶有猛烈的顛覆性，阻止你冷靜地體會乍一聽到這個故事時的強烈感受，尤其是追憶一群自以為了得的少年乍聽到這個故事時的強烈感受，你無法通過完整的分析思考去複製少年們當時的強烈感受。你除了知道那個感受相當強烈之外一無所獲。有一點我能把握的是在所有有關這個故事帶來的影響和震撼中張建的遭遇是極其次要的。或者說體會這個故事情節時你的感受被情節中色情暴力所刺激，集中於在色情中體會暴力的宣洩，或在暴力中體會色情的宣洩，張建個人的感受完全被忽略了。可是話說回來，又有誰在什麼時候什麼事情上曾經在意過張建的感受呢？

　　事隔三十五年了，直到今天我還不知道在講述完這個故事之後應該說些什麼，或說些什麼才恰當、才合乎情理。

七

又是一個秋天的日子，大院裡的柳樹楊樹和椿樹已經
禿了，假山間的土地上厚實地鋪滿了一層黃葉，院裡三座灰
色英式建築像落潮以後的礁石凸顯在人們的視線裡。記憶中
一個如節日般熱鬧的日子裡我又一次在大院裡見到了張建。

河沿碼頭不知哪個倉庫養的兩條大狗來到了大院，在
假山間搖尾徜徉，熱烈地嗅著落葉覆蓋的土壤，少年們發現
立刻關閉大門歇斯底里呼號著抄傢伙圍追。兩只巨犬驚了，
它們可能從未見過如此瘋狂敏捷的人類。一只盲目跑進四號
樓在走廊磨石地面上滑得打滾，然後竄進一家廚房，撞破鐵
網門進了小後院絕望地匍匐在臺階下的死角裡。有人從臺階
上面用鈍器猛擊狗頭，這猛獸昂頭狂吠，張牙迎擊，金屬打
擊在獠牙上迸出火星…… 另一只到天黑時才從木頭堆裡找
到，少年們奮勇忘我地搬移開一層層木頭，狗卡在木堆中，
手電光下幾條金屬鈍器同時猛擊，狗向前猛一衝，手電筒掉
在地上突然一片漆黑沒了視覺，少年四散驚逃，有人竄得太
遠甚至把遠距離看熱鬧的大院女孩們都嚇著了……

晚上，六號樓前燃起篝火，兩條狗被吊在棗樹上剝了
皮，肉骨切成了大塊放進從各家湊來的幾口大鍋裡用涼水泡
上了，而兩個狗頭就整夜懸吊在棗樹上，直到轉天清晨才被
趙大爺連同狗皮一起埋在樹下。

捷斯敦大街

第二天，少年們在八號樓頂閣樓上用幾塊舖板搭成臨時餐桌，滿滿當當擺滿了幾大鍋用水加醬油鹽煮熟的狗肉和盛滿生啤酒的鍋碗瓢勺各類器皿。那天河道西岸幾所中學的少年團夥都有人來，至少有幾十人次參加了那個類似慶典的盛宴。我就讀的中學來了一夥少年，是我從小學到中學的同學，父輩都是當年一同進城接管這座城市時睡上下舖的戰友。喧囂的盛宴持續了多半天，直到下午各路團夥才陸續散去。

張建是傍晚才到的，顯然是有意借盛宴的熱鬧氣氛露面以淡化因疏隔而產生的突兀感，當然他還是和道利在一起。記憶中與張建見面的情景和白天的熱鬧盛況格格不入，就像在同一天裡看過的兩個格調迥異的影片。

張建看上去好像長高了壯了一點，臉色也有了一些紅潤，絲毫看不出精神和肉體上受到重創的跡象。大家問：最近怎麼個好法兒啊？張建回答：行，還行。並分別衝每個人點頭眨眼微笑，自然流暢毫無靦腆。在六號樓側的藤蘿架下我們與張建一起抽煙聊天，氣氛拘謹。那天誰也沒問到他出的那些事兒，甚至連參加學習班這種臉上貼金的事也沒人提起，就像什麼都沒曾發生過一樣。其間大院的一個少年與外面團夥的另一個少年一人一句遞碴子，說得並不高明，大家還是積極迎合著拾樂子，但拘謹的氣氛始終沒被打破。

那天張建給我的感覺好像是成熟老練了許多，顯得充實有份量。可能張建的本來面目一直就是這樣，同樣的作

派、言談和表情，只是由於我們為他確立了一個卑下猥瑣的模式在前，然後盲目據此曲解誤讀他的真實形像所俱備的應有素質。而今他成了我們關注的中心，或者說他被我們平起平坐看待時，他形像的其他側面才充分展現了出來，變得完整豐滿。

我得承認是因為張建在場我們都有些拘束，那天傍晚在我們心目中他絕對是個人物。

<h1 style="text-align:center">八</h1>

道利突然向我們宣佈：「張建自殺了！」

這時已是盛宴之後沒見到張建有一段時間了。道利當時說話時表情帶著笑容，彷彿只是以此來觀察他人受驚程度而他本人則超然於事外似的。但我於驚悸之餘注意到了他的表情，解讀出了他的笑容，分明是個猙獰的笑容，連眼睛閃爍的光也瘋狂。我理解張建的死帶給道利精神上的衝擊比任何人都來得猛烈。

現在我不僅能回憶起少年們聽到死訊時的巨大震撼，還能回味起某種對張建這種嶄新壯麗的存在形式的一種酸溜溜的感覺。與此相比，我們在河道西岸地段製造的所有轟轟烈烈的「事件」都狗屁不是了。

那天道利沒有告訴我們有關張建自殺的任何細節，因為他自己也不知道。是我在那天後的一段時間兀自對張建自

殺產生過許多幻想。當時的想像固執地告訴我，張建自殺的執行地點應該是在H河中段我們熟悉的這片地區，而發生時間非「東方微微出現魚肚白色」之時莫屬。

說那天，從傍晚到深夜張建一直沿著河沿兒窄道獨自徘徊在法國橋畔、大光明影院渡口和田莊渡口之間，這一段河床早在殖民時期已經被鋼筋和混凝土嚴嚴實實地箍了起來。張建呼吸著濕潤的空氣，靜靜地聽著河水溫柔地拍打著堤牆和渡輪汽笛的聲聲悠長歎息。最後，張建避開了燈火通明的法國橋畔和大光明影院渡口來到了田莊渡口碼頭，這時渡船已經收工了，碼頭顯得荒涼。張建脫掉衣服走下河岸張開了雙臂，H河如母親擁抱了他，那時河水還不混濁還是青綠色的。

……

等我們逐漸適應了張建的死亡狀態之後，我就像作拼圖板一樣逐步將來自各個管道的零散傳聞拼湊取捨，最終顯現出了張建自殺情況的完整輪廓。張建是死在雲南，他是在經歷了長時間獨自週遊跋涉之後，在一個荒僻山區的火車小站附近臥軌自殺的。

張建當時南下遊盪，鬼使神差地來到西南邊陲漢族與少數民族混居地區，沒人知道他的旅途經歷，也沒人知道他為什麼選擇這個地方作為生命的歸途。在一個看似設在山腰下的公共廁所似的小站，張建下了火車，此後就幽靈般在附近幾個村莊飄遊。有時他在當地農民老鄉家吃點東西或住一

晚，有時就睡在村前的露天戲臺上。大部份時間張建都是呆在鐵道邊上，他常常躺在鐵軌上，頭枕著一根鐵軌雙腿搭在另一根鐵軌上，有時還會這樣躺著躺著睡著了。村民們以為他是附近地區插隊落戶的知青，沒人關注他的行蹤。張建就這樣在那兒飄了一個來月，直到那一天……

據火車司機回憶，當他看到有人橫臥鐵軌時立刻緊急剎車，並鳴了笛。「這麼近看見他再剎車絕對來不及了，除非他自己迅速躲開。」他清楚地看見這個臥軌的人在火車非常接近時突然慌張地爬起來想躲開，但沒時間了，晚了一秒鐘，他被車頭撞擊失去平衡，也正因為他這一躲車頭並沒有撞擊在身體的主軀幹上，可能撞在了腿上，並非致命一擊，火車司機如是說。

但是撞擊後張建的身體騰空，在車頭的側面彷彿被什麼東西掛住了一下，即而被強烈的渦流捲入車輪。奔馳的火車像一頭猛獸被土塊草團之類的小障礙物輕微絆了一下，並不減速，只是懊惱地把它一腳踢開，張建的身體旋即被車輪甩了出去。司機在疾風呼嘯和尖利的剎車聲中似乎還是感覺到了輕微的顛簸，他的印象中張建的身體是被撕成碎塊散開著甩出去的……

沒有人能切身體驗被火車撞擊時的感覺，因為真正強烈的能量釋放所產生的力量遠遠超越了人類神經系統的脆弱感覺，人的感覺根本無法體驗這類力量的打擊，你會在這種力量真正施加於身之前早早昏厥過去了……鮮血塗在車輪

上，也斑斑斕斕灑在基石和枕木上。張建的身體躺在距路基十多米遠處，一條胳膊和一條腿的殘段分別扔在不同方向的更遠處。

火車喘息著停下，人們跑下車，把張建的身體和殘肢收集在一付擔架上，擔架很快就被染紅了。軀幹保持著溫暖柔軟，而兩節殘肢很快就冷卻下來了。車上的人議論紛紛推測這個自絕人民的人是什麼人？從哪來？到哪去？那個年代種情況太普遍了，沒人太認真。乘客們只是輕蔑地説：年青青的想不開死什麼？沒勁。

後來張建醒過來了。據當時在場者回憶，張建醒來後發出的第一聲是嘶啞哀求：「我想活……我不想死了！你們救救我吧！」人們把張建抬到車上為他作簡單綁紮止血，鮮血在人們腳下沾來沾去，整節車廂遍地都是滑膩膩的。

火車又開了，張建傾餘生不停息嘶啞哀叫：「我想活！你們快救救我吧！救救我吧……」儘管聲音越來越微弱，但始終不停下來，彷彿這樣作就可以留住遊絲般的生命氣息……。火車到達下一個較大一點的縣城車站之前，張建死了。

……

許多年了，我找不到任何解釋可以使張建的自殺聽上去合乎邏輯一些，那個時代，也許根本就不存在什麼合乎邏輯的東西。也許應該歸因於那個時代的理想主義政治宣傳，也許是從那批書籍中閱讀到的無數浪漫死亡感染了他。政治

常把某些死亡歌頌得凝重偉大，因為政治需要結草銜環的臣子和慷慨赴死的鬥士，而文學有時又把死亡渲染得太浪漫動人，因為文學需要癡迷的讀者。也許像當年寫作一樣，張建只想以此舉結束生命中的那種擺脫不掉的平庸狀態，去刺激那些曾經無視和小覷過他的人們，迫使他們從此對他另眼看待。

生命只是過程，只有在過程之中才有意義。是兩千多年前的一位先哲，好像莊子，曾以極其輕蔑口吻談到一種朝生暮死的低級生物，用以襯托另一種偉大生命的存在價值。但是，若參照以不同的時空背景，任何生命何嘗不是朝生暮死的呢？以你一個朝生暮死的生命提前幾刻的死亡去感動其他一批朝生暮死苟延殘喘的生命，你的死和他人對你的死的感撼有什麼意義？

也許生也無意義，只是一種本能。人的悲劇只在於有思想，固執地去解析生與死的意義。無論如何，當無情的車輪碾來把肢體撕開拋向空中的那一刻方才領悟生與死的真諦，方才明白有關對生與死意義領悟之本身其實也無意義……是不是已經太晚了？

張建，關於這個只有你有資格告訴我們大家……

尾聲

張建死後不久道利去了山西，他聽說插隊的那個公社小麥畝產九十來斤兒，竟然還是全縣的一面紅旗。又過了幾個月，我和大院裡的另外幾個少年結伴去了太行山脈的一個鐵礦區，算是大院裡最後一批上山下鄉的了。

若干年過去了，等我們各自飽嚐人生坎坷經歷之後再回來時，發現大院的院牆已被拆除了，樹木假山也全被砍伐運走了，空地上蓋起了一座六層居民樓。再後來大院的老八路都離了休，搬到城市西南郊為離休幹部新建立的綠化小區，這時香港一個大財團買斷了白樓地段，規劃在此黃金地段建立一個包括有賭城在內的商業購物娛樂中心。原有殖民時期各款式的西洋建築統統被推平了，河道西岸幾條大道變得面目全非了，而規劃中的宏偉藍圖不斷因各種原因擱淺，工程延宕多年不能告竣……

我們賴以生長起來的那個特有的環境消逝了，少年時代成為沒有依託的影像孤立地懸掛在記憶中，張建的故事也失去了賴以寄存的時空背景。對於一個久已死去的人，別人記憶中的真實更顯得不可靠了。即使如此，我還是禱求張建的魂靈於九泉之下獲得安寧。

畢竟，三十五年過去了還有人因他的死而記著他。

寫於墨爾本 Thornbury 區
2004 年 5 月 4 日

子軒畫作目錄

我和那條街的愛情
——代跋文

子軒

德成出書，説喜歡我的街景系列的作品，問我：文字和畫一起吧？

我説：好。

他寫的也是墨爾本我畫的也是墨爾本。

墨爾本的味道就是藝術的味道了。

我剛剛結束了悉尼的個人畫展，其中也有幾幅街景作品。就用自己寫的畫家前言來給他的書和我的畫點個句號吧，很契合。畫展題為《家園》。畫家前言題為〈我和那條街的愛情〉。我想，也以此作這篇〈代跋文〉的標題吧。

這條街我畫了十年。畫的時候，會想起街上的人和故事。像老電影，無聲的那種。

每個拐角都是酒吧，樓上都是古舊的小旅館。酒吧總有樂隊，都是小有名氣的。

曾經班上的男孩在其中一家演出，邀我。那晚很瘋狂，該喝不該喝的該抽不該抽的，全嘗試了。那年我二十五歲。之後，他寫給我一個地名：Nimbin。

這些年街上有些變味兒，再沒有了遊蕩於咖啡酒吧的穿黑袍的詩人們。

「慾望」的味道強烈了。多元移民群體帶來的慾望。慾望是應該關在自己心裡的，可他們不太懂，七情上面。令人悲哀。慾望的蔓延，是劣幣驅逐良幣。慾望也使得依然有老墨爾本味道的地方越來越少。

「黑貓」酒吧四十年前就已經存在了。

八十年代風格的舊式沙發和桌椅板凳，每個都不一樣。DJ用的老木箱子貼滿了四十年來的各種標籤。還有牆上常常變化的塗鴉壁畫。上次去是老墨爾本夜景。

有一次和男友在街上那家書店裡消磨。倆人分別在書店不同的兩端各看各的書。店裡正在播放音樂，Indie-folk風。聽到第三首時，我忍不住抬起頭，拉個店員問：這盤是誰的？就在和店員走到櫃檯時，男友也隨另一店員從書店另一頭走來。他也是因這音樂好聽而在詢問同一問題。我們幾個人吃驚著各自的吃驚，笑起來。

我想：嗯嗯！這個看來就是我的男人了！

有二十多年前了。和我的大師剛剛相識。

午餐之後，我們來到這條街上。冬天，咖啡廳外面有取暖的煤氣燈。我們抽著煙，面對大街看著行人。交談並不多，但風中有雅，雅中有頌。

　　柏拉圖說：藝術是前世的回憶。我走在這條街上才知道，我的回憶原來是藝術。

　　我的街景，畫的就是我的愛情……

寫於墨爾本 Collingwood 傅紅子軒藝術工作室

2023 年 6 月